小学館文庫

ふるさとを創った男

唱歌誕生

猪瀬直樹

小学館

目次

ふるさとを創った男

唱歌誕生

主な登場人物

高野辰之《たつゆき》　明治九（1876）年～昭和二十二（1947）年。国文学者。長野県師範学校を卒業し、飯山《いいやま》高等小学校の教師となり、真宗寺《しんしゅうじ》の娘と結婚する。好学心に燃えて郷里信州を飛び出し上京、志を果たせず鬱屈した心境で文部省の下級官吏となるが……。

岡野貞一《ていいち》　明治十一（1878）年～昭和十六（1941）年。作曲家。鳥取県の没落士族の長男に生まれた。飢餓線上をさまよい、キリスト教会に引き取られ讃美歌に接し、東京音楽学校に入学。卒業後、母校で教鞭《きょうべん》をとった……。

島崎藤村《とうそん》　明治五（1872）年～昭和十八（1943）年。詩人、小説家。小諸《こもろ》義塾の教師のかたわら信州の古刹《こさつ》、真宗寺で得た素材をもとに『椰子《やし》の葉蔭《はかげ》』を著し、詩人から小説家への転身を図る。やがて同じ真宗寺をモデルにした架空の寺、蓮華寺を舞台とした『破戒《はかい》』を発表、名声を得たが……。

大谷光瑞《こうずい》　明治九（1876）年～昭和二十三（1948）年。西本願寺第二十二世門主《もんしゅ》。大正天皇の義兄。三回にわたりシルクロード探検隊を派遣。奇矯な言動と浪費癖がもとで門主の地位を退くが、アジア各地に豪壮な別荘を建て、仏教を柱としたアジア主義を唱える。

原田（井上）武子　明治四十四（1911）年～平成六（1994）年。元ミス上海。井上弘《こう》円《えん》の娘で高野辰之の姪《めい》。大谷光瑞秘書。

井上寂英《じゃくえい》　天保十三（1842）年〜大正五（1916）年。真宗寺の住職。島崎藤村『破戒』の「蓮華寺」の住職のモデルにされた。

井上よしえ　天保十二（1841）年〜大正十四（1925）年。男まさりの、寂英の妻。新しい時代の風に当たらせるため、つぎつぎと幼い娘を上京させる。

井上弘円《こうえん》　明治五（1872）年〜昭和二十（1945）年。寂英・よしえの長男。武子の父。頑健な体軀の持ち主。大谷光瑞の片腕としてシルクロード探検隊に参加する。

藤井宣正《せんしょう》　安政六（1859）年〜明治三十六（1903）年。仏教学者。持病の結核を抱えたまま四十一歳で妻を残し渡英、大谷光瑞のシルクロード探検隊に参加、客死《かくし》する。島崎藤村作『椰子の葉蔭』のモデル。

藤井（井上）瑞枝《たまえ》　明治三（1870）年〜大正十三（1924）年。寂英の長女。よしえの方針で十一歳で単身上京、跡見《あとみ》女学校に入学、キャリアウーマンを目指すが機が熟さず藤井宣正に嫁ぐ。一時は文壇で才媛として知られた。晩年は失意のうちに郷里へ戻る。

高野（井上）鶴枝《つるえ》　明治十三（1880）年〜昭和二十九（1954）年。寂英の次女。よしえにより、学齢に達する前にいきなり英語習得のため地震学者ジョン・ミルンに預けられる。十七歳で青年教師、高野辰之と結婚、再び上京する。瑞枝と対照的な性格で主婦業に専念。

第一章　いつの日にか帰らん

1

大正（天皇）さまのご大喪《たいそう》がすんでから、すぐのことでございます。初めて父に連れられ桃山御陵にちかい三夜荘《さんやそう》に伺い、大谷光瑞猊下《こうずいげいか》のお目どおりを受けたのです。あれは、たしか十六の春のことでした。

試験の問題は、「金解禁とは」「花はなぜ匂うか」「洗濯すると汚れはなぜ落ちるか」「鉱山の火事はどのようにして消し止めるか」などです。作文の題は、「雨の宇治川」。

猊下のご書斎は、宇治川をはるかに見下ろす位置にありました。大テーブルに厚いガラス板を載せ、一面にラードがのばしてあるのです。梅の花びらを一枚一枚ピンセットで、ラードの上に押さえるように敷きつめていく学生さんたちがおられました。なにをしているのですかと訊ねると、匂いをラードにうつし、それを蒸留して香水をつくるとのことでした。

広い廊下に厚い真紅の絨毯《じゅうたん》が川のようにつづき、ご書斎に流れ込んでくるごとくみえました。それから大きな大きな暖炉。橙《だいだい》色の炎が怖いぐらい、いきおいよく燃えて……。

わたしは、まるで外国に来たような、夢見心地。

バルコニーにおられた猊下に、ちょっとここへおいでと呼ばれると、糸に引かれるようにしたがいました。猊下は、背較べをしよう、と申されました。わたしは、五尺六寸八分（約一七二センチ）です。

「なるほど。おまえの父がいうように、国内向けではないな」

とお笑いになられたのです。

わたしはなにがなんだかわからず、ぼおっとしておりました。


のちミス上海に選ばれる井上武子は、このとき初めて郷里信州から外に出た。

当時五十歳の大谷光瑞は、本願寺（西本願寺）第二十二世門主《もんしゅ》の地位を棄てたとはいえ悠々自適。明治時代の本願寺の年間予算は、京都市のそれを上回ったといわれる。光瑞が門主を退いたのは、浪費癖が激しすぎ本願寺が財政破綻に陥りそうになったからである。

彼の前半生はありあまる資産を惜しみなくシルクロード探検に費やすことで終始した。一説によると、本願寺の二十数年分の予算が蕩尽《とうじん》されたという。光瑞のスケールに、英傑、巨人と賛辞を呈する者もいれば、山師と非難する声も少なくない。

武子には、毀誉褒貶《きよほうへん》の相半ばする大谷光瑞の秘書になる運命が待ち構えている。彼女が育った信州の本願寺派の寺は、島崎藤村《とうそん》の出世作『破戒《はかい》』に登場する「蓮華寺《れんげじ》」として登場する真宗寺である。

島崎藤村の新体詩に、以前から気になっていた個所があった。

小諸《こもろ》なる古城のほとり
雲白く遊子《ゆうし》悲しむ

ではじまる「千曲川旅情の歌」の最終連のある部分が、しばしば僕の脳裏をよぎる。一度、確かめておこう、そう思ったまま、きょうまできてしまった。たまたま誘われて立ち寄ったカフェバーで差し出されたメニューに居心地の悪さを感じ、足早に外へ出た。仕事仲間に煩わされることのない、いつもの店で久しぶりに濁り酒を口にしてみる。それから、いてもたってもいられず仕事場に戻ってきたのである。書棚から埃のかぶった詩集を取り出してみた。記憶にまちがいはなかった。

暮れ行けば浅間《あさま》も見えず
歌哀《かな》し佐久《さく》の草笛
千曲川《ちくまがわ》いざよふ波の
岸近き宿にのぼりつ
濁り酒濁れる飲みて

草枕しばし慰む

島崎藤村、二十九歳の作である。

千曲川のほとりでひとり濁り酒を汲む遊子とは、彼自身にちがいない。「若い旅人の胸に湧く憂愁。ここに言う遊子は〝人生の旅人〟の意味が込められている。そしてそれはまさに青春の輝かしい時が過ぎ、はるかな人生の途に踏み入ろうとするものの、ほのかな苦さをまじえた憂愁だったのである」という類いの解説は、この詩でなくてもあてはまろう。

気になっていたある部分とは「濁れる飲みて」である。韻をふんでいるのはわかるが、それだけではない過剰な調子が、この最終連で吹き出している。この強い響きのうちになにが隠されているのか。

どぶろくは、精製前の粕がそのまま白く濁っているので濁り酒とも呼ばれる。とろっとした舌ざわりがいつまでも残ってしまう。一杯、二杯はよいが、さらにあおると鉛を沈めたように胃が重くなる。酩酊する前に億劫になってしまう酒なのだ。

「濁れる飲みて」の裏にある事情を知りたい。思い立ってからずいぶん時間が経ってしまった。

「旅情」は、藤村の第四詩集で明治三十四（1901）年に出版された『落梅集《らくばいしゅう》』に、「小諸なる古城のほとり」として収録されている。

若い新体詩人は、この詩集を最後に散文の世界へ移っていった。実質上の処女作『破戒』が産み落とされる直前に繰り広げられた出来事をつまびらかにしておきたい。

積年の宿題を果たすつもりで、僕は『破戒』のモデルとされた寺を訪ねることにした。平坦な関東平野から山路に入り碓氷峠《うすい》を越えると、一気に海抜一千メートルの台地に達する。ふりかえると群馬県側の妙義山《みょうぎさん》ははるか下界、墨絵のシルエットのように険を競いあっている。関東平野と浅間山の裾野は碓氷峠という巨大な階段によって隔てられているかのようだ。ここから先、道路も鉄道も千曲川に沿いながら長い下り勾配を、小諸から上田へと下りていく。千曲川はしだいに流れをゆるめ、扇状地、善光寺平を蛇行し、いったん狭隘《きょうあい》な山脈にしぼりこまれてから新潟県に入り、信濃川と名称を変え大河となって、米どころを形成する。『破戒』の舞台、旧《ふる》い小さな城下町飯山《いいやま》は、新潟県境の一歩手前、千曲川べりにある。

当時、小諸義塾の教師をしていた藤村は二度、飯山を訪れている。『破戒』を執筆する前の取材ノートともいえる『千曲川のスケッチ』によると、一度目の飯山行は、日付はわからないが明治三十五年の秋ごろらしく、小諸義塾の同僚で美術教師の丸山晩霞《ばんか》と連れ立っていた。

晩霞は藤村より五歳年長である。明治三十三年にアメリカに渡り、水彩画が予想外に売れたため、ヨーロッパを一巡し、エジプト、インド洋を経て帰国。一年余の長旅のあと生まれ故郷の小諸在では〝凱旋将軍〟として迎えられた。小諸義塾塾長木村熊二《くまじ》に口説かれ、絵を教えることになる。藤村は、彼をモデルに『水彩画家』という小説を書いている。

藤村はしばしば晩霞の画室を訪ね、ときに二人で写生旅行にも出かけた。晩霞より近代絵画の手法を取り入れ、浅間山麓から千曲川流域に繰り広げられる暮らしと風景を、散文でスケッチする技術を身につけようとしたのである。

二度目の飯山行は明治三十七年の冬だった。「軽井沢の方角から雪の高原を越して次第に小諸へ降りて来た汽車、それにわたしが乗ったのは一月の十三日だ」と明記されている。

藤村は二人の女学生を連れていた。娘たちは、飯山で半年間の講習を受け、準教員の資格をとる予定になっていた。彼女たちの下宿先が真宗寺なのである。

彼女たちは「いずれもわたしの家に近いところの娘たち」であり、「汽車の窓から親たちの住むほうをながめて、目を泣きはらして来るほどの年ごろで、知らない土地へ二人ぎり出かけるとはよほどの奮発だ」と、自分の手で人生をつかもうとする当時の娘たちの並々ならぬ決意を思いやっている。だが、その素顔は「まだほんとうに娘々したところのある人たちで、互いにひじで突っつき合ったり、黄ばんだ歯をあらわして快活に笑ったり、後ろから友だちを抱いて車中の退屈を慰めたり」と、あどけない。「Naiveな、可憐な、見ていてもふきだしたくなるような」彼女たちの様子に、藤村の気持ちも次第に紛れていった、と『千曲川のスケッチ』にはある。

女学生二人がのちに残した証言によると、藤村の風体は、手織りの和服、黒い脚絆《きゃはん》に草鞋《わらじ》ばき、鳥打ち帽子をかぶって、赤毛布《あかゲット》を二つ折りに輪にして紐《ひも》を通して首にくくり、いっけん馬子《まご》のようであった。

さらに藤村は、「寺へは二人のお供だと言え、決して正体を明かすな」とかたく口止めしたという。

僕が飯山のその寺に足を踏み入れた季節、境内の雑木林が色づいていた。『破戒』の冒頭の記述にしたがえば、つぎのように、黄色に染まった大銀杏《いちょう》が聳《そび》えているはずだった。

「蓮華寺では下宿を兼ねた。瀬川丑松《うしまつ》が急に転宿《やどがえ》を思い立って、借りることにした部屋というのは、その蔵裏《くり》つづきにある二階の角のところ。寺は信州下水内郡《しもみのちごおり》飯山町二十何カ寺の一つ、真宗に附属する古刹《こさつ》で、丁度その二階の窓に倚凭《よりかか》って眺めると、銀杏の大木を経《へだ》てて飯山の町の一部分も見える……」

あれから八十年以上も経っている。大銀杏は、昭和二十七年の飯山大火で燃え、朽ちた切り株だけが残っているにすぎない。大火は、山門、本堂、鐘楼、庫裏《くり》など七棟を焼失させた。通称六角堂と呼ばれる経堂だけがかろうじて往時の姿をとどめるのみである。

庫裏の入り口で、来意を告げると、引き戸が音をたてて開けられた。堂々とした体軀の老人がぬっと顔を覗かせた。

僕は寺の住職とこうして初対面の挨拶を交わしたのだ。

冬になると豪雪に埋もれる飯山の町は、「信州第一の仏教の地、古代を眼前《めのまえ》に見るような小都会、奇異な北国風の屋造《やづくり》、板葺《いたぶき》の屋根、または冬期の雪除《ゆきよけ》として使用する特別の軒《のき》庇《びさし》から、ところどころに高く顕《あらわ》れた寺院と樹木の梢《こずえ》まで――すべて旧《ふる》めかしい町の光景《ありさま》が香《こう》の烟《けぶり》の中に包まれて見える」と『破戒』に描写されている。

町の貌《かお》はあのころと、あまり変わらない。経済成長の狂乱から取り残された分だけ古都の風情が生きている。

「濁れる飲みて」から『破戒』にいたる道筋が、この寺のどこかにしまいこまれているにちがいない。しばらく飯山に逗留し、寺のなかで蔵書と向かいあう日々がつづくことになる。

そんなある日、六角堂のおとす影のなかから色彩を一身に集めるように、紫色のワンピースに身を包んだ老婦人が現れた。古い家具の手ざわりを愉しんでいたときに、不意をつかれたような気分だった。

老婦人には、異国の匂いがする……。

彼女が武子だった。現住職の姉である。寺の近くに居て、ときどき訪ねてくる。元ミス上海と知るのはしばらくのちになる。

藤村は『破戒』の構想を練っていたとき、真宗寺をあらかじめ舞台に選んでいたふしがないでもない。鄙《ひな》びた町の寺で藤村が嗅いだ匂いも、僕と同じ種類のものだったのではないのか。

火事で焼け残った六角堂に、経典に交じって、椰子《やし》の木が写っている変色した古い絵葉書がしまいこまれていた。

「藤村なんて貧乏書生ですよ、あんなもの少しも偉い奴じゃない。そう祖母が憤慨していたので、わたし、幼いころ悪い人の代名詞のように思っていたんです」

武子は愉快そうに僕を見つめながら、次の質問を期待している。

『破戒』では、武子の祖父にあたる寺の住職は女癖の悪い人物として描かれている。それなら、なぜ庫裏のわきに藤村の『破戒』の書きだしを彫った石碑が立っているのだろうか。

「藤村はこの寺にとって、迷惑な存在だとおっしゃりたいのですか」

「少なくとも、わたしはそう聞かされていました。嘘ばっかり書くって、祖母が怒っていたんです」

『破戒』に登場する住職は、「世間的な僧侶に比べると、遥かに高尚な宗教生活を送ってきた人らしい。額広く、鼻隆《たか》く、眉《まゆ》すこし迫って、容貌《おもばせ》もなかなか立派な上に、温和な、善良な、かつ才智ある性質を好く表している」と、威厳が強調されている。いっぽうで、「和尚さんの病気はもうその頃から起《おこ》っていたんですね。相手の女……」と、住職の妻が主人公の下宿人瀬川丑松に向かい啜《すす》り泣きながらこぼすように、女性関係にだらしのない人物とも描かれている。

住職の妻は、夫の女遍歴に我慢してきたが、ついに養女の志保《しほ》に手を出すとは……と嘆いた。こういう台詞《せりふ》になっている。

「今日飯山あたりの御寺様《おてらさん》で、女狂いを為《し》ないようなものは有やしません。ですけれど、茶屋女を相手に為《す》るとか、妾狂《めかけ》いを為るとか言えば、またそこにも有る。あのお志保に想いを懸けるなんて――私は呆れて物も言えない」

『破戒』の物語には、住職の女性問題はやや唐突に出てくる。しかもエピソードに奇妙な臨場感がみられるのだ。

「あれは、嘘なんですよ」

武子はそう言ってから、くすりと笑った。

「だって、あれは小説なんですものね」

「『破戒』の登場人物は、単なるモデルにすぎないというわけですね。事実とつくりごとがごちゃまぜになっているから始末におえない、と」

僕が慰めるまでもない。この寺の一族の傷になっている事件も、武子のなかでは、とうに解決されているらしかった。

「飯山の町の人たちが、小説に登場する祖父の行状をそのまま信じてしまったんです。小さな町ですから、あちこちでひそひそと噂の種になったようです」
「では藤村を怨んでいるんですか」
「いいえ。それは祖母たちの世代の話です。いまは違います。ものごころついてから、わたしは『椰子《やし》の葉蔭《はかげ》』を読みましたから」

藤村は『破戒』を書くまでにいくつかの習作を発表している。その代表的なものがすでに引用した『千曲川のスケッチ』である。しかし、『千曲川のスケッチ』は取材メモに近い。もうひとつの習作『椰子の葉蔭』こそ、藤村を散文に向かわせる決定的きっかけとなったとみたほうがよい。

『千曲川のスケッチ』で「飯山の方では私は何となく高い心を持った一人の老僧に逢ってみた」と軽く触れられているこの寺の内側の姿が、『椰子の葉蔭』で新しい展開に向かっていく。

藤村は老僧から、自分の三十二歳の息子が大谷光瑞率いる日本最初のシルクロード探検隊に加わりいまも海外にいること、また四十四歳の娘婿も同じ探検隊にいたが半年前に異郷で病を得、志半《なか》ばで死亡したことなどを耳にする。

『千曲川のスケッチ』には、簡単にこう説明されている。

「君は印度《インド》における仏跡探検の事実を聞いたことがあるか。その運動に参加した僧侶の一人は、この老僧の子息《むすこ》さんで、娘の婿にあたる学士も矢張《やはり》一行の中に加わった人だ。学士は当時英国留学中であったが、病弱な体軀を提《ひっさ》げて一行に加わり、印度内地および錫蘭《セイロン》における阿育王《あいくおう》の遺跡なぞを探り、さらに英国のほうへ引き返して行く途中で客死《かくし》した。この学士の記念の絵葉書が、たくさん飯山の寺にのこっていたが、熱帯地方の旅の苦しみを書きつけてあったのなぞはことに、わたしの心を引いた。老僧の子息《むすこ》さんは兵役に服しているとかで、その人にはわたしは会ってみなかった。古い朽ちかかったような寺院の空気の中から、とにかくこういう新人物が生まれている」

藤村が「学士」と記した老僧の娘婿が病床で最後の絵葉書をしたためたのは、明治三十六年四月三十日だった。藤村が寺を訪ねたのは翌明治三十七年一月のことである。寺では娘婿の死は、つい昨日の事件のように語られたであろう。

絵葉書は、別の意味でも藤村を刺激した。『破戒』成立の前奏として、『椰子の葉蔭』がもっとも大きな位置を占めているはずなのに、あまり重視されない。藤村の新体詩「椰子の実」は誰でも知っているが、『椰子の葉蔭』は忘れ去られているのだ。

名も知らぬ遠き島より
流れ寄る椰子の実一つ

故郷《ふるさと》の岸を離れて
汝《なれ》はそも波に幾月

で知られる「椰子の実」の成立事情については、民俗学者柳田国男がその著書、『海上の道』のなかで打ち明けている。

明治三十年、大学二年生だった柳田は、夏休みの一ヵ月間を渥美半島の突端、伊良湖崎《いらござき》で過ごした。そこで「風のやや強かった次の朝などに、椰子の実の流れ寄っていたのを、三度まで」見かける。「一度は割れて真白な果肉の露《あら》われいるもの、他の二つは皮に包まれたもの」で、どこから流れついたものなのかは判らないが、「ともかくも遥かな波路を越えて、まだ新らしい姿でこんな浜辺まで、渡って来ている」ことに感動を覚え、休みが終わり帰京すると藤村に伝えた。「今でも多くの若い人たちに愛誦《あいしょう》せられている『椰子の実』の歌というのは、多分は同じ年のうちの製作であり、（藤村に）あれを貰いましたよと、自分でも言われたことがある」と述懐したのである。

椰子の実が広い太平洋の海原を漂って日本の海岸に流れついた事実を、柳田から聞いた藤村は、いたく感動し脳裏に異国への渇望を刻みつけたのだった。その記憶に、七年後、飯山の寺で見た絵葉書が重ねられる。

『椰子の葉蔭』は、藤村にはめずらしい書簡体の作品で、十七通の絵葉書で構成されている。宛名は「信州水内郡《みのちごおり》飯山の草庵」に住む「父上様」。発信者は、大谷光瑞探検隊に加わった住職の息子、「帰東《きとう》の途次《とじ》、僧なにがし」となっているが、実際は娘婿である。藤村により、前途豊かな青年が志を遂げずに挫折するイメージに脚色された。

絵葉書の最後の発信地は、セイロン（現、スリランカ）の首都コロンボ――。

「海岸に群がり集まれる諸国の蒸気船、帆前船の帆柱より、土人の乗る独木舟《まるきぶね》のそのふなべり、霊鳥のつばさ、つぶやくごとくに動揺する深碧《しんぺき》の波に至るまで、およそこの港の風光を添うるものは、すべて熱帯の空気と煙とにつつまれて、夕空の色に輝かぬはなかりき。やがてそこここにあかりのつきそむるころ、留学僧はわが室《むろ》にもろうそくをとぼし、窓より涼しき風を入れ、揺らぐほかげに無量寿経《むりょうじゅきょう》を読誦《どくじゅ》いたし候。

ああ、今は思いのこすことなし。男子と生まれて、おおいなる所願のために倒るるは、無益のわざにもあるまじく候。父上よ、さらば。インド洋の激浪怒濤《げきろうどとう》、片時も休息せざるの音を聞きつつ、孤燈のもとにこのたよりをしたたむ」

藤村には「椰子の実」から『椰子の葉蔭』に至る一本の道筋があるんですね、と僕は武子に解釈してみせた。

彼女は、それだけではないの、とかぶりを振った。

2

葛飾北斎《ほくさい》の「富嶽《ふがく》三十六景」（神奈川沖浪裏《かながわおきなみうら》）に描かれた荒波は波頭がくるりと円環する装飾的な形状で、波間に漂う小船の安否を思いやるより構図のほうに眼が奪われる。いま僕が手にしている薄茶に変色した古い絵葉書も、やや趣を異にする。写されているのは、人影もなく荒涼とした異国の波止場。防波堤を襲う波頭は、獲物をねらって牙《きば》をむき、一気に両腕を広げているかのようだ。

未知の地でともすれば心細くなる旅人を慰めるのが絵葉書だとしたら、この写真はいったい誰のためにあるのだろう。

写真には英語で一言、ブレークウォーター。無愛想な説明である。地名は、コロンボ。インド洋は、かくも心を寒くさせるものなのだろうか。少なくとも、この絵葉書をあえて出した人物の心象は、そうだったにちがいない。

彼は四十の坂を越え、遠い日本に妻を残しロンドンに向かおうとしていた。結核で二週間にわたり喀血《かっけつ》しつづけた過去を持つ男に、友人知己の多くは長旅は無理だととめた。じじつ彼は二度と故郷の土を踏むことがない……。

絵葉書の送り主は、島崎藤村作『椰子の葉蔭』のモデルとされた藤井宣正《せんしょう》である。僕は、

だが宣正は、インドに残って仏跡調査を続行する。その距離、じつに一万二千キロに及んだ。

彼は四十三歳になっていた。暑さと渇き、重労働と過労で、胃腸がやられている。日記には、しだいに衰えていく自分の姿が、「下痢、山中にて三回、帰りてまた三回あり。労せり。血下れり」とか「三、四回下血す。昨夜眠足らず今日長途を歩し大いに疲れる」などと記されている。

インド探検隊もシルクロード探検隊同様に日本では経験したことのない砂漠横断と高山の登攀《とうはん》で苦痛はきわみに達していた。

孫悟空のお伽噺《とぎばなし》で知られる三蔵法師（玄奘《げんじょう》）が、天竺《てんじく》（インド）に向かったのは七世紀初頭である。それより先、五世紀初頭に法顕《ほっけん》という僧がやはりシルクロードを抜けて釈迦の聖地にたどりついている。法顕は、人骨を道標に砂漠を旅する苦しさを旅行記に残した。

「沙河中、多く悪鬼《あっき》熱風あり、遇《あ》えば即ちみな死して一の全《まった》き者なし。上に飛鳥なく、下に走獣なく、遍《あまね》く望み目を極めて、度《わた》る処《ところ》を求めんと欲するも、擬する所を知るなし。ただ死人の枯骨《ここつ》を以て標識となすのみ」

法顕の時代から一千五百年を経ていても、文明は砂漠を征服していない。

宣正の体力はすでに限界にあった。石造りの寺院が写っている明治三十六年一月二十八日付の絵葉書に、彼は砂漠の辛さを、こうしたためている。

「……それから十七マイルの山道を、ヂャンパンという名の奇妙な乗り物に尻の痛みを忍びつつ乗り、アブ山に登り一泊しました。気候は砂漠なので水気がなく、毛髪は折れて散ります。写真の寺には道順が良くないので参りません。直腸を傷めて閉口の限りです。下僕はいません。一人です。ただし二、三日の後には英語が通じない所へ進むはずなので、土人の下僕をボンベイから来させる事にしました」

藤村の『椰子の葉蔭』には、この絵葉書の文章が、つぎのように書き直されている。

「暁を待ちて十七マイルの山道を登り、大阿羅漢《あらかん》の霊に参詣し、『アブ』山上に一泊つかまつるべく候。直腸の損傷いまだ全癒せず（もっとも痔《じ》には御座なく候えども）、言語は不通、旅行一層の困難を加え申し候」

宣正の絵葉書にある「砂漠は水気なく、毛髪は折れて散ります」という強烈な乾燥状態は、藤村の小説からはすっかり省かれてしまった。

藤村は別のモティーフで、宣正のインド探検をとらえようとしていた。

『椰子の葉蔭』の前奏として、「名も知らぬ遠き島より……」ではじまる新体詩「椰子の実」を書いた藤村は、太平洋の彼方の異郷に強い憧れをいだいていた。南の国は、彼にとっては、あくまでもうるおいのある甘美なイメージにつつまれている。

藤村が『破戒』を仕上げるには、どうしても『椰子の葉蔭』という習作が必要だった、と僕は考えている。それについてはおいおい説明を加えていくこととする。

『椰子の葉蔭』は十七通の書簡で構成されていた。小説の第一信から第十三信までは、ほぼ現存する絵葉書に即している。実際に絵葉書と小説を読み較べてみて、それは確認できた。第十四信から第十七信までは、まったくの創作である。

そのほかにも藤村は自分のモティーフに合わせて素材を取捨選択している。主人公が、若くて頑健な武子の父親弘円に擬せられるところも、事実とちがう。苦しい探検で、志豊かな青年もついに挫折する。そうしたほうが、ドラマに盛り上がりができる。探検隊はシルクロードではなく椰子の木が群生するインドでなければならないが、はじめから死ぬ気の宣正では都合が悪いのだ。

すでに記したように、旅のはじめにコロンボの波止場の絵葉書を送ったときから、宣正は死の予感に取り憑《つ》かれていたのである。

僕は『破戒』の結末に『椰子の葉蔭』のそれが重ねられているように思えてならない。藤村は被差別部落問題に正面から取り組むつもりではなかった。だから終幕で主人公の小学校教師瀬川丑松《うしまつ》に、自分の出自《しゅつじ》を告白させたあと、あっさりアメリカのテキサスに移民させている。それと、『椰子の葉蔭』の主人公が、最後の手紙を「ああ、今は思いのこすことなし」と結ぶこと。いずれもすっきりしすぎているのである。

藤井宣正は、死神にいざなわれてコロンボへ再び戻ってきた。明治三十六年二月七日付の日記に「尻常に血と粘液とを排出。二カ月あまりにわたり一日も爽快を感ぜざりし」と記した。しだいに鉛筆の字がかすれ読解が困難になっていく。

宣正は五月五日にコロンボを発った。船は五月二十四日にマルセイユへ寄港。意識朦朧《もうろう》のまま病院に運ばれ、二週間足らずで死亡した。井上弘円がインドのベナレスから姉瑞枝（宣正夫人）に宛てた、あわただしい文面の手紙が残っている。

「姉さん大変なことが出来たよ。或いはご承知かも知れないが念のため申し上げる。兄上には因幡《いなば》丸船中にて大病となられ自ら仏国マルセーユの病院に入院せられたと唯今ボンベイの間島さんから手紙で知らせて来た。病名はくわしく分からないが仲々の重態だとのこと。とりあえず姉さんにこのことを」

宣正の日記の最後の記述は「六月三日ロンドン着」と一行のみ。埋められなかった予定が無残である。

『椰子の葉蔭』では、コロンボで死ぬ主人公の最後の手紙は「帰東《きとう》の途次《とじ》、僧なにがし」となっていた。しかし、宣正は再びロンドンに向かおうとしていたから、正確には「帰東」ではなく「帰西」でなければならない。

人は死ぬ直前、故郷を目指そうとする。若い藤村は、それを疑わなかった。しかし、宣正は死期を悟りつつ、逆の方向に歩もうとしていた。宣正の不可解な行動を説明するのはむずかしい。藤村の想像力も、そこまでは到底およばないのである。

僕はふと「月の沙漠」を思い出した。「月の沙漠をはるばると／旅の駱駝《らくだ》がゆきました

／金と銀との鞍《くら》置いて／二つならんでゆきました……朧《おぼろ》にけぶる月の夜を／対《つい》の駱駝はとぼとぼと／沙丘を越えて行きました／黙って越えて行きました」と描かれた叙情的な歌詞がつくられたのは大正十二年（作詞加藤まさを・作曲佐々木すぐる）である。作詞者は幾夏かを房総半島の御宿《おんじゅく》で過ごし、付近の浜辺を逍遥してこの詩の着想を得た。シルクロード探検隊が直面した荒涼とした砂漠ではない。これは純日本製の風景である。

シルクロードやインド、そして藤村の思い込みや宣正の苦痛。さまざまな光景を連想しながら、信州の古刹《こさつ》の庫裏《くり》に佇《たたず》んでいると、都会生活の喧噪が嘘のようだ。しばらく忘れていた懐かしい時間が流れている。

掃いたばかりの庭に、落ち葉がちらほらと舞っていた。晩秋の弱い陽差しは庭先の燈籠に長い影をつくり、遠く北信濃の山々が、赤や黄に色づいて横たわっている。もうすぐ、北からの湿った風がここらあたり一帯を雪で埋め尽くす。

「宣正さんの旅は、苛酷なものだったんですね。『朧にけぶる月』なんて、砂漠にはありませんよ。そんなロマンティックではない。月が霞むとしたら、熱気や砂嵐のせいですから。朧月夜というのは湿気の多い日本独特の光景だと思います」

「わたしも、わかります。『朧月夜《おぼろづきよ》』という歌、ご存じ？　あれはこのあたりの景色を歌ったものなのよ」

「えっ？　信州の風景だったんですか」

僕は、作者名が記されていない文部省唱歌「朧月夜」の歌詞を反芻《はんすう》してみた。

菜の花畠に　入日薄れ
見わたす山の端《は》　霞ふかし
春風そよふく　空を見れば
夕月かかりて　にほひ淡し

里わの火影《ほかげ》も　森の色も
田中の小路を　たどる人も
蛙《かわず》のなくねも　かねの音も
さながら霞める　朧月夜

長い冬が終わると、白銀の世界は菜の花でまたたくまに黄色にぬりかえられる。雪解け水がせせらぎとなって流れこむころ、あたり一面、靄《もや》につつまれる。

「そうかもしれない。雪の解けたあとの感じ、それに行間に千曲川が隠されているのもわかるような気がする」

「そう、わたしのもうひとりの叔父がね、この歌詞をつくって……」

そう言いながら、武子は掌《てのひら》のソーサーのうえにティーカップをおろした。

3

気がつくと庫裏に明かりが灯っている。

元ミス上海の武子と僕は、信州の古刹でひがな一日、古い絵葉書をたよりに時間と空間をめぐる想像の旅に熱中していたのである。

山の端に夕陽が落ち、雲の群れがいっせいに動き出すように感じられた。武子の白い顔が夕闇のなかで輪郭を失いはじめた。

美貌をもてあましていた上海時代の武子の写真と、フラッシュバックする。秀でた鼻が銀色の髪をボーイッシュにまとめた七十七歳の彼女にダブる。あの時代の美人はなぜかみな、モジリアニや竹久夢二に描かれたように目尻がやさしく、鼻が長い。細い首を少しだけ横に傾げている。

齢《よわい》を重ねた分、武子の鼻梁は男性的な印象を加え、父親井上弘円を髣髴《ほうふつ》とさせていた。さらに僕は井上家の人びとの顔立ちに共通性を感じとった。武子の祖父にあたる井上寂《じゃく》英《えい》を、島崎藤村は『破戒』で、「額広く、鼻隆く、眉すこし迫って、容貌《おもばせ》もなかなか立派な」と描写していた。

そろそろ縁側から退散しなければ、僕はそう思っていた。そんな気配が、武子に伝わったのだろうか。彼女は薄暗い庭の一角を見やりながら、つぶやいた。

「わたしが子供のころです。瑞枝《たまえ》伯母が、あのあたりでぼんやり雲を眺めていたんです、ずっと。日が暮れるのも忘れて」

「文部省唱歌の『朧月夜』を作詞した叔父さんのことですが……」

僕は武子を促した。

「ええ。そうでしたね。その話でしたね。わたしには瑞枝伯母さんと鶴枝《つるえ》叔母さんがいたんです」

「瑞枝さんは、大谷光瑞探検隊に加わりマルセイユで客死した藤井宣正さんの奥さんになられた方でしたね。するともう一人の叔父さんというのが鶴枝さんのほうの？」

「そうなの。瑞枝伯母さんは才媛だと評判でしたが、晩年は失意のうちに、ここに戻ってきていたの。だからわたし、子供のころに瑞枝伯母さんの記憶があるんです。鶴枝叔母さんのほうは、ずっと東京に住んでおりましてね。わたしが上海に行くときにも、いろいろ身のまわりのものを揃えてくれたんですよ。着物も羽織も、一晩で縫いあげてくれて」

「鶴枝さんは和裁ができたり、どちらかというと家庭的だったんですね。瑞枝さんは、より多く外の世界に眼を向けていた。対照的な感じですね」

「わたしはどっちに似たのかしら。性格は、やっぱり瑞枝伯母さん……。でも瑞枝伯母さんはわたしに、口癖のように〝武ちゃん、女はあまり勉強すると幸せになれないものなのよ〟と繰り返していたのよねえ」

「でも、武子さんは〝外〟に出た……」

「ええ。でも、伯母のような向学心はありませんでした。ひとつことにとらわれずに積極的に流されてみたかっただけなのかもしれない。瑞枝伯母さんはね、伯父が亡くなってから、大谷光瑞猊下《げいか》に仕える話があったんですが、お断わりしてしまったんです」

「どうしてですか」

「病気がちで自信がなかったから、と聞いています。ほんとうは身心ともに疲れ果てていたからだったと思うんです」


武子が光瑞の秘書となるべく信州の飯山を出るには、伯母瑞枝の影響がたぶんにあった。父親井上弘円が伯父藤井宣正とともにシルクロード探検隊のメンバーだったことも光瑞に仕える直接のきっかけではあった。端緒はたしかにそうだが、それだけではない。伯母の果たしえなかった夢を継いでいる、そんな想いがときとして夏雲のように湧いてくることがあるのだった。

日本人離れしたスケールで探検隊を組織した業績と激しい浪費癖が、不可分なかたちで大谷光瑞というひとつの人格のなかに統合されていた。それが本願寺第二十二世門主の地位を退く要因となる。

この男のもつノーブルな無邪気さ、独裁者の傲慢さ、宿命を信じて疑わない強靱さ、欲望の直截《ちょくせつ》性、気移りと身勝手さ、それでいてどこか人工的で性的な臭気がない、こうした彼の身分にまつわるすべての特徴が武子にはまぶしかった。

彼女も十六歳の娘のつねで、陽気で屈託がないように見えたが、すでに一人でいるときのもの哀しさや耐えきれなさを知っている。小鳥のように目を閉じてしばらくがまんすれば、はすっぱな娘だとうしろ指さされなくてすむ。そんな消極的なやりすごし方も心得ていた。必要なのは、背中をぽんと押し、もっと先に歩いて行ってもいいのだよ、という助言のはずだった。それが具体的な人格として塔のように眼前に存在しはじめたのである。

才媛の誉れ高かった伯母瑞枝は、夫宣正に先立たれた後、急速に生気を失っていく。その姿を武子は幼い胸にずっとしまい込んでいた。瑞枝の人生の収支決算まで、いつしか武子は引きずっていたのかもしれない。

武子にとって光瑞の近くで見るもの聞くものは、すべて〝世界〟に連なるのだった。

猊下は早起きでした。早起きを人にも強制しました。直径十五センチもの大きな非常用のベルを、めいめいのお部屋にとりつけられ、スウィッチは猊下のご寝室にありました。

朝早くベルが鳴る。さ、お目ざめと胸がドキドキしたものでした。

お書斎に出られると朝食です。コーヒー、果汁、トースト。パンにつけるのはチーズかクラフトクリーム類。キャビア、イクラ、カラスミ、ウニ、コノワタ、ツグミの黒ワタづくり、タイやイカやカツオの塩辛、ハム、ベーコン。卵の類、ピクルス類、レタスやラディッシュ、セロリ、チコリ等のサラダ。そのときどきに五、六種ずつとり合わせて召し上がりました。

だいたい二食主義で、ひるねが日課。「頭を新しくして、一日を二日につかう」とよく言われたものです。

夕食はわりに早く、夜は明るい書斎のシャンデリアの下で、一同を集めて談笑された。そんなとき、猊下はナポレオンのように世界制覇の夢を語りました。猊下にはすべてが可能のように思われました。スエズ運河まで、日本の領土のように勝手に真っ赤に塗った地図が頭のなかに描かれていたのです。大陸横断鉄道の夢もありました。でも人を殺してというのではありません。英国のように、いいえ、キリスト教徒のように文化の力で、戦争をせずに、大陸を制覇したい、そうお考えになっておられたようです。

徳富蘇峰《とくとみそほう》先生宛に書いたお手紙を、わたしは拝見したことがあります。こんなことが書いてありました。

「小生の将来の希望はセシル・ローズ（註――イギリスの南アフリカ植民地行政官、鉱山主。遺産の一部はオックスフォード大学のローズ奨学金にあてられた）にあり。事の成否大小はしばらくおき、方針はこのほかに別途これ無く、宗教家たると、日本に帰朝居住するの二事は、死に至るまで決して為さざる決心にして……」

本願寺門主の殻におさまりきれなかった光瑞を、既成の仏教の常識で考えるなら宗教家とは呼べない。だが、憑かれたように振る舞いつづけた点で天性の宗教家といえた。西域やインドに探検家を派遣したのも、限りない膨張意識のなせるわざであった。七つの海を支配した大英帝国の鬼神が、時代を違《たが》え形を変え役割を擬して極東の島国に降臨したのである。そう考えると過労で死んだ宣正は、光瑞の野心の犠牲者にちがいない。

本願寺は一万三千の末寺をネットワークとして、優秀な人材を集めていた。明治時代初期の本願寺の中枢を、洋行帰りの逸材が占めていた。島地黙雷《しまじもくらい》はその代表的人物である。長州出身の彼は、明治五（1872）年、三十四歳のときにヨーロッパを視察したり、日本の僧としては最も早くインドの仏跡を訪れたりしている。帰国後、信教の自由にもとづく政教分離の必要性を説き廃仏毀釈《はいぶつきしゃく》に異を唱え、新政府を批判した。本願寺に議会制を導入したのも功績である。また女子教育の必要性も訴えてまわった。

明治十五年五月、十一歳で真宗寺を出た瑞枝は、この島地黙雷の庇護のもとに跡見《あとみ》女学校の寄宿舎に入るのである。すでに三年前から藤井宣正が黙雷邸の書生となっていた。宣正と瑞枝の年齢差は十一歳、ひとまわりちがう。

瑞枝は跡見女学校で漢学、和歌、習字、絵画、弾琴《だんきん》、裁縫などを学んだ。彼女は大正八年、四十九歳のとき同校の創立者跡見花蹊《かけい》の伝記『花の下みち』を出版することになるのだが、そのなかで当時の跡見女学校の雰囲気を綴っている。

瑞枝が上京したころの女学校は「東京に竹橋女学校（女子師範学校の前身）と、横浜に外国人設立のフェリス女学校」があるだけだった。やがて東京各区に高等女学校が散在するようになるのだが、彼女の入学時には「いまだ華族女学校さえなき時代」だったので「跡見女学校はじつに上流家庭の子女の集まる唯一の女子教育機関」であった。したがって生徒も「在京の公侯伯子男の姫君、さては京浜間の一流の富豪の令嬢連のみ」で、「編者のごとき田舎の一平民の子女はほとんどまれ」な状態だったという。

わずか十一歳の娘が、菜の花の咲き乱れる故郷をはるか背に、三百キロの道程を徒歩で上京、いきなり上流階級の子女のいる学校にほうりこまれた。ちなみに、上野～長野間の鉄道が開通するのは明治二十六年である。瑞枝はさらにキャリアウーマンを目指し、上級学校に進学する。明治二十三年四月の日付の自らしたためた履歴書には、その後の学歴がこう記されている。

「明治十九年十月より東京麹町《こうじまち》区飯田町明治女学校に入り、英学を修め、また宇田川準一等に就き物理学、生理学、植物学などを学ぶ。同二十年九月より東京神田区猿楽町日本英学館に入り、二十二年同館、一時明治会学館となりしも、引きつづき在学。同二十三年二月、日本英学館高等英文学全科卒業。この間、高橋五郎、三宅雪嶺《せつれい》、辰巳小次郎、雨森信成、松木正雄、マクレー、マンソン、フォールス等に就き英文学、教育学、論理学、心理学、経済学等を学び、傍ら蒲生重章《がもうしげあき》、根本通明、三島毅、豊島毅に就き漢学を修む」

日本英学館で、瑞枝は百五十名の男子に交じりトップの成績だった。ところが、卒業しても就職先がない。教職に就きたかったが、当時の日本は女子の就職に対し偏見も多く、門戸は閉ざされていた。瑞枝は田舎の両親に、黙雷がもっと積極的にこの件で動いてくれるように手紙を書いてくれと懇願している。

宣正は、瑞枝のよき理解者だった。瑞枝の父親井上寂英に、客観情勢を伝え、学歴のある女性が就職するむずかしさを訴えた。

「望むところの学校はあのような状態なので、右より左とはいきません。島地（黙雷）翁も妻君も同人に対し、応分の尽力はしているとのこと。しかし脇から見ると、いまだ充分の親切心をもってせらるるとも思われず、これにはほとんど困却しています。島地よりそれなりの配慮がなき場合、話も早く纏《まと》まらないと思います。老翁（黙雷）は事を為すを好まれぬ性格で、加えて妻君は多少瑞枝の学力を忌憚する気味があります。同人の顧問である稲垣某とか申す人は、瑞枝が女子であって学力の己より勝っているのを不快に思い、つねに誘言《ゆうげん》を吹き込むためか周旋も表面ばかりで、不都合であります」

ようやくできたばかりの華族女学校に勤務先が決まるかにみえた。だが結局、かなわなかった。先に引用した履歴書は、瑞枝の自負心とせつない焦りの結晶だった。東京での就職に失敗した瑞枝は、本願寺きっての秀才として将来を嘱望されていた宣正の妻になる道を選んだ。

晩年の彼女の書き置きが手元にある。

「わたしは世間で兄等《けい》が想像なさるような平和な運命の寵児《ちょうじ》ではありません。いろいろ複雑な因縁により藤井に嫁したのです。何しろ仏教界でも公然結婚の出来るのは真宗だけ、真宗中でも西本願寺派、東本願寺派と分かれ、わたしたちの属する西本願寺関係で、それぞれ種々の因習的な資格などを取り調べて互いに結婚しようとすると、ごくごく狭い範囲になるのですからね」

瑞枝と宣正は黙雷家を介して知り合った。瑞枝の就職をめぐり、兄のように気づかってくれた宣正をうとましく感じる理由もない。もともとは互いに本願寺の末寺の出身。しかも、寺どうしは地理的にも交流しやすい位置にあった。瑞枝の寺は長野県の北の端、宣正の出身地与板町は信濃川下流で新潟県に深く入ったところ。距離ははなれていたが、同じ河川の流域にあった。共通の宗派という気安さから、嫁のやりとりも含め、末寺相互の行き来は比較的頻繁に行われていた。

二人の場合は、才女と秀才の組み合わせだから、数ある本願寺系の寺のなかでも、ちょっとした話題になったものである。

明治二十五年六月六日、默雷が創設した番町の白蓮《びゃくれん》教会堂で、司会者の読経のあと二人で誓文を読むという、キリスト教の影響の濃いスタイルで式をあげた。宣正は三十三歳、瑞枝は二十一歳だった。新居は京都にかまえた。宣正が本願寺文学寮教授として、前年に京都に赴任していたからである。結婚の二ヵ月後、文学寮教頭に出世している。

瑞枝は主婦として家事に追われるふつうの女の役割には満足しなかった。宣正も瑞枝に別の期待をいだいた。宣正の勉強ぶりは相当なもので、時間を節約するために廊下を歩きながら書物を読み、そのまま便所に入ったりする。専門書の読破に追われていた宣正を助けるため、瑞枝は新しい情報を雑誌から抜きとり新刊本の大要を理解し、報告した。彼女は夫に尽くす優秀な秘書であろうとした。

俸給も満足なものとはいえず、食卓も質素だった。いちばんくつろげるはずの夕食は、団欒《だんらん》とは呼べなかった。むずかしい熟語が飛びかい、ストイックで緊迫した時間が流れる場所になってしまう。

仏教の歴史をこれまでにない角度から、世界史のなかに再編成するために『仏教小史』を書きすすめていた宣正は、持病の結核の悪化からしばしば喀血した。学問に打ち込むいっぽうで、〝政治〟にも関わらなければならない立場が、病をいっそう高じさせた。本願寺の〝皇太子〟光瑞の命により、文学寮の改革に腐心し、とくに英語を課業の中心にしようとした。いかに光瑞というう しろ楯があっても、本山の実権を握っていた旧勢力を斥《しりぞ》けるのはむずかしい。洋学派は主張の先鋭さにおいては保守派を凌駕していたが、数においては少数派にすぎなかった。

宣正は、いつもいらいらしていた。神経質で社交的ではないから、訪れる客も少ない。知人友人のいない京都で、瑞枝はしだいに孤独感をつのらせる。浅い眠りのなかで、考えることはいつもたったひとつ。東京のこと。

ある日、ささいなことから口論になった。妻は夫にはじめて反抗した。東京で暮らしたい、と。縁なしの眼鏡をかけやさしそうな顔立ちの夫が豹変するさまを、彼女は初めて体験するのである。

宣正は、机上の文鎮を振り上げた。瑞枝のかんざしが畳に散らばった。宣正はくるったように叫びながら瑞枝を殴打しつづけた。

俺が執行所の辞令だけで六条にいると思っているか。寺の出でありながら、そんな不了見があるか。本山を離れたほうが物質的に都合のよいのは初めから承知のことではなかったのか。何のために俺が本山に勤めているのかわかっていないのか。おまえには宗門の将来を考えることがないのか……。

仏教は長い惰眠をむさぼっていた。だが、宣正にとって本願寺は、生きて噴火している活火山であった。旧い時代の伽藍《がらん》が音をたてて崩れていき、新しい時代の殿堂が築きあげられようとしている。これからは狭い日本にとらわれていては、世界の潮流においてきぼりをくってしまう……。宣正には使命があった。だが瑞枝には、宣正を通じてしか自己実現の機会がない。それが、耐えきれなかった。

京都での生活は五年間に及んだ。

明治三十年八月、突然、宣正に文学寮教授解任の辞令が下った。洋学派は、一時的な撤退を余儀なくされた。実権を握りきっていない〝皇太子〟の改革は、しばらく頓挫する。宣正は失意のうちに浦和の中学校長に転出した。三年後、光瑞の指令によりロンドンに赴く。その後の苦しいインド探検についてはすでに触れた。

死にかけていた宣正は、コロンボから船に乗り西に向かった。故郷と逆の方角である。妻との再会より、使命に殉じるほうを選択した。マルセイユで宣正が没した明治三十六年六月六日は、奇しくも二人の十一回めの結婚記念日であった。

遺された瑞枝には、財産もなければ、仕事もない。

光瑞は、インド探検の途中、父親明如《みょうにょ》の死の報に接し急遽《きゅうきょ》帰国、第二十二世門主の地位に就いた。その光瑞から、妻籌子《かずこ》の話し相手になってくれ、との誘いがきた。もちろん、瑞枝の才能と窮状を察しての配慮である。

瑞枝は、断わる。

彼女の手記には、ただ病弱のためとのみしか書かれていない。

「病弱のわたしはその任にたえずと辞し、東京に住居の寄進人があったにもかかわらず、自ら湘南の田園生活を選んだのです。いままでは百坪余の屋敷と五つ間の庵室が、いずれも門信徒の信施《しんせ》によって自分の有に帰し、女中とあずかり娘と三人でともかく安穏に廃残のむくろを横たえております。それも畢竟《ひっきょう》、あの文鎮で打擲《ちょうちゃく》されたことを知っている知友、及び檀家の同情と、仏祖の加被力《かびりき》と思って念仏を申しております」

「瑞枝さんは、晩年にこのお寺に戻ってきていたんでしたね。そうすると、十一歳で上京して、何歳ですか、こちらに帰られたのは？」

僕たちは、縁側から茶の間に移動した。武子は、奥からこげ茶色のアルバムをかかえてきた。

「関東大震災のときですから、五十三歳かしら。友だちと並んで歩いていて、わたし、押さないでよ、押さないでよって叫んだの。それがあの大きな地震だったのね。瑞枝伯母さんが、わたしの前に登場したのはそのあと。だから、よく憶えているんです」

「じゃあ、それまではずっと瑞枝さんは湘南にいたんですね」

「お父さん（弘円）が心配して見てこようって、迎えに上京したんです。案の定、二階がストンと落ちてたんですって。それで……」

武子はアルバムをめくった。三十代の二人の女性が写っている。一人は洋装で立ち姿。

一人は和装で椅子に坐っている。昔の写真館の典型的なポーズ。立ち姿の女性は、鹿鳴館《ろくめいかん》風のいでたち。閉じたパラソルを片手に不恰好なロングスカート。夜会巻のヘアーに大きすぎる羽飾りの帽子をのせ微笑《ほほえ》んでいるのだが、白粉を塗りたくった丸顔で、上流階級の婦人というほかに格別の印象は残らない。地味な和装のほうが瑞枝である。眼に憂いをたたえ、静かに微笑んでいる。聡明そうな広い額。真宗寺の一族の特徴である、大きな長めの鼻。

「ずいぶん落ち着いた雰囲気の人ですね、瑞枝さんは。なにか終わったというか、そういう感じ」

「そうねえ。そう見えるかしら」

「横の女性は、派手なだけで表情がない。でも、瑞枝さんの顔、なにを考えているのかなと、内面が気になります」

「あの震災の直後、飯山の駅にたくさんの罹災《りさい》者が降りてきました。別に飯山出身の人たちでもないんです。とにかく逃げようと汽車に乗ってたまたま着いたら飯山だった、そういう人たちもうちの寺に収容しました。足のない人も包帯をまいた人も、たくさん。汽車が着くたびに駅に見にいきました。嬉しくって。不謹慎よねえ。幾日かしたら父が瑞枝伯母を連れて降りてきた。ネットの黒いヴェールを被って、ずば抜けて上品でした。子供心に、こんな奇麗な人、いるのかしらって思いました」

「武子さん、そのとき幾つでした？」

「十二歳です」

武子が〝外の匂い〟を嗅いだ最初の体験である。

4

「今度生まれてくるときは、犬がいいわ」

気品も教養もある年配の伯母瑞枝《たまえ》が、なぜそんな謎めいたことを口走ったのか、十二歳の武子にはわからなかった。

十一歳で東京の跡見女学校の寄宿舎に入り京都、浦和、湘南と住まいを移した瑞枝は、関東大震災をきっかけに故郷の寺に戻ってきた。五十三歳になっていた。

才媛としてとかく話題にのぼることが多かった伯母も、結局、故郷に戻ってきたのだ。心に傷を負ったとき、人は故郷という暖かい外套にくるまれてそれを癒そうとするのだろうか。あるいは、故郷はただの袋小路にすぎないのか。

大人の世界は想像できないことばかりが渦巻いている、と武子には思われた。自分が棲んでいるのは小さな町で、山の彼方では別の時間が流れている……。

故郷に戻った瑞枝は、魂が抜けてしまったかのごとく、足取りもおぼつかない。いつも虚ろな表情だった。みるみる体力が衰えていく。帰郷の一年後、高田（現、上越市）の病院であっけなく死んだ。大正十三年十二月三十日の未明のことである。

その日、寺の土間ではまだ暗いうちから正月用の餅つきがはじまっていた。外には雪がしんしんと降り積もっていたが、格子戸の内側は威勢のよい掛け声と立ちのぼる湯気で、むせかえるようだった。綿入れの半纏《はんてん》をまとった子供たちは、囲炉裏の周りでつきたての餅をまるめてかさね餅にしたり、あるいはいたずらに狸や狐などの形にしたりして興じていた。突然、囲炉裏にかかっていた鉄瓶が、真っ赤な炭のうえにどすんと地響きをたてて落ちた。白い蒸気が、汽笛のような哀しげな音色をたてて吹きあがった。大人たちの掛け声が止んだ。

雪を踏む足音が近づいてきたのはそのときである。冷気が、ふうっと入り込んだ。一瞬人びとの視線は睫《まつげ》まで雪に染まった男に集中した。夜明けの客は、電報配達人である。書きかけの文章に、無造作にピリオドが打たれてしまう。死とはそういうものだ。武子には、まだ伯母の無念さがわからなかった。

武子は初潮を迎え、自分で自分の人生をデザインするスタートラインについたばかりだった。赤飯を炊いて祝ってくれたことにどんな意味が込められているのか、考えなかったわけではない。独りで過ごすことも多くなり、もの思いにふける時間がふえた。伯母を駆り立てたなにかが、自分のなかに脈打ちはじめている。いずれ自分もここから出ていく、そういう漠然とした予感に囚《とら》われていた。

いつか遠くの遠くの、海のもっと遠くの、島もなにも見えないようなところまで、きっと行くんだ、と。

「飯山の町を出ることが、既定の路線になっていくわけですね」

僕は訊ねた。

「そのあたりが、いまもってはっきりしないんですけど。ただ自然にそういう気持ちになっていました」

武子はそう言いながら、少し考えこんでいる。

「宣正《せんしょう》さんは異郷で病死し、瑞枝さんは挫折して帰郷したわけですが、それで二の足を踏むことにならなかったんですか」

「むしろ、瑞枝伯母はひとつの大きなドラマを演じて終わった、そう見えたのかもしれません。それと、父やもうひとりの叔母のことも脳裏にありました」

「お父さんの弘円さんも大谷光瑞探検隊の一員として外に出たわけですからね。その影響も無視できないでしょう」

「そういえば、わたし、父の大きな茶色の革のトランクにいつもなにかを詰めていたんです。簞笥がわりに、自分の衣服を入れたり出したりして遊んでいましたから。そのトランクが、かつて探検に使われたものだと知っていました」

「ほかに思い出すことがありますか」

「そうそう。瑞枝伯母は十一歳で上京しましたでしょ。鶴枝叔母は、もっと幼いときに家を出ているんです」

「もっと幼いときというと?」

「正確には知りません。ただ戻ってきたのは八歳だったと聞いています」

「瑞枝さんと鶴枝さんは、いくつ歳がちがうんですか」

「ちょうど十歳です」

僕は、手製の年表を見ながら確認した。

「すると、瑞枝さんが上京したのは明治十五年。島崎藤村がわずか九歳で、木曽の馬籠《まごめ》宿から上京したのが十四年です」

「藤村と父(弘円)は同い歳なんですよ」

「ええと、鶴枝さんがここを出て行ったのは何年になるのかしら?」

「それがね。ちょっとわからないの」

「当時の手紙類が残っていませんか」

「あると思います」

「それにしても、かわいい子には旅をさせろ、とはいいますが、その幼さは尋常ではない。

なぜですか」

「日本英学館に通っていた瑞枝伯母の影響があります。妹（鶴枝）にはもっと小さいうちから英語をたたきこんだほうがよいって、祖父母にアドヴァイスしたからなんです」

「考えてみれば、津田塾大学を創設した津田梅子が岩倉具視《いわくらともみ》遣外使節団とともにアメリカに渡ったのは、たしか七歳のときでしたものねえ。十年ほど向こうにいて帰国したんですけど、完全に日本語を忘れていたらしい。いまの帰国子女みたいなものです」

「それでね、外国人の家庭で育ったほうがよい、となったのよ。鶴枝叔母は、地震学者として有名なミルンさんのところに預けられたんですけど。どういうわけか、すぐに実家に戻ってきました」

「たしかお雇い外国人のミルン博士のことでしょう。名前だけは知ってます」

「そう。なぜミルンさんに白羽の矢が立てられたのかわかりませんが、たぶん伯父の藤井宣正のつてではないかと思うんです」

「瑞枝さんは、本願寺の改革派の旗頭でそのころではめずらしい外遊体験のある島地黙雷《しまじもくらい》のところに預けられましたよね。妹の鶴枝さんも、ミルンさんのもとに預けた。年端もいかぬ幼女を、まったく異なる環境にほうりこむ。相当変わったお寺ですね、新しい時代の空気がみなぎっていたというか乱暴というか……」

「このお寺、ホウセンカみたいでしょ。機が熟すとポンと実がはじけて、みんな四方八方に跳ね飛んでいくんですもの」

　武子と古いアルバムをめくっていくうちに、立派な口髭をたくわえた恰幅のよい英国紳士の姿を見つけた。それがジョン・ミルン博士だという。洋装の婦人が三人と一人の紳士がいっしょに写っている。ミルン以外は、いずれも日本人である。

　王立鉱山学校を出たミルンは、アラビアの地質調査に従事したのち、二十六歳で来日している。工学寮（東大工学部の前身）で地質学、鉱山学を教えた。東京滞在中に、日本人の妻を娶《めと》った。西本願寺の函館別院・願乗寺《がんじょうじ》出身の娘、堀川トネである。

　博士の滞日は一八七六（明治9）年から一八九四（明治27）年の十八年間であった。帰国してからも日本人との交流がつづいていた事実が、この写真で明瞭になる。さらに大谷光瑞との距離の近さも推しはかれる。なぜなら写っている婦人のうち一人がトネ、ほかに光瑞夫人籌子《かずこ》と九条武子（光瑞の妹）、紳士はシルクロード探検隊員の渡辺哲信。彼らは英国の南部ワイト島のミルン邸で、日本を離れてはるかのち、一九一〇（明治43）年にこうして顔を揃えているのである。滞日中に彼らがどれほど深い交わりをもっていたかを、一枚の写真が雄弁に語っている。

　幼い鶴枝が東京・本郷のミルン邸で世話になる段取りは、本願寺の情報ネットワークのなかで見出されたものとみられる。

　にもかかわらず鶴枝はジョン・ミルン博士のところから戻された。なぜなのか。

経堂にしまいこまれていた手紙のなかに、その間の事情を説明するヒントが残されていた。手紙のひとつは、藤井宣正の出したもので、宛名は瑞枝・弘円・鶴枝姉弟妹の両親井上寂英《じゃくえい》・よしえ夫妻となっている。日付は明治二十二年五月六日。

奇妙なことに、ある部分だけは寂英が黙読し、よしえにわからぬよう読みとばしてほしいと要請している。よしえは字が読めなかったか眼が悪かったのか、いずれにしろ手紙は夫が声を出して読んできかせていたようだ。妻に聞こえては都合の悪いところになにが書いてあったのか。解読してみた。

「瑞枝がミルン邸にまいりしところ、突然『鶴枝さんはなにぶん堀川女（トネ）の申す事をきかず、さしあたり折檻《せっかん》することも相成らず、国もとへ引き取ってもらいたし』との事。瑞枝は返事もできず、すぐに引き連れて帰宅致し候。先方（堀川）は実に奇妙人なり。瑞枝は、母君が一時にぐっとご立腹あらんことを恐れおり候」

庫裏《くり》の茶の間に、寂英とよしえの肖像画が飾ってある。僕は武子の話をききながら、二度、三度、視線を肖像画のほうに泳がせていた。

寂英は緑の袈裟《けさ》をまとい、房のような白いあご鬚《ひげ》を胸元まで垂らしている。弘円や武子と共通の大きく長い鼻の持ち主。いっぽう、黒の留め袖姿のよしえは、唇がうすく、眼に険がある印象。尖《とが》った意志を感じる。

「手紙をみると、寂英さんよりもよしえさんに、ずいぶんと気をつかっているのがわかります。『母君が一時にぐっとご立腹あらんことを恐れ』などとね。寂英さんは、恐妻家だったかもしれない。『破戒』の老住職みたいに女性問題など引き起こしていられない雰囲気ですね、これは」

　武子は、笑いながら肖像画を見上げた。

「そうなの。祖母は強い人だったんです。祖父はそそっかしくて、袈裟や衣を脱いだままにして、次の日、裏返しに着るような人でした。あるとき高座で、うしろに下がっていくうちに、ひっくりかえったそうです。祖父は法話を聴きにきた檀家のみなさんの前で、足をバンザイしちゃって。足袋をはいていなかったのがバレてしまった。祖母は、『わたしに恥をかかせよって』と祖父の法衣の袖をひきちぎって、囲炉裏にくべてしまったの」

「このお寺、女の時代を先取りしていたみたいだな。祖母のよしえさん、瑞枝さんと鶴枝さん、孫の武子さんまでみんな元気がいい。いまのエピソードを聞いて、ものごころのつかない娘を外に出したわけが理解できます」

「そうね。おばあちゃんがそういう人だったから、やれたことかもしれない」

「鶴枝さんがミルン家から追い出されたと知ったら、よしえさんの気持ちはきっとおさまらなかったでしょう」

　瑞枝も藤井宣正と同じ日に、実家へ手紙を書いている。二人でそれぞれ事情説明することで、少しでも両親を落ち着かせようとの算段であろう。

「堀川のおばさん（トネ・ミルン）が言うには『私は二、三日前より不快にて医者に診断を請いしところ、医者が言うには〝気をもみては治らざる病気にて気を楽にして湯治か何かに行ったがよかろう〟とのこと。湯治に行こうかとも思うし、ついては子供がいては世話がやけ、したがって気を楽にすることもできず、いっそお国のほうにやっていただきたく、今日は幸いあなた（瑞枝）がお出でのことゆえ連れて行ってもらいたい』とのこと。わたしも『それでも置いて下さい』と申すわけにも参らず、つれて帰り候」

さらに一週間後の宣正の手紙。落胆している両親の気持ちを配慮して、堀川家の非を述べ、さらに姉弟が発奮し、「瑞枝は、かくなる上は鶴枝の教育は引き受けるとて大いに勉強。弘円君は、早く一人前となりてその教育に干渉し、今回の雪辱をはたさんと言う勢いあり」と伝えたりしている。また、婉曲な言い回しで鶴枝の性格の難しさについて、「鶴枝さんは、生来、過敏とお見受け致し候。膝下《しっか》においてはなるべく温厚素朴にご教育くださるよう」と指摘している。宣正は、鶴枝の性格上の問題でミルン夫人がもてあまして忌避したのではないかと心配していたようだ。

ミルン夫人の伝記『女の海溝——トネ・ミルンの青春』（森本貞子著）をひもとくと、そのころトネの置かれた苦境がこう説明されている。

「ミルンは明治二十二年、半年間の賜暇《しか》を得て故里英国へ、一時帰国した。トネは九年ぶりで故里函館へ懐かしい津軽海峡を渡った。前年の明治二十一年秋には、トネの長兄、徴雲が九月函館の願乗寺で、その次の月、三兄の秀三郎が神奈川県久良岐郡中村で、相次いで亡くなっている。母はなさぬ仲とはいえ、幼いときから手塩にかけて育てた息子を二人も失って悲嘆に暮れていた。長兄は労咳《ろうがい》、三兄は流行病コレラという病魔に勝てなかったのである」

どうも先の手紙の中身だと、宣正も瑞枝もトネ側のこうした事情を必ずしも理解していたとは思われない。いっぽうトネ・ミルンの伝記作者も、当時トネが鶴枝を預かっており、しかもその責任を放棄して帰郷した点にまったく触れていない。

八歳で故郷に戻ってきた鶴枝は、実家の寺で四歳年長の少年に出会う。

近郷の永江村《ながえ》（現、中野市）の尋常小学校を卒業した少年は、飯山高等小学校に進学した。片道二里（約8キロ）の道程を歩かねばならない。冬になると道路も田圃もそして家々も、なにもかもがすっぽりと雪の下に埋まってしまう。千曲川だけが、大蛇のように青い光を放ってうねっているのだった。

少年は冬場だけこの寺に下宿をたのんだ。

十一歳から十四歳までの四年間、飯山の高等小学校に通った少年は、卒業すると母校の村の尋常小学校で代用教員となった。

三年後、長野県師範学校に入学した。四年間の課程をおえ、明治三十年、二十一歳で卒業して最初に赴任した先が、かつて学んだ飯山高等小学校である。

再び同じ寺に、今度は通年で下宿した。あのときの幼い少女は、気品ある娘に成長していた。翌明治三十一年七月十五日、寺の娘鶴枝と結婚する。


僕は藤村の「初恋」を思い出した。

「島崎藤村の『まだあげ初《そ》めし前髪の／林檎《りんご》のもとに見えしとき／前にさしたる花櫛《はなぐし》の／花ある君と思ひけり』ではじまる『初恋』という詩があるでしょう。あれは、相手の少女が八歳なんです」

武子は、

「じゃあ、まるで鶴枝叔母さんたちみたい」

とおどけてみせた。

「藤村が九歳で故郷を離れたときの回想とされています。藤村の実家は、本陣、庄屋、問屋の三役を兼ねていたこともある馬籠随一の名門です。藤村は、嫁いだ姉を頼って上京しますが、文明開化の東京で教育を受けさせようとの両親の強い希望によるものでした。隣家の少女の面影を、のちに詩にしたわけです」

「このあたりも、五月になると林檎の花がいっせいに開くのよ」

「『朧月夜』を作詞したもう一人の叔父さんとは、この鶴枝さんと結婚した青年教師のこ

なります」

「それにしても、二十二歳と十七歳。今日からみるとずいぶん若いカップルということになります」

「鶴枝を嫁にください、という辰之叔父さんに、よしえおばあちゃんは〝将来、人力車に乗って山門から入ってくる男になるなら……〟との条件で結婚を許したんです」

「人力車で……とは、出世してこい、ということですね」

「ええ。二人は結婚すると、すぐに上京するんです」

「こうは考えられませんか。田舎の学校教師にしては野心の強すぎる男が、たまたま下宿している。こいつはものになるかもしれないとよしえさんは勘をはたらかせた。そこで鶴枝さんをくっつけた。いわば、リターンマッチ。鶴枝さんを、もう一度、外に向かわせるために。どうです、そんな意味が込められていたんじゃないですか」

「そうかもしれないわね。二人がいっしょに写っている写真をお見せしましょうか」

たぶん結婚直後の写真だと思われる。厚手の絨毯、透かし彫りの屏風《びょうぶ》、飾り紐でとめられたカーテンなどの鹿鳴館風の調度から見て、東京の写真館で撮影したものであろう。

椅子に腰掛けた鶴枝の右側に辰之が立っている。鶴枝は丸髷《まるまげ》、小紋《こもん》の中振り袖に袋帯。面長《おもなが》で、切れ長の目と細い顎が、能面を思わせる美人である。辰之は膝下まである紋付きと袴《はかま》姿、手に扇子。坊主頭で額が広く、縁なしの眼鏡をかけている。二人の表情に稚気を感じる。辰之は師範学校を出てまだ一年と少しだし、鶴枝は十七歳にすぎない。

師範学校は全寮制で、軍隊的階級制が厳しい。就寝、学習、食事、外出の時間なども画一的に規制されていた。食物、衣類、日用品が支給され、学費も免除。病気治療費用も出してくれる。これに対する債務として卒業後一定期間は地元の教師になるという服務義務に縛られた。師範学校卒業生は、「他途《たと》に出身するを許さず」といわれた。

辰之は規則正しい師範学校生活のなか、新体詩に休息を見出していた。抜き書き帳には、当時の詩人たちの新体詩を書き写していたし、自分でつくった詩も書きつけている。

下にこひしき少女子《をとめご》を
ひがめて人の語るとも
さなりとわれは応《こた》へけり

人のし出《い》でしすさびには
今一ふしとおもふにも
こよなきことと賞《たた》へけり

束の間惜しき折りにても
訪《と》ひ来し人に向ひては
長居しませと語るなり

あはれまことを秘め置《おき》て
われと己《おのれ》を欺くを
神は何とやおぼすらむ

〝下にこひしき〟とは、内心ひそかに恋している、という意味である。自分の好きな女性について、人がとかく噂をするけれど、自分はあえて弁護しない……。内面の独立をはにかみながら、しかし頑固に訴えている。

「心の苦」と題されたこの詩は、『文学界』の投稿欄を飾った。『文学界』は当時の文学青年の憧れの雑誌である。島崎藤村の新体詩が人気を呼んでいたし、同じころ樋口一葉の『たけくらべ』も連載されていた。

藤村が『若菜集《わかなしゅう》』に収録した新体詩には、このころつくられたものが多い。有名な「初恋」も、最初は『文学界』に発表された。辰之は、『文学界』に載った「初恋」の少女に、八歳で故郷へ戻ってきた鶴枝の面影を重ねてみたのではないか。

飯山高等小学校の教師を一年半でやめた辰之は、鶴枝とともに上京を決意する。明治三十一年九月のことである。だが、師範学校卒業後の服務義務、つまり〝年季奉公〟は、まだ終わっていない。契約違反を承知で上京するにはそれなりに目算が立っていなければならない。無名の詩人は、最初の難所に差しかかろうとしていた。

5

自分が生まれ育った場所を棄て、はじかれたように外の世界へ向かう。そういう衝動が日本列島のあちらこちらで疼《うず》きはじめたのは従来と異なるライフスタイルの誕生、つまり都市における生活がはじまり出したからである。都市のなかでもとりわけ、東京は中央として他と一線を画す。中央の観念が生まれるとき、それ以外の地域はおのずと下位にランクされた。おきまりの田園風景でなくとも、地方は田舎として位置づけられてしまう。いまも地方から中央へ、人の流れはやむことがない。都市の強い磁力は、いつからはじまりどこまでつづくのだろう。中央という観念は、なにによってもたらされるのだろう。

それまでの日本人にとって〝国〟とは、すなわち〝おらが国〟のことだった。ところが近代国家の誕生とともに、確実に自分の周囲に存在していたはずの国境線は、はるか彼方へと遠のき、国は自分を取りまく地域ではなく、抽象的な観念へと変貌したのである。すべての日本人は、この時点で故郷を喪失していたのかもしれない。

マルセイユで客死した瑞枝《たまえ》の伴侶藤井宣正《せんしょう》にとって、故郷はなんの値打ちもないもののように、僕には思われた。いっぽう、武子のもう一人の叔母鶴枝は、向学心に燃えた地元の青年高野辰之と、信州の小さな町を飛び出し上京することになる。若い二人に、故郷はどういう翳《かげ》りを与えることになるのか。

後年、辰之は、「故郷《ふるさと》」という歌詞を書いている。いまでも広く愛唱されている懐かしいあの歌である。

兎追ひしかの山
小鮒《こぶな》釣りしかの川
夢は今もめぐりて
忘れがたき故郷
如何《いか》にいます父母
恙《つつが》なしや友がき
雨に風につけても
思ひいづる故郷

こころざしをはたして
いつの日にか帰らん
山はあをき故郷
水は清き故郷

文部省唱歌「故郷」が載った『尋常小学唱歌・第六学年用』の教科書が配布されたのは大正三（1914）年四月であった。辰之が上京して、十六年経っている。「故郷」が生まれるまでに彼の周りに起きた出来事は、これから明らかにしていく。

文部省唱歌は童謡と違って、作詞・作曲者名が伏せられていた。これが辰之の作として知られはじめたのはごく最近のことである。

二十二歳の辰之と十七歳の鶴枝が上京したのは、明治三十一年九月だった。

辰之は長野師範の学生時代、『文学界』に詩を投稿していた。そのころすでに、藤村は『文学界』のスタア詩人である。

辰之上京の前年八月に出版された『若菜集』で、藤村は新体詩人としての名声を確立しはじめていた。第二詩集『一葉舟《ひとはぶね》』は明治三十一年六月、第三詩集『夏草』は十二月、とたてつづけに上梓《じょうし》されている。二十六歳の藤村には、いきおいがあった。

無名の辰之に、藤村は雲上人《うんじょうびと》のように映じたはずだ。同じ信州の出身とはいえ、知遇を得ていたわけではない。彼が上京後に頼ったのは藤村でなく、上田萬年《かずとし》という学者である。ドイツとフランスで言語学を修得して帰国した新進の学究は当時まだ三十一歳。濃い眉に眼光炯々《けいけい》、おまけに獅子鼻。すでに東京帝国大学教授の地位にあった。

無骨な萬年も雑誌に新体詩を発表しており明治二十八年に出版された『新体詩歌集』に収録されている。つぎのような調子だから、お世辞にもじょうずとはいえない。

せっかくたのしい此世《このよ》の中を
かたい理屈でむがむにきざむ
野暮ぢゃ先生ちょとふりむいて
こちらの花をも見やしゃんせ
（「学者」）

御国おもひて気も結ぼれて
ひとりくよくよ樹の間を往《ゆ》けば
花が泣くなと意見する
（「花」）

新体詩というジャンルは、新しい詩の形式が生まれるまでの混沌にすぎなかったことがこれでよくわかる。僕たちは、藤村の流麗な新体詩をイメージし、ともすればそのスタイルがはじめから存在したかのように考えがちだが、実際はちがう。

新体詩の名称は、明治十五年に刊行された『新体詩抄』にはじまる。社会学者外山正一《とやままさかず》、植物学者矢田部良吉《やたべりょうきち》、哲学者井上哲次郎の三人の手になる『新体詩抄』は、ヨーロッパ詩の翻訳が中心だった。翻訳の受け皿としては、漢詩や短歌は不適任である。おのずと新しい形式が要請された。ヨーロッパでもかつては学問の言葉はラテン語で、母国語が俗語として軽視されていた時代があった。やがてラテン語ではなく母国語による文学表現が主流になっていく。そういう流れをなぞるように、日本で新体詩が誕生しようとしていた。この新しいスタイルに詩魂が盛り込まれるまで、しばらく時間を要したのである。

『新体詩抄』の序文で、編者のひとり矢田部良吉は、「わが邦人の従来平常の語をもちいて詩歌をつくること少なきを嘆じ、西洋の風に模倣して一種新体の詩をつくり出せり」と述べている。まずそういう段階があった。

そして、二十二年後の明治三十七年、三十二歳の藤村はそれまでに発表した『若菜集』『一葉舟』『夏草』『落梅集《らくばいしゅう》』の四冊の詩集を合本にし『藤村詩集』にまとめた。そこに有名な「遂《つひ》に、新しき詩歌の時は来《きた》りぬ」ではじまる藤村自身の手になるマニフェストが寄せられている。

「そはうつくしき曙のごとくなりき。あるものは古の預言者の如く叫び、あるものは西の詩人の如くに呼ばはり、いづれも明光と新声と空想に酔へるがごとくなりき。
うらわかき想像は長き眠りより覚めて、民俗の言葉を飾れり。
伝説はふたたびよみがへりぬ。自然はふたたび新しき色を帯びぬ」

日本の詩の歴史のうえで、藤村が果たした役割は決定的だった。

井上靖は、藤村の影響下に「土井晩翠《つちいばんすい》、薄田泣菫《すすきだきゅうきん》、与謝野晶子《よさのあきこ》、蒲原有明《かんばらありあけ》、さらに降って北原白秋《はくしゅう》、三木露風《ろふう》、石川啄木《たくぼく》といった新詩人が続々と誕生」したと述べ、「明治から大正の初めにかけて日本の詩歌壇は百花が一時に咲き乱れた観を呈するが、これは『若菜集』一巻が投じた波紋であると言っても過言ではない」とさえ言い切っている。異論のないところだろう。

新体詩は短歌に対し長詩とも呼ばれたが、ふさわしいつくり手が現れたこと、時が熟したことで、ひとつのジャンルとして認知されてきた。以後、単に「詩」と呼ばれるようになっていく。

このあと藤村は、仕事の比重を詩から散文に傾ける。高らかに新体詩宣言を謳《うた》いあげたときには、すでに心は散文へと向かっていたのである。『破戒』のモデルになった寺を訪ねた時期と、これまでの詩集を集約、『藤村詩集』と題してピリオドを打つのは同じ明治三十七年なのだから。

僕は、藤村と辰之のすれちがいが気になっていた。そのあたりを武子がどう記憶しているのか興味があった。

「高野辰之が鶴枝さんを娶《めと》って上京してから六年後ですね、藤村が『破戒』を執筆する目的でこのお寺を訪ねてきたのは」

「そう。だから、お互いにまったく面識はありません」

「辰之は上田萬年を頼って上京していった。もし詩人を目指すなら、藤村と連絡をとろうと考えてもよかったと思うんです」

「その辺は、わかりません。じつはわたし、辰之叔父さんが詩人だなんて知らなかったんです」

「詩人ではないと?」

「ええ。なにやらむずかしい学問を研究している気むずかしい学者だと思っていました」

「でも『故郷』という歌は知っていたでしょう?」

「わたしは飯山小学校の授業で『故郷』を習ったんです。でもそれが辰之叔父さんのつくった歌だなんて、知りませんでした」

「叔父さんなのに、知らなかった?」

「ええ。全然」

「じゃあ、『朧月夜』も？」

「知りませんでした。『紅葉《もみじ》』だって」

「『紅葉』もそうなんですね」

「どれもこれも小学校で歌いました」

「武子さんが小学校に通った大正時代にも、僕が小学生だった戦後も、『朧月夜』や『故郷』、『紅葉』を歌った。そういえば、僕だって高野辰之の名前は記憶にない。『からたちの花』の北原白秋とか、『荒城の月』の土井晩翠、『夕焼け小焼け』の中村雨紅《うこう》、『かなりあ』の西条八十《さいじょうやそ》、ふつうそういう名前、わりあい自然におぼえちゃっているものですよね」

「そうなの。そういう有名な人たちとは違って、叔父は詩においては、ほとんど表面に出ることはありませんでした。文部省唱歌は、作詞作曲者を公表しませんでしたからね」

「なるほど。それにしても、辰之の詩は四季の織り込み方が、とても巧みですね。とくに春の『朧月夜』と秋の『紅葉』が……」

僕が真宗寺を訪れたのは晩秋である。車窓から眺めた紅葉は、あの歌のようにあざやかだった。それが、しばらく飯山に逗留して戻るときには、寂しく色を落とした景色となっていた。霜がおりたからである。北信濃では、紅葉も春の桜のようにいっせいに華やいで、木枯らしとともに短い命を終える。

僕は「紅葉」の歌詞を思い出してみた。

秋の夕日に照る山紅葉《もみじ》
濃いも薄いも数ある中に
松をいろどる楓《かえで》や蔦《つた》は
山のふもとの裾模様《すそもよう》

渓《たに》の流れに散り浮く紅葉
波にゆられて離れて寄って
赤や黄色の色様々《さまざま》に
水の上にも織る錦

この詩が日本人に歌いつがれているのは、前半の賑やかなシーンと後半の散華《さんげ》のシーンをふたつに分け、コントラストを描き出しているせいではないか。

「朧月夜」も「紅葉」も、四季のうつろいがきわめて明瞭に印象づけられるのは、北信濃の風景を念頭においているからだろう。雪がめったに降らない九州や四国、夏の短い北海道では、四季が均等ではない。本州でも、日本海側は冬の暗さが、太平洋側ではまばゆい陽光が、季節の彩りを弱めている。

北信濃の四季は、頂点と谷底が明瞭なのだ。幾重にも連なる青い峰々が朧に霞んだ月をひきたてるころ、桜は満を持して蕾《つぼみ》を脹《ふく》らませている。山裾の渓流に浮かぶ紅葉のはかなさがきわだつ晩秋、愁《うれ》えるいとまもなく豪雪が襲い、風景を一変させるのである。


辰之のつくった歌は、なぜ文部省唱歌に採用されたのか。しかも、身内にすら知らされていないのは奇異な感じがする。

その謎は、辰之の上京後の足取りと関係がありそうだ。なぜか詩人としては一流の藤村を師と選ばずに、たいした詩を書いていない上田萬年のもとへ走った。

僕は、明治二十七（１８９４）年に勃発した日清戦争によるナショナリズムの高揚が、当時の青年に与えた影響をみないわけにはいかない。辰之は、長野県師範学校在学中、両親へ宛て、弟妹に「国家的観念を御養成くだされたく願い上げ候」と手紙を出している。「戦争ごっこをしている子供たちをたくさん見かけます、せっかく関心をもっているのに戦争の意味がきちんと教えられていないような気がするのです、いまこそ国家的思想を養う好機、お父さん、弟や妹たちに新聞をよく読み聞かせてください」と。

上田萬年の帰国は、日清戦争がはじまる直前である。

萬年が留学先で学んできたことは、国家の基礎は母国語にあり、とするテーゼだった。

時流にのった彼の主張は、教育界に広く受け入れられはじめる。

十九世紀のヨーロッパはナショナリズムの時代である。萬年は、専門の言語学を通じてナショナリズムに触れた。各国では、国語学が重視されていた。ひとつの国のなかに幾種類もの言語が通用していたヨーロッパでは、国語を統一することで、国民の団結心を高めようとする空気がみなぎっていた。英国ではウェールズ語・ゲーリック語が、フランスではバスク語・ブルトン語が、ドイツではポーランド語・デーン語・フランス語が、それぞれの議会での使用を否決されている。

萬年は、「国語と国家と」の題で講演してまわった。日本人としての肉体的な証《あかし》が血液であるならば、精神的なそれは日本語である、と主張した。

「言語はこれを話す人民に取りては、恰《あたか》もその血液が肉体上の同胞を示すが如く、精神上の同胞を示すものにして、これを日本国語にたとえていえば、日本語は日本人の精神的血液なりと言いつべし。日本の国体は、この精神的血液にて主として維持せられ、日本の人種はこの最もつよき最も永く保存せらるべき鎖の為に散乱せざるなり」

これだとただ景気のよい空疎なアジテーションのようにしか聞こえない。しかし、彼の訴えはつぎのようにつづく。

日本は漢字文化の本家と戦争をしている。にもかかわらず、日本の知識階級は、漢文で詩や手紙を書いている。どう考えてもおかしいじゃないか。日本人には日本語がある。ところが、その日本語での表現は口語と卑しまれ、文章にすると通俗的だと斥《しりぞ》けられてしまう。ふだんの暮らしで使う言葉こそ、日本語の命ではないのか。幼いころ、遊びに疲れはてすやすや眠りにつこうとした折、母親はいかにやさしい声で子守歌をうたってくれたことか。わるふざけしたとき、厳しい父親は、なんとおごそかに教訓をたれたろうか……。

国語学とは、日常生活に使われる言葉の延長に確立されるべきものとされた。

言文一致の運動は、二葉亭四迷《ふたばていしめい》など小説家がはやくから試みたが、成功していない。萬年がこうした主張をつづけているころ『文学界』では樋口一葉の『たけくらべ』が連載されており、文体は擬古文調であった。『たけくらべ』に漂う気品としなやかさは、こうした文体と無縁ではない。また、学者や思想家が好んで漢文調の文章を用いたのは、男性的で風格が備わりやすいからだった。

萬年はいわゆる俗語により、それらと同等な品格をもつ文章をつくろうと考え、実践しようとした。ドイツ留学時代の友人平山信は、上田萬年に手紙を書き送ると「君のテニヲハは違っている」としばしば指摘されたと回想している。萬年はあらゆる場所で、持論を試している。そのひとつが、すでに引用した新体詩であった。平易にすれば、よい詩ができるわけではない。藤村とは較ぶべくもないほど、へたくそだった。萬年の才能は別のところで発揮される。

明治三十一年、彼は東京帝大教授のまま文部省専門学務局長兼文部省参与官になった。

明治三十三年に小学校令施行規則が制定されている。国語科がつくられ、仮名の字体がさだめられ、漢字数を一千二百字と制限した。

萬年は、そうした国語・国字改良運動の中心に、常にいた。いわばヨーロッパにおけるダンテやルターやチョーサーが、ラテン語に対してそれぞれの言葉の地位の向上に果たした役割を、学者として、教育行政者として日本語においてなそうとしたといえる。

その門下から有為な人材が輩出したことも事実だった。昭和六十一年、八十一歳で亡くなった作家の円地文子《えんちふみこ》は、萬年の次女である。『夢うつつの記』で、父親の思い出をこう綴っている。

「辞苑で有名な新村出《しんむらいずる》博士、アイヌ語の研究で知られる金田一京助《きんだいちきょうすけ》氏、朝鮮の諺文《オンモン》で有名な金沢庄三郎博士など数えればまだ大勢の方がいるであろう。当時の父の講義を新村出博士は、『恐ろしく迫力があって、聞いている者にインスピレーションを与える話し方だった』と言っていられる。おそらく父としても西洋から帰って間もない頃で、自分のヨーロッパで学んだ博言学《はくげんがく》の知識をどういうふうに国語に生かそうかと、気負っていた時代なのであろう」

辰之が上田萬年に、どうわたりをつけたのかはさだかではない。上京にあたって萬年から、なんらかの保証があったようだ。辰之はのちにこのあたりの経緯につき、「私が督励を願ったのは明治三十一年の春から……、身の振り方に関してまでも、ご指導を願い、就職方面までもご配慮を願ったことであった」と記している。

また別の回想では、「明治三十一年の九月から文科大学（後の帝国大学文学部）の国語研究室で勉強させて貰うことになり、上田萬年先生にご指導を仰いで、新たに組織だった研究をすることになった」とも書いている。

それでも辰之の資格は、はっきり見えてこない。

妻鶴枝と二人で上京したのはよいが、資金的な展望は拓かれていなかったのだろう。すぐに生活費を送ってほしい、と辰之の実家へ手紙を出している。旧家とはいえ両親には、辰之の上京は無謀であった。弟妹たちはまだ幼い。

天候不順のため農業が不作で蚕もうまくいかない、一刻も早く帰郷するようにとの母親の手紙が返ってくる。息子は再び、ここで選んだ道を棄てるわけにはいかない、石にかじりついても学問に打ち込みたいと綴った。

「こころざしをはたして／いつの日にか帰らん」、そのままである。

同じ年、京都では有栖川宮《ありすがわのみや》の媒酌で、二十一歳の大谷光瑞と十五歳の九条道孝《みちたか》公爵の娘籌子《かずこ》が結婚式に臨んでいた。

挙式は西本願寺の飛雲閣《ひうんかく》で行われた。太閤秀吉が築造した聚楽第《じゅらくだい》からそのまま移築したと伝えられる数寄屋《すきや》書院風造りの建物は、金閣・銀閣の流れを汲んだ瀟洒《しょうしゃ》なたたずまい。

その鴻《こう》の間には、文明開化の炎が侵入している。光瑞は位の高い僧が参内するとき着用する裘代《きゅうたい》と指貫《さしぬき》姿、籌子は英照《えいしょう》皇太后から贈られた紅梅の袿袴《うちきばかま》。蠟燭《ろうそく》のかわりにシャンデリアが輝き、金箔の屏風に反射した影は豹の斑紋のように妖しく動いた。

籌子の妹節子《さだこ》が、皇太子嘉仁《よしひと》（後の大正天皇）へ輿入《こしい》れしたのは、その二年後になる。

海外に羽ばたこうと機をうかがっていた光瑞にとって、結婚式はいわば査証を得るための手続きだった。天皇の義兄となる宿命を背負った光瑞は、やがてシルクロード探検へ向かう。絢爛《けんらん》豪華だが退屈な王城はなつかしい場所ではなかった。神戸にも上海にもジャワにも、彼は衝動的につぎつぎと豪壮な別荘を構えて歩くのだ。

いっぽう質素に船出した辰之は、上京後わずか一年半で、故郷に引きずり戻される。

6

汽笛一声新橋を
　はや我汽車は離れたり
愛宕《あたご》の山に入りのこる
　月を旅路の友として

という鉄道唱歌を知らない者はいない。以前、特急列車の車内放送の前に、いつもこのメロディーが流れていたのだから。

歌詞は六十六番まである。明治三十三年五月発行の『地理教育鉄道唱歌』にえんえんと全部載っていた。昔は、この歌を何番まで暗記できるか競い合ったそうだ。もともとは大阪の出版社に持ち込まれたもので、在野の国文学者で歌人の大和田建樹《たけき》に補足させ前記タイトルの冊子に印刷、一部六銭で売りさばいた。その際、楽隊を雇い東海道を歌って歩き、これが宣伝になり十万部売れた。当時としてはたいへんなベストセラーといえる。

ところで鉄道唱歌は、東海道編だけではなく、第二集として山陽・九州編、第三集は東北・奥羽編、第四集が信越・北陸編と、つぎつぎと刊行されていく。コマーシャルソングのようなものだが津々浦々に普及するのは、全国鉄道網が幹線に限っては、ほぼ現在に近い形にまで整っていたからだ。工事の進捗《しんちょく》は驚くほど早い。

鉄道は故郷の風景を変えた。

島崎藤村は『千曲川のスケッチ』に、鉄道が運んできた異質な雑草を描写している。雑草は東京の文化の比喩とも読める。

「鉄道が今では中仙道《なかせんどう》なり、北国《ほっこく》街道なりだ。この千曲川の沿岸に及ぼす激烈な影響には、驚かれるものがある。それは静かな農民の生活までも変えつつある。

鉄道は自然界にまで革命を持来《もちきた》した。その一例を言えば、この辺で鉄道草と呼んでいる雑草の種子は鉄道の開設と共に侵入し来《きた》ったものであるという。野にも、畠にも、今ではあの猛烈な雑草の蔓延しないところは無い。そして土質を荒したり、固有の草地を征服したりしつつある」

高野辰之《たつゆき》も、藤村と同じような感想をいだいている。長野県師範学校の学生時代、木曽を旅して、こうしたためた。

「木曽は幽邃《ゆうすい》なり。然《しか》れども木曽は幽邃なりと天下にしらるる暁には、すでに旧時の態を見る能《あた》はざらん。……鉄車ひとたび黒烟《こくえん》を吐かば、此の山や河やそれ旧態を存して再び余に接せんや」

この時期、辰之はまだ東京を見ていない。木曽路を走る中央西線は敷設されておらず、長野と東京を結ぶ信越線が開通している。やがて木曽にも鉄道が敷かれるだろう。十九歳の青年は、そういう時代の流れをひしひしと感じ取った。信州の山奥の純朴な人情風俗が変わりつつあることに戸惑い、自然の景観が失われることにやり切れないものを感じていた。しかし、彼自身、三年後には車上の客となり東京に向かう。

地方から中央に出るには、なんらかのツテが必要である。今日のような雇用機会には恵まれていない。それでも田舎で食いつめ、あるいはひと旗上げようと野心を抱き大都会に集まる人びとがいた。スラムの様子は、想像を絶する。東京の住宅事情は現在も決して良好ではないが、さすがに貧民窟という言葉は死語となった。明治二十六年刊の『最暗黒の東京』（松原岩五郎著）は、たいがい「三畳に土間二尺」であり、ひどい場合は「二坪の座敷を蓆《むしろ》の屏風《びょうぶ》にて中を仕切り、そこに夫婦、兄弟、老媼《じじばば》と小児《こども》を寄せて六、七人軀《むくろ》を擁《かか》えて雨露《うろ》を凌《しの》ぐ」と描写している。

東京での暮らしは、正式なルートに乗っているかどうかでおよそ違った情景になる。広大な武家屋敷はたくさん残されていた。そこを占拠した人びとは、新しい政府によりもたらされた恩恵を享受できる立場にあった。いわく薩長の藩閥、三井・三菱の財閥、天皇家につらなる閨閥……。網の目は相互に絡み合い、ひとつの頂点をつくりはじめている。だが、隙間はさがせば見つかる。封建社会が崩れたばかりなのだ。立身出世の機会を窺う青年はあとを絶たなかった。

東京に遊学するには資金がいる。貧しい家に優秀な子弟がいると、親類縁者や周囲が寄って援助したり、篤志家が奨学資金を融通した。大学を出ると「学士さま」と言われた。「末は博士か大臣か」という期待もあった。成功すると「故郷に錦を飾る」ことになる。名誉をもたらすか、あるいは利益誘導がはかられる。だから彼らの期待は、遊学中の青年に重圧となってのしかかる。たえず背中に、故郷の人びとの眼差しが張りついていた。

日本社会の学歴尊重の気風は、こうした実利と結びついていて根が深い。高等教育の機会を得るのは、急行列車の指定席券を求めるのに似ていた。コースに乗れる青年はよほど恵まれているか、運がよいのだ。

辰之のように、地方の師範学校を卒業した場合は地元の教師になるしか選択肢はない。

それをなげうち無理矢理に上京するからには、相当のリスクを覚悟する必要があった。

辰之は東大教授で文部省専門学務局長上田萬年《かずとし》を頼って上京する。師範学校は、優秀な小学校教師を確保するため全寮制で日用品を支給し、学費を免除した。その代わり、十年間の服務義務を課した。うち五年は、知事の指定する学校に勤務しなければならない。出身県を離れるな、ということである。

辰之の場合は卒業後、飯山高等小学校に一年半勤めただけで出てきてしまったので、服務義務不履行になる。師範学校時代に受けた学資の償還を迫られる可能性があった。それを承知で上京したのだ。いくばくかの計算がはたらいていなければならない。辰之は上京三ヵ月前の明治三十一年六月、中等教員国語科検定試験に合格していた。それによって、国文学の実力が認められたことになる。この資格をひっさげて萬年に頼めば東京で研究をしたいという希望は受け入れられるはずだ。あとは努力しだい、いずれ萬年が研究者として身の立つようにしてくれるだろう。辰之の魂胆はうまくいくかに見えた。資料整理係という名目で帝大の国語学研究室に出入りし、萬年の個人指導を受けられるようになったのである。

しかし萬年は、すぐに辰之が自活する道を見出してくれるわけではない。親からの仕送りも、限界に近くなってくる。思いあまった辰之は、学資のいらない高等師範学校に入学して、研究を続けようと考える。

高等師範を受験するには、県知事の推薦状が要件だった。制度的には、「地方長官これを薦挙《せんきょ》し、高等師範学校長そのなかより試験のうえ選抜するものとす」（高等師範学校生徒募集規則）となっていた。辰之はそうした手続きを踏まずに、強引に萬年のところに転がり込んでいるから、ことは面倒になった。

萬年の権威をもって長野県知事に推薦状を書いてもらうしか方法はない。ところが、萬年は必ずしも辰之の急迫した事情を理解していたわけではない。萬年にしてみれば、田舎の青年が熱心に手紙を送ってきたところで、いちいち便宜をはかる義理はないからだ。服務義務違反者となれば、なおさらである。

辰之は、浦和中学の校長になっていた義兄の藤井宣正《せんしょう》に、どうかこの件について萬年が熱心に動いてくれるよう取りはからってほしい、と訴えにいく。宣正なら仏教学者としてそれなりに名声を博している。少しは効き目があるかもしれない、と。

宣正の依頼状をふところに辰之は勇んで帝大へ向かった。研究室のドアをあけたところまでは威勢がよかった。文面を追いながら、萬年は黙って考え込んでいる。それから、判決を言い渡すようにゆっくり口を開いた。

「僕が手紙で県知事に頼むといちばんわかりやすいけれど、それはできんな。証拠が残ってしまうからねえ。手紙は困るんだ。三月末に地方官会議があって、各県の知事が上京するので、その際にじかに話してやろう」

辰之は、それでは困る、と言いたかった。三月末に知事に会うのでは高等師範の入学試験に間に合わない。でも、宣正の依頼状には辰之の願望が細かく記されている。四月から高等師範に入るつもりだとも書かれている。にもかかわらず、そう言うのだから……。

辰之は、悔しい思いを宣正にぶちまけた。

「萬年先生も（宣正の依頼状を）ご熟読のうえの話なれば、反問などできるはずがなく、そのまま黙ってしまうよりありませんでした。これで高等師範入学は、あやしい雲行きとなってしまいました。先日、高等師範に入学したいと両親に書き送りましたところ、非常な反対にあい、なんとしても十月までには戻って来い、との返事。いままでかなり無理を言ってきたのでこれ以上父母に逆らうこともできません。高等師範入学ができないとなれば、大急ぎで奔走したことが無意味になってしまいます」

結局、辰之は高等師範入学を棒にふった。年度切り換えの時期なので、どこかの学校に教師としてもぐりこむ機会も同時に失っている。辛い待機の一年間を過ごすうちに、高等師範をあきらめ帰郷することになった。規則は、辰之の予想以上に厳しく、萬年の力をもってしても全面的に覆《くつがえ》すことはできそうになかったのである。萬年が骨を折ってまとめた妥協案は、二年間だけ母校長野師範の教諭を務める、それで服務義務について県当局と折り合いをつける、というものだった。

辰之は、高等師範への入学をあきらめ帰郷した。ふつう師範学校教諭になるには高等師範で三年間履修しなければならないところだが、難関の「検定試験」をパスしていたので資格だけはあった。のちに、「(長野師範の)生徒中には、私より年上の者もあった」と回想している。

明治三十五年四月、二度目の上京。仕事は萬年が手配してあった。

文部省国語教科書編纂委員という肩書である。これを二年間やった。飯山高等小学校で一年半、長野師範で二年、それにこの二年を加えると五年を越す。規則にあった県知事の指定する学校に五年以上という服務義務をクリアーできた。残りの五年は、文部省の属官、いわゆるノンキャリアとして勤務することで埋め合わせることになる。

辰之にとって、師範学校の服務義務は予想外の重圧だった。すったもんだのあげく高等師範入学の機会を逸した彼は、このときの挫折感を生涯引きずっていく。

辰之が萬年を頼って上京した同じ年、藤村は東京高等師範の附属音楽学校選科ピアノ科で過ごしている。

高等師範の附属音楽学校は、現在の東京芸術大学の前身にあたる。文部省が音楽取調《とりしらべ》掛《がかり》を設置したのは明治十二年。やがて音楽取調所として上野に移り、明治二十年に東京音楽学校として認知された。ところが明治二十六年に高等師範附属となり、再び東京音楽学校として独立するのは三十二年である。なぜこうしたややこしい経過をたどったかというと、いったん音楽教育の重要性が認識されはじめたのに、こんなものは要らないとする意見が台頭し紆余曲折《うよきょくせつ》したからだ。それで一時期、付属機関に格下げになっていた。

藤村が入学した選科についても説明しなければならない。

東京音楽学校に正しく入学する場合は、一年の予科を経て二年ないし三年、本科で学ぶ。それとは別にピアノ、オルガン、ヴァイオリン、唱歌の中のいくつかを選修しようとする者のために選科が置かれていた。選科はいわば聴講生のようなものだから、試験も易しかった。そのときの体験はのちの『食後』という連作小説の第九話「少年」に現れる。

「玻璃窓《ガラス》のいくつもある静かな教室の内《なか》で大きな洋琴《ピアノ》の前に立たせられて、試験掛《がかり》の男の教師が腮《あご》で相図をすると同時に、祐次《ゆうじ》は音階を繰返した。唱歌集の中にある歌を二つばかり震え声で歌った。洋琴の周囲《まわり》には二三の女の教師も居て、急に背《せい》ばかり延びたような、まだ十分に発育しない彼の体格を頭から足の方まで眺めた。

祐次は無作法な少年らしく顔を紅めた。先生方へ御辞儀をして、やがて控室の方へ引下った。

其日《そのひ》から彼は新入の予科生として、学校へ通うことを許された」

小説では予科の試験となっているが、予科の場合なら藤村の苦手な算術も必須だったので受からなかったかもしれない。選科を予科としているのはフィクションのゆえである。

藤村の楽器体験は仙台時代にはじまる。十九歳で明治学院を卒業した藤村は、翌年、明治女学校に就職、英語を教えた。ここをわずか三カ月で辞め、一年と少しブランクがあって、再び明治女学校に勤める。このときは一年半ほどつづいた。また仕事をしない期間が一年あり、そのあと仙台の東北学院に作文の教師として赴任した。明治二十九年九月のことである。ひとところに落ち着かない。この時期の藤村の特徴といえる。

東北学院も一年足らずだった。だが、仙台時代につくった詩がもっとも納得できるものだったようで、「あそこへ行くまでは、何だか自分の思うことと書くことがちぐはぐの様に感ぜられましたが、あそこへ行ってはじめて自分の思うことが書けるような気がしました」と、晩年に述懐している。

藤村に音楽への興味をいだかせたのは、仙台の下宿屋の十六歳の娘徳江《とくえ》キクヨが、まだめずらしかったヴァイオリンを習っていたという偶然によってだ。藤村はキクヨにヴァイオリンを教えてもらう。といっても素人が弦をいじる程度。自作の詩を作曲するような朗読風の弾き方だったという。キクヨにヴァイオリンを指導した四竈仁邇《しかまじんじ》という人物は、東京音楽学校の前身である音楽取調掛の出身だった。仙台に初めて音楽教育を持ちこみ、宮城県尋常師範学校で教鞭をとっていた。藤村が音楽学校に入学するために導きの糸が張られていたような成り行きである。

それでもなお、突然ピアノを習おうとするモティーフは、唐突な印象を残す。

『若菜集』の見本刷りが届くのは帰京する直前だった。藤村は、一冊の詩集で有名になった。

藤村が音楽に興味を抱いたのは、日本語の韻律《いんりつ》をつきつめていった結果だという説がある。『評伝　島崎藤村』（瀬沼茂樹著）に、「（藤村のピアノ学習は）一見、突飛な行為にみえるが、物事に執するところのある藤村は、ようやく『歌のしらべ』の千篇一律に流れるのを嫌って、詩の韻律上の変化をもとめる生真面目な努力をしていたものといえる」などとあるが、典型的な解釈だろう。

藤村自身も、それを裏付ける自伝風の小説『沈黙』を残している。

「僕はあらゆる芸術を味《あじわ》えるだけ味おうというような若い量見をもって、いくらか取って居た教師を辞し、東北のほうから帰ってもう一度一書生の身に返った。……しきりに文学と音楽とを並べて考えたい時代で、シューマンの『音楽と音楽家』などはあの当時僕が読み耽《ふけ》った書籍の一つだ。一度思い立ったことは兎《と》も角《かく》もそれを試みないでは居られないのが僕の性分だ。そこで僕は音楽の世界へもいくらか足を踏み入れた。僕は上野の音楽学校でそこに蔵《しま》ってある図書を漁《あさ》ることを許された。バッハの伝などがあって、借りて読んで見た。斯《こ》ういう僕の位置は我儘《わがまま》な気楽なようでも、苦しいことも多かった。僕はあまり自分の為《し》たいことを為《す》るといって非難されると同時に、一方では真実に自分をショパンやワーグナーまで連れて行って呉れるような人も見当たらなかったから」

文学と音楽を並べて考えるというのは、自分の詩をヴァイオリンの調べにのせ、かりそめのメロディーをつけていた体験から思いついたともいえる。詩人も音楽家も同じアーティストであるとする共感もあったであろう。それにしては、図書館にばかり通っていたようにも映る。ピアノ科でなければ、というほどの積極的理由も見出せない。

そこでどうしても一人の女性がクローズアップされてくる。

東京音楽学校の卒業生で、佐佐木信綱《のぶつな》主宰の歌会であったといわれる。ピアノ科助教授の橘糸重《たちばないとえ》である。藤村が一歳下の彼女と知り合うのは、佐佐木信綱主宰の歌会であったといわれる。藤村と糸重の間に特別な感情が芽生えていたのではないのかとする論文がたくさん発表されたが、いずれも確証がなく推測が多く取り入れられている。そういう方向で考えたほうがたしかにドラマティックにちがいない。ピアノ科の選択は、それほどに不可解とされてきた。

藤村は糸重を『水彩画家』に「清乃《きよの》」という名のヴァイオリニストとして登場させた。もし二人が恋愛関係にあったなら、「顔かたち、どちらかと言えば醜いほうで、深くさえざえとした黒瞳《くろひとみ》のほかには、別に取り立てて言うほどのところもない」とは書かないのではないのか。もっとも女性を容貌できめつけてはいない。「背たけは低し、なりは小作りなり、これがもしうつくしい魂を宿したからだでないとしたら、無学な世間の女と同じように別に人の心をひきつける清乃でもない」と補っている。

このあたりの解釈を、僕は急がない。藤村はピアノ科に一年籍をおいただけなのだから。むしろこうした気紛れのあと、すぐに東京を離れてしまうほうにとらわれる。処女詩集『若菜集』が出て間がない。ピアノ科時代に『一葉舟《ひとはぶね》』『夏草』が続く。有名になったばかりなのに、小諸義塾塾長木村熊二《くまじ》に誘われるとさっさと小諸《こもろ》に引っ込んでしまう。その小諸で詩を棄て散文に転換していく、こちらのほうが重要な気がするのだ。

辰之の東京への執着には悲壮感がつきまとっていた。それに較べ、藤村はいっけん身軽だが、かかえている不安には差はないのだ。辰之と藤村では立身出世の体現の仕方が異なっているにすぎない。

藤村はピアノの練習に打ち込むよりも、図書館に通ったり演奏会を聴きにいったりしていた。東京音楽学校には、各科の学生たちがそれぞれの成果を発表する機会があった。上野の奏楽堂《そうがくどう》で、音楽学校の学生や軍楽隊の演奏会がしばしば開かれる。おおがかりな西洋音楽の演奏は、まだめずらしかった。

ドイツから輸入されたばかりの漆黒《しっこく》のピアノに藤村は、「脚《あし》はきらきらと光りたるさま、足のみは金色《こんじき》なる黒毛の獅子の力を入れて立てるにも似たり」と素直に感嘆している。銀色のフルート、金色のチューバがきらきらとひかりかがやき、大太鼓がとどろく。

「いみじき芸術の国に遊ぶかと思はれたり」と『落梅集《らくばいしゅう》』に記した。

だが藤村は、やはり言葉が欲しかったのだ。

「唱歌は演奏会のうちの花ともいうべきなり。……西の国ぶりなれども姿は大和歌をかりて若き人々が唇より発する合唱なれば楽器の力を借りるものとはことかわり、その歌は人間自然の声にして、皆な心胸より出ずる響きなり」

藤村は、合唱団のメンバーの名前をパートごとに記録した。バリトンの項に滝廉太郎《れんたろう》がいる。僕の眼は、その隣に並ぶ岡野貞一《ていいち》という無名の人物に吸い寄せられていく。のちに辰之とコンビを組み、『故郷《ふるさと》』『朧月夜《おぼろづきよ》』『紅葉《もみじ》』などの名曲を生む音楽家の淡い影が、一瞬、かすかに揺れた——。

第二章　思ひいづる故郷

1

『破戒《はかい》』の舞台となった真宗寺《しんしゅうじ》にもうひとつの物語が存在する事実に僕は気づいた。調査の場所を移す時期がきている。

古い絵葉書や手紙の束に記された名前は、僕の脳裏でしだいに人間の貌《かたち》となり、立ち上がってきた。新体詩の金字塔を打ち立てながらも、小説に新天地を求めようと模索する島崎藤村。シルクロードから世界へと想いを馳せる大谷光瑞《こうずい》と、仏教研究に情熱をささげ異郷で逝った藤井宣正《せんしょう》。エリートコースの周辺にしがみつきながら、なんとか学者として身を立てるべく故郷を棄てた高野辰之《たつゆき》……。飯山《いいやま》駅にほど近い寺院は、死者たちを鎮めつつ、ある時代の風を凝集し静かに密封していたのである。

僕は真宗寺を後にした。

雪が舞いはじめている。幾条もの曲線がホームを小さな島のように孤立させていた。レールの上に落ちる雪は、積もる間もなくすぐに消える。だが黒く光った線路は、やがて深い雪に埋まるだろう。

武子が別れ際に洩らした言葉を、僕は反芻《はんすう》していた。

「わたしのふるさとって、信州なのかしら。それとも上海なのかしら。上海の街角でふと雪に埋もれた信州を思い『故郷《ふるさと》』を口ずさんだこともあるし、飯山に引き揚げてきてからはフランス租界《そかい》の赤い屋根の家で暮らした娘時代の夢をみるんです。ダンスパーティの夜のことも……。上海に行く前に、鶴枝《つるえ》叔母さんの東京の家へ立ち寄ったのが、辰之叔父さんとお会いした最後でした。お酒が好きで、お腹が出っ張っていて、いつも赤い顔をしていた。わたし、辰之叔父さんのこと、まったく理解していなかったと思うの。たしかに身近であることは懐かしさに通じるけれど、かえって全体を見えなくさせるものなのね」

僕にとっても、この身近さというやつがやっかいだった。

文部省唱歌の歌詞とメロディーは耳慣れたものだったが、作者についてはほとんど気にもとめなかった。ただ声をはりあげて歌った小学校の音楽室の記憶だけが残っている。たぶん、それは僕だけでなく、この歌を口ずさんださまざまな世代の人びとにもあてはまるだろう。学校という機関によりなかば強制的に覚えさせられたメロディーとはいえ、容易にとりこまれすすんで享受したのである。歌は知らない人同士をつなげてしまう。その底力に、脱帽させられるのだ。

美しいけれどセンティメンタルな歌詞とメロディーに抵抗感がないとはいえない。これらの歌は、教科書に記入されていた「文部省唱歌」という匿名性によって、あらかじめ存在したかのような錯覚をもたらした。

僕たちにとって「ふるさと」と仮象《かしょう》されているものがいつごろ創られたのか。その秘密は「故郷」「朧月夜《おぼろづきよ》」「紅葉《もみじ》」の成立のなかに隠されている。いま必要なのは、できうる限り固有名詞と実像を示し、匿名性を剝ぎ取る作業だろう。

武子は、こんなことも言っていた。

「考えてみたら、辰之叔父さんとコンビを組んで作曲を担当した岡野貞一《ていいち》さんについて、なにも知りません。無理もないわね。辰之叔父さんが文部省唱歌をつくっていた事実さえわたしは知らなかったんですからね」

僕も岡野貞一については、あまり予備知識がない。彼の出身地である鳥取市には、ほとんど資料がないらしい。故郷を出た後、岡山の教会で少年期を過ごしたという程度しかわかっていない。

あのメロディーには讃美歌の影響が刻印されている可能性もある。真宗寺にも、これまでの日本的な伝統とはちがった異国の匂いが満ちていた。僕はこのあたりに、日本人のふるさと観がしまいこまれているはず、とにらんでいる。


北信濃には雪が舞いはじめたが、東京の冬は相変わらず乾いている。

新宿から私鉄で三十分ほど郊外に出ると、いろとりどりの小さな屋根で飾られた丘が、あちらこちらに拡がっている。遠目には、色彩がほどよい華やぎに見えるが、近くによるとひとつひとつの家は相互に脈絡なく建っている。

岡野貞一の息子で、七十三歳の岡野匡雄《まさお》が住んでいる家は、高台にあった。あらかじめ訪問の趣旨は、伝えてある。

応接間で、小柄で痩身の匡雄がスクラップブックとアルバムを広げた。

「意外に少ないんです。これしかありません」

静かな話し方をする人で、ていねいに貼られた資料類が、元エンジニアの老人の几帳面さをうかがわせている。縁がまるく欠けた手書きの楽譜、日付のない手紙、歌詞を記したメモ……。それらをひとつひとつ示しながら、控え目に父親の思い出を語るのだった。

「父は家で自分のつくった歌について話すことはほとんどありませんでした。母が、わたしをおぶって桃太郎さんの歌をうたっていたら『その曲、僕のだ』と言われたことがあった、と。でもそれはほんとうにめずらしいケースで、自分からは言いませんでした。『故郷』を作曲したと母から聞いたのは、終戦後わたしが復員してから。それまで全然知らなかったんです」

武子も、ずっと知らなかった。匡雄もそうだった。文部省唱歌は、ここでも匿名でありつづけた。匡雄は、それを父親の寡黙な性格のせいだと信じている。

「音楽のことに限らず、父はあまり口をきかない人でした。厳格、というわけではなく、もの静かで地味な、といいますか……」

匡雄に、岡野貞一像が重なってくる。

「父は音楽学校の先生でしたが、日曜日にはきまって本郷の中央会堂に行きました。そこで死ぬまで四十年間もずっと、パイプオルガンを演奏していたんです。当時のことをご存じの教会員の方がこう言いましたよ。岡野先生とは教会を通じて二十年以上もお付き合いしてきましたが、雑談をした記憶がまったくないって」

匡雄は小学校に入学するころ、父親にくっついて教会へ遊びに行った体験がある。演奏室は二階だった。階段を昇ったり降りたりしながら待っていたけれど、礼拝はなかなか終わらない。鍵穴からこっそり覗いた。背広姿の父親は、家にいるときと少しも変わらない穏やかな表情に見えた。しかし、オルガンの周りにはピリッと緊張した空気が張りついている。ほんのわずかでもリズムが乱れると、まるですべてが壊れてしまうように思われ、二度と鍵穴に近づかなかった。

貞一は十八歳の明治二十九年、東京高等師範学校附属音楽学校本科に入学している。島崎藤村が選科ピアノ科へ入学するのは三十一年である。藤村の場合は、一種の気紛れといってよいだろう。すでに二十六歳になっていた詩人は、いわば聴講生の身分を愉しんでいたにすぎない。貞一の場合は、もう少し直線的に飛び込んでいる。年齢も音楽に向かう態度もちがう二人だが、キリスト教徒として洗礼の儀式を済ませているところは似通っていた。

匡雄は、こう記憶している。

「わたしも日曜学校に通ったことがありましたが、クリスチャンじゃありません。父はちがいます。とても熱心な信者でした。正確な年齢は知りませんが、少年時代に洗礼を受けています。父の姉がクリスチャンで、その関係で洗礼を受けたと聞いております。あのころのことですから、めずらしかったのでしょう。鳥取の生まれなのに、岡山のキリスト教系の中学校へ通っていた。詳しくはわかりませんが、父の幼いときに祖父が亡くなったらしい。小学校を卒業すると嫁いだ姉を頼り岡山に出てきて、そこの孤児院でアルバイトみたいなことをやっていて、アダムスさんという女性の宣教師にかわいがられたとも聞いています。過去の経歴について、知っていることはそれぐらいです」

貞一は、四年間（予科一年、本科三年）音楽学校へ通い、卒業すると授業補助の肩書で学校に残った。授業補助は、今日の助手に近い。担当は声楽科である。現在の東京芸術大学には、音楽学校時代の教職員の履歴が保存されている。筆書きで記された履歴用紙の束のなかに貞一の名前があった。「鳥取県士族、明治十一年二月十六日、鳥取県邑美《おうみ》郡古市《ふるいち》村（現、鳥取市古市）に於て生る」とある。

鳥取県の歴史をひもとくと、岡野家が故郷を棄て岡山に移動した背景が、多少とも理解できる。『鳥取県史』に、明治十四年の士族に関する調査データが載っていた。

それによると、県下の士族は六千六百四十四戸、二万五千五十九人で、うち資産に余裕のある者わずか八十二戸、四百四十九人。辛うじて自活できる者が一千八百八十九戸、四千九百十六人でしかない。役人・巡査・看守・教員・代言人（弁護士）などの職を得た者は運がよいほうで、大多数は傘張り、提灯張り、籐《とう》細工、機《はた》織り、あるいは日雇いの賃労働で糊口《ここう》をしのいでいた。さらに別に九百九十二戸、三千三百六人には職がなく、飢餓線上をさまよっていた。その惨状は眼を覆うばかりであったという。

明治維新後、生活に窮した士族は国中にあふれた。貧しかったのは鳥取県の士族だけではなかったはずだ。だが『鳥取県史』は、特別な事情が加味されていたと説明する。

時代の流れに取り残される原因のひとつに鳥取藩士の気風が挙げられている。「もっぱら武技を練磨し、節操を尊び、卑怯といわれるのを恥とし、死を悔いない」のはよいが、そのため「学問芸能を軽視し、商売とか利益を追うことはこれを恥とした」ので、廃藩置県後、禄を奪われると対応が困難になった。明治十三年四月に島根県庁の職員湯本文彦は県令（知事）に『論鳥取事情状』（原文は漢文、鳥取の事情を論ずるの状）を提出した。そこには「業を開けば則《すなわ》ち敗れ、社を結べば則ち潰《つい》え、その財本《ざいほん》を失し、資力を損ずること少なからず」と記されている。

もうひとつ、旧鳥取士族を意気消沈させた出来事が起きた。

前記の報告文が、島根県令に提出されているように、鳥取は明治九年に廃県となり、島根県へ編入されたのだ。鳥取県が島根県に編入されたことについては、「この飛報《ひほう》は実に青天の霹靂《へきれき》であって、県民誰一人信ずることは出来ない位であった」と、昭和七年に発行された『鳥取県郷土史』は書き残している。三十二万石を誇る旧鳥取藩士としては、十八万石の隣国、旧松江藩の治下に入れられたことに不満を隠さなかった。明治新政府に人材を送り込んでいない佐幕系の藩が、中央でいかに軽んじられたかを示す例であろう。

鳥取県がようやく独立を回復するのは明治十四年である。独立したところで、もともと地味が豊かだったわけではない。海岸と急傾斜地に挟まれた平野は狭く、砂耕地も多い。交通の便も悪かった。当時の鳥取士族は職と食を求め、われ先にと他県へ飛び出していく。とくに未開拓の北海道は、彼らにとって新天地と理解された。明治十七年から二十一年まで、前後七回にわたって四百二十八戸の旧士族が、北海道の釧路、岩見沢、江別、室蘭、根室の各地に移住した。いまも釧路近郊に、鳥取という地名が残っている。

一家離散のきわにあった岡野家も、鳥取を棄てようとしていた。


僕が鳥取市に向かったのは、雪が解けてからである。出発を遅らせたのには、意図があった。山陰地方に対する先入観を消してみようと考えたのだ。

島崎藤村は『山陰土産』という紀行文を書いているが、そのなかで地元の人に、「山陰道の楽しいのはいつでしょう。夏でしょうか。それとも冬でしょうか」と訊ねる場面がある。「信濃の山の上に、七年も暮したことのある自分の経験から推して、普通なら夏の旅を楽しいといわれている あの地方に、住んでみると長い冬季の味の深かったことを思い出し」たからである。

返答はこうだった。

「やっぱり冬でしょうな。夏の山陰には優しい方面しかありません。夏を見たばかりで、ほんとうの山陰らしい特色を味わって頂いたとはいえないかも知れません」

藤村は冬のこの地の光景を、「海岸に連なり続く岩壁は、大陸に面して立つ一大城廓に似ている。五ケ月もの長さにわたるという冬季の日本海の猛烈な活動から、その深い風雪と荒れ狂う怒濤《どとう》とから、われわれの島国をよく守るような位置にあるのも、この海岸の岩壁である」と、想像で補った。

山陰地方の冬は厳しい。鳥取の山沿いは、豪雪地帯として有名である。

たしかに〝らしさ〟は、冬にあるかもしれない。だが山陰の文字に込められた暗さに囚《とら》われすぎると、つぎに示すやはり高野辰之とのコンビでつくられた「春が来た」（尋常小学唱歌・第三学年用）の楽天的な四拍子のメロディーが生まれた背景を、つかめない気がしたのだ。

春が来た　春が来た　どこに来た
山に来た　里に来た　野にも来た
花がさく　花がさく　どこにさく

山にさく　里にさく　野にもさく
鳥がなく　鳥がなく　どこでなく
山で鳴く　里で鳴く　野でも鳴く

第二小節の「春が来た」の「た」は、ソから高音のドに跳躍する。最後の「野にも来た」では、高音域がしなやかに飛び跳ねる。この歌には、辰之の描いた信州の情景に、貞一が過ごした鳥取の春の空気が重ねられているような気がする。

僕が訪れた日、小さな城下町は、いたるところ桜が満開だった。市の中心部を貫流する袋川《ふくろがわ》は、背後の中国山地から流れ出て鳥取平野をつくった千代川《せんだいがわ》の支流で、しばしばこの地域に水害をもたらしたという。

千曲川《ちくまがわ》を知っている僕の眼から見ると、袋川はあまりにもおとなしく頼りなげに映る。いくつも小さな橋が架かっているが、自然の大きさをスケールで示す千曲川にはないゆかしさが感じられた。新興の都市では川面にネオンが揺れていたりするが、そうした雑な風情に乱されることもない。

鳥取の春は、澄明《ちょうめい》であった。

僕はわずかに残された貞一の足跡をたどってみることにした。

匡雄が、以前に先祖のお墓を探してみたがわからなかった、と述べたことも脳裏をかすめた。貞一の墓は、東京の多磨霊園にある。匡雄は、その墓しか知らない。

貞一が、先祖伝来の寺院の墓を見向きもしなかったのは、鳥取と縁の無い生活を送ったためだけではない。早い時期に洗礼を受けていて仏教とも無縁の生活をしたからだろう。

鳥取市でいちばん古い伝統を持つ日本基督《キリスト》教団の鳥取教会には、百年前の「会員名簿」が保存されている。名簿は、薄い罫紙を紐で綴じたもので、洗礼順に会員の名前が毛筆で記入されていた。

まず八歳年長の姉寿美《としみ》の名前が見つかった。

「岡野トシミ　明治三年十月生。明治二十三年五月四日内田牧師より受洗《じゅせん》。明治二十六年十一月岡山教会に転ず」

つぎに貞一。

「岡野貞一　明治十一年二月生。明治二十五年九月二十五日セベランス牧師より受洗」

そして、母親の芳江《よしえ》の順である。

「岡野芳江　士族貞一母。弘化《こうか》二（1845）年四月生。明治二十七年三月四日ローランド氏授洗《じゅせん》」

匡雄の説明どおり、小学校卒業後、姉を頼って岡山に移動したとするなら、貞一は十四歳で洗礼を受け、十五歳で岡山へ行ったことになる。その後、四十八歳で母親が受洗したのは、おそらく、岡山教会から受け入れてもらう準備であろうか。

鳥取市内の寺をあたるうちに、岡野家先祖伝来の墓が見つかった。『岡野家累代之墓』と刻まれた墓は、貞一たちと遠縁にあたる家らしく、比較的新しい。脇に、膝ほどの高さの小振りの古い墓石が四つほど、片づけるように寄せてあった。そのひとつに、岡野平也《へいや》の名が刻まれている。遠縁の一族に訊ねてみたが、それがどういう人物で、その子孫たちがどこで暮らしてきたのかまったく知らなかった。

岡野平也は、貞一の父である。「明治十八年。行年五十三歳」と刻まれているので、貞一が七歳で父親を失った事実が確定した。

洗礼名簿や匡雄の証言から、母子家庭の岡野家で、姉寿美の果たした役割の大きさがうかがえよう。戸籍によると、ひと足早く岡山教会に移った寿美は、明治二十六年に小野田伊之吉《いのきち》と結婚している。小野田は三十六歳、寿美は二十二歳だった。

小野田の名前は、『岡山教会百年史』のなかに、「キリスト教主義学校」の「薇陽《びよう》学院」創設者の一人として登場する。こうしてみると、姉寿美を通じ、弟貞一、母親芳江の一家は、小野田を引き取り手とたのんで、家族ぐるみで岡山に移住したことがわかる。もちろん、鳥取教会と岡山教会は、同じ教派の宣教師が頻繁に行き来している。教会ネットワークが、鳥取と岡山をひそかにつないでいたのだ。

貞一の音楽的な体験は、岡山ではなく鳥取教会時代にはじまっている。

貞一より四歳年長で、のちに大阪音楽学校を設立した同郷の永井幸次《こうじ》は、『来し方八十年』という自伝を残した。小説風に三人称で、自分を「彼は」などと記した、ちょっと風変わりな方法で、鳥取教会時代をエピソードを交えて回想している。

「彼が十五歳の時、岡山から宣教師ローランド教師夫妻が移住して来て、彼の家から二丁ほどへだたった所に洋館を建てて住った。……彼はこのローランド教師について音楽を習い始めた。教師はアメリカからトニックソールファアーミュージックリーダーを取り寄せ、それによってドレミ唱法、発声法を教え、彼がそのころ変声期にかかっていたので、その間、軽い発声練習をしていろいろ声の養生、呼吸の仕方などを説明してくれ益する所が多かった。応用曲として讃美歌の唱法を学ぶことができた。……彼はムーデー牧師が怒濤に向かって声を錬磨したことを聞いて、自分もこの方法を真似てみることにした。弟の友だちで音楽の好きな岡野貞一をつれ、投網舟一艘《そう》を借りて港口に出て、両人で声の練習をすることにした。かくして練習していくうちにだんだん発声の要領が分かってきた」

日本海の荒波で声を鍛えた永井少年は、なかなかたくましそうである。控え目な性格の貞一は、姉といい永井といい、ころあいよく強いタイプの人間にぐいぐい引っ張られている。永井は自伝で、自分が貞一を「音楽学校の三年であったときに呼び出して同校に入学させ、卒業後、研究生に残ることを勧め」たと、ぽろっと洩らしてもいる。

東京芸大に保存されている貞一の履歴書には、「明治二十六年四月十日、岡山市私立薇陽学院に入学、二十八年六月退学」とあった。薇陽学院には二年ほどしか通っていない。

その後、東京高等師範学校附属音楽学校に入るまで、一年ほど履歴は空白となる。辰之は仏教寺院、貞一はキリスト教会と、それぞれが異なるえにしを抱えていた。二人がめぐりあうには、もうしばらくの時間が必要である。

2

「故郷《ふるさと》」のメロディーには、讃美歌の音階がしのびこんでいるのではないか。

そう考えたのは、作曲者の岡野貞一の経歴を調べだしてからだった。

僕の推測どおりだとしたら、日本人のふるさと観を、少し修正しなければならないだろう。なぜなら僕たちが想起するふるさとは、〝日本的〟〝伝統的〟なものの代名詞であるからだ。

貞一が音楽に興味を持ちだしたのは、鳥取教会に通っていた少年時代だった。ほかに、鳥取時代に音楽のとりこになったという推測を裏付ける、二種類の和綴じの小手帳が、いま手元にある。

ひとつは、表紙に英語でMy Book, Okano Toshimiと記され、裏表紙にはIn Tottoliと墨で記入されているもの。サインから、貞一より八歳年長の姉寿美《としみ》の備忘録と判断できる。

小手帳の書きだしのところに「子供手鞠数歌《てまりかぞえうた》」とタイトルが打たれ、「一つとヤ、人はよろずの霊なれば、鳥や獣に劣るなよ、劣るなよ。二つとヤ、二人の親に孝行を尽くして恩を忘るなよ、忘るなよ。三つとヤ、身をば大切《だいじ》に養いて親の心を安んぜよ、安んぜよ……」と二十番までつづく。キリスト教の教えと儒教の徳目が微妙なバランスで混在している。たぶんこれには独特の節まわしが加わっていたのだろう。明治初期のキリスト教の伝道の仕方と、それを受け止める純真な信者の魂の反応をみてとれる。

寿美が鳥取から出奔したのは、明治十六（1883）年十一月三日。わずか十三歳だった。そういう事実もまた小手帳のなかに記されている。「父母を思いて詠む」という長い七五調の詩は、自分が故郷を離れようとする理由を自伝風に綴ったものだ。

父母兄弟打ち集い
親類友達招きよせ
錦まといて帰らんと
わかれの宴に誓言《ちかいごと》
立てし故郷を後に見て
出《いで》しは明治の十六年
十一月の三の日に

門出をなせし以来《このかた》は
あなたこなたの国々を
文の林にやどりつつ
学びの海へ浮き沈み
経過《すごし》月日はいと早く
ここに三年《みとせ》の旅枕
……………………
心の駒にむちうちて
学びの道にいくぞかし

彼女の学問へのほとばしるような激しい情熱は、真宗寺から藤井宣正に嫁いだ井上瑞枝《たまえ》に酷似している。偶然だが、寿美も瑞枝もともに明治三年生まれ、同い歳であった。新しい時代の空気を思う存分吸った女たちが男たちより数段強い逆風を浴びつつも、ぐいぐいと自分の運命を切り拓こうとしている。驚嘆するばかりだ。

やがて貞一は、姉寿美を通じてキリスト教会から異国のメロディーを感得していく。

もうひとつ、これとよく似た別の小手帳がある。寿美と書かれた部分を墨で塗りつぶし、横に貞一と書き加えられている。表紙に「唱歌集（壱）、手控え」と稚拙な毛筆。日付はないが、貞一が鳥取時代に使用していたものと思われる。

寿美の小手帳の「手鞠数歌」は歌詞だけしか書かれていないが、貞一のほうには楽譜が併記されている。楽譜といっても、五線譜ではない。カナの上に無味乾燥な数字が並べられているだけ。最初のページは、「桃太郎ノ話」と題し、「柴《しば》の折り戸の賤《しず》が家《や》に、翁《おきな》と媼《おうな》が住まいけり……」ではじまる。

6 6 5 6 1 6 5 3 5 1 6 1 5
シバノオリドノシズガヤーニ
1 1 2 1 2 3 6 5 1 2 3 1 2
オキナトオウナガスマイケリ

1をド、2をレ、3をミと解釈し、五線譜に書き移してみると、聞き覚えのあるメロディーが浮かび上がってくる。

「ねんねんころりよ、おころりよ、坊やはよい子だ、ねんねしな」で広く知られているあの子守歌である。江戸時代後半、節まわしに多少のちがいはあったけれど、ほぼ全国的に伝播していた。

十代の少年は、楽譜の意味を完全に把握していた。自分の周囲にあるメロディーを数字譜にあてはめ、音を記号に定着させる練習に励んでいたのだ。身近に讃美歌があったはずだが、あえて日本の伝統的メロディーを採譜《さいふ》している。なぜ讃美歌で練習しなかったのだろうか。

貞一少年の作曲遊びのなかに気になる点がある。数字のなかに4と7が、つまりファとシが出てこない。

ふつう西洋音楽は、ドレミファソラシの七音音階でつくられている。いまではあたりまえに受け入れられている七音音階も、当時の日本人には相当に馴染みにくかったようだ。日本人は伝統的に五音音階の世界に生きていたのだから。

初期の音楽教育ではド、レ、ミ、ファ、ソ、ラ、シに対して、数字でヒ（一）、フ（二）、ミ（三）、ヨ（四）、イ（五）、ム（六）、ナ（七）と数えた。このうち、半音の「ヨ」と「ナ」を抜くと七音音階は五音音階に翻訳しやすくなる。これを、四七抜《ヨナぬ》き音階と呼ぶ。たとえば、文部省唱歌ができる前、教材としてスコットランド民謡の「蛍の光」や「故郷の空」が使われていたが、これらの曲が採用された理由は、いずれも四七抜き音階で、日本人に受け入れられやすかったからである。

ドレミを数字のヒフミに置き換えたのは、当時の日本語の発音では外国語に迫りきれなかったためだろう。ヒフミにも難点があった。外国人教師に分かりにくい。そこで折衷案として音楽学校では明治二十三年から十年間、「ト、ケ、ミ、ハ、ソ、ダ、チ」という階名が用いられたこともあった。

貞一が小手帳に記した子守歌も、日本の伝統的な五音音階で成り立っていた。西洋音楽を受容するには、この伝統的音感との葛藤《かっとう》を避けてとおれない。黎明期の日本の音楽教育は、七音音階と五音音階のせめぎあいの歴史だった。


日本の音楽教育は、伊沢修二（のち貴族院議員）という男を抜きに語れない。明治十二年に文部省が「音楽取調掛《とりしらべがかり》」を設け、アメリカ留学から帰国した彼が「御用掛《がかり》」に就いたとき、日本の音楽教育がスタートする。

伊沢は日本の音楽教育がどう針路を取るべきなのか、熟知していた。解答を握っているのは自分だけだという気負いは、そのまま彼の自信へとつながっていた。最大の難関は、西洋の七音音階と日本の五音音階をどう折衷できるかにかかっている、と見抜いていたのである。

伊沢は、お雇い外国人として、米国の音楽教育家ルーサー・メーソンを招き、日本人にも歌いやすい教材をつくらせようと試みた。その最初の折衷案としてファとシの少ないスコットランド民謡が持ち込まれたのである。さらに「東西二洋の音楽を折衷して、新曲を作る事」「童謡その他、最も簡短《かんたん》なる謡類を集め、西洋の童謡に比較し、二者折衷して相当の歌曲を作り、将来、小学生徒に授くるの資とすべし」と、明治十七年に報告書を提出している。

ふつうの人びとが西洋音楽に接する機会はほとんどなかった。岡山教会には足踏み式のオルガンがあった。近所の子供たちは、「この箱には毛唐が入っており、歌っておるんだ」と信じていたという。そこで宣教師は、ドライバーでオルガンの裏板をはずしてみせ、構造を説明しなければならなかった。ようやく納得した子供たちは、「ふーん。足で弾く琴だな」と言った。その点、教会に通っていた貞一は、音楽的には恵まれた環境にいた。といっても讃美歌のメロディーは、必ずしも馴染みやすいものではなかったと思う。日本人の伝統的な音感では捕獲できない、盲点となる音が混じってしまう。

伊沢は信州・高遠《たかとお》藩の出身で、オランダ式の軍楽隊の太鼓手だった。あのピーヒャラドンドコドンの和洋折衷の行進曲である。十七歳で明治維新を迎え、明治五年に大学南校《なんこう》（のちの帝国大学）を卒業、文部省に入った。明治七年、二十三歳で愛知県師範学校の校長に。学生の大部分が、校長の伊沢より年長である。ある時、酒席で職員のひとりが訊ねた。

「校長さんは、お付き合いしてみると、どうもお若いところがある」

「ほう、幾つに見えるかね」

「四十くらいじゃないですか」

「それは大間違いで、二十三だよ」

伊沢は還暦を記念して出版した自伝（『楽石《らくせき》自伝・教界周遊前記』）で、こう自慢している。

エリートだったのだ。

明治八年、文部省からの留学生としてマサチューセッツ州立ブリッジウォーター師範学校に入学する。そこでカルチャーショックを受けた。いちばん驚いたのは、男女共学だった。十六歳から二十四歳までの男女が同じ教室で授業を受ける。そればかりではない。寄宿舎も同じ建物にあり、校長以下、教師も生徒もみな平気らしい。「純東洋風の教育に育った余《よ》の目に、実にはなはだしく奇異に感ぜられたのであって、当時の奇異の感は、今なおその印象が消え去らぬほど深刻であった」というように見るもの聞くもの、新しいことばかりだった。なかでも「はなはだ困ったことが二つあった」と述べている。

ひとつは言語の壁。出発前、開国から二十年ほどしか経っていなかった時代、英語の学習機会は少なかった。

ある日、フィラデルフィアで開かれた博覧会を視察に行った伊沢は、そこで一枚の掛図を見た。ギリシャ文字でもラテン文字でもなさそうな、はじめて見る不思議な記号が描かれていた。拙い英語で係員に訊ねると、これは聾唖《ろうあ》者に言葉を教えるための文字だと返答があった。好奇心を刺激され、さらに繰り返し訊ねると、ボストンに住むグラハム・ベルが考案したものだという。彼はボストン大学の音声生理学教授で聾唖教育の権威だった。しゃべれない人に発音を教えられるのなら伊沢の発音も矯正してくれるにちがいない。期待をいだいてベルのもとを訪れ、快諾を得る。

ベルはもうひとつのテーマについても熱中しているところだった。電話機の発明である。世界最初の電話機は、一八七六（明治9）年三月に完成。伊沢はその記念すべき英語以外の第一号通話者となった。むしろそちらの方面で伊沢の名前を記憶している人も多いだろう。

伊沢が英語以上に苦労したのが、音楽である。日本の五音音階しか知らない彼にとって七音音階は予想外の難敵だった。ド、レ、まではなんとか音がとれるが、ミ、ファ、となるとみな音が上ずってしまい、歌にならない。教師に再三指摘されても、どうにも直らなかった。

五音と七音、ふたつの音階の違いにもう少し詳しく触れておこう。

五音音階と七音音階の違いは、単純に言えば、一オクターヴの中に音がいくつはいるかの違いである。七音音階の場合は七つであり、五音音階は五つである。先に説明したように、七音音階からファとシを除いた四七抜き音階は、日本の五音音階に最も近い。しかし厳密に言えば、日本の五音音階は四七抜き音階の五つの音とも、微妙にずれている。

美空ひばりの「リンゴ追分」を例に考えてみるとわかりやすい。

「リンゴのはなびらが……」の部分は、音譜では「ソソラドレソミレミ……」と表記されている。これをそのままピアノの鍵盤に置き換えると無機的な、味気ないメロディーに聞こえる。

原因のひとつは、美空ひばりが、ピアノの鍵盤では拾いきれない音を多用していた点にある。冒頭の「リンゴぉ」の個所では、彼女はソソラとはっきり音をとらない。出だしのソを一瞬、実際のソよりもごくわずか低めにとり、さらに「ゴぉ」と伸ばす個所ではソからラへとスライドさせるように音をせりあげてゆく。

「風に散ったよなぁ」の「なぁ」の部分で伸ばされるラの音も、楽譜ではラのまま伸ばすのがふつうだが、彼女はラの音に微妙な高低をつけて揺すっている。

この音程の微妙な揺《ゆ》すりが、美空ひばりの歌謡曲の味わいであり、日本の伝統的音階のもつ深みにちがいない。

西洋音楽にすっかり馴染んだ今日では、音程はドレミファソラシしかないように考えがちである。なるほど、ピアノなどの鍵盤楽器はそう作られている。だがドとレの間にも、無限の音程が存在する。ヴァイオリンが、弦をおさえる指の位置をずらすことで無段階に音程を上げ下げできるように。

日本古来の五音音階とは、単に七音音階から二つの音を除いたものではない。七音音階は、あらかじめドレミファソラシと音を固定し中間は使わせない。五音音階は、それぞれの音程がきちんと定まっていない分、微妙な陰影を抱え込んでいる。

西洋音階では、たとえばドの音の高さを決めれば、レからシまでの残りの六つの音の高さも同時に決まる。誰かが、ド、と歌えば、それに合わせてレからシまでの音が出せる。誰が合わせようと、その音程は変わらない。ハーモニーを重視する世界での約束事といえよう。ところが日本の音階の場合は、必ずしもそうではない。つまりドに対してレの音を出すにしても、高めのレや低めのレが存在する。民謡のコブシや謡曲などの、微妙な音の動きを思い出していただきたい。あの音の揺れはピアノの鍵盤には到底、移し変えることはできない。

こうした音楽的風土に育った伊沢が、西洋音階の音程をきちっととれなかったのはあたりまえなのだ。

ブリッジウォーター師範学校校長に、ある日、伊沢は呼び出された。

「君はどうも歌曲が苦手なようだ。無理もない。極東の日本人だものな。日本の音階はアメリカの音階とは違うからね。したがって特別に歌曲の考査を免除してやるから安心したまえ」

このときの心境を、伊沢は自伝でこう述べている。政府から選ばれて、はるばるこの地まで留学にきた以上、すべてを学んで帰らねば国に対して面目が立たぬ。唱歌ができないからと免除されるような偏頗《へんぱ》な修行ではおめおめ国に帰られぬ。じつに三日ばかり泣いて悲しんだ、と。

困った伊沢は個人教師につくことにした。その人物こそ、のちに伊沢が日本に招聘《しょうへい》することになるルーサー・メーソンだった。

メーソンはボストン市の初等学校音楽監督の地位にあった。彼はヨーロッパの音楽教授法を基礎に独自のカリキュラムをつくっていた。伊沢が留学していた時期、メーソンは世界のさまざまな歌曲を集めた学校教材「ミュージックチャート」を作成中で、日本の曲も採り入れようと考えていた。たまたま道で見かけた日本人留学生に協力を求めたところ、工学専攻だからと断わられた。伊沢がメーソンのモティーフを知ったのは、この留学生を介してである。

彼はただちにメーソンを訪ねた。このとき伊沢は二十五歳、メーソン五十八歳。二人は歳の差を超えて意気投合。毎週末、伊沢はメーソン家を訪れ夕食をともにし、歌曲の指導を受けた。こうした悪戦苦闘の連続の結果、伊沢は五音音階と七音音階の差異を体得して帰国、日本の唱歌教育の基礎をつくり、初代東京音楽学校校長となった。これほどの情熱家だから感情の起伏も激しかったようだ。気にいらないと誰かれかまわず怒鳴りつけ、ときには拳を振り上げた。ついに時の文部大臣と衝突、明治二十四年、三十九歳で音楽学校校長を解任させられている。

貞一が鳥取から岡山に移ったのは明治二十六年、十五歳の折である。日本の音楽教育の先駆者伊沢修二の苦闘の足跡を知るべくもなかった。貞一は伝統の五音音階と教会のオルガンが奏でる七音音階の狭間《はざま》で、蝸牛《かたつむり》のように少しずつ歩みはじめていた。

鳥取時代の小手帳とは別に、一枚の紙片がある。毛筆でも鉛筆でもない、たぶん削った竹に墨をつけて書いたものだろう。大きな字で「白虎隊《びゃっこたい》」の歌詞が躍っている。余白は細かい数字がぎっしり。例の数字譜である。

霰《あられ》のごとくみだれくる
敵の弾丸ひきうけて
命を塵と戦ひし
三十七の勇少年
これぞ会津の落城に
その名聞えし白虎隊

官軍に最後まで抵抗した会津藩の少年たちが自刃して果てた悲劇は、佐幕系の鳥取藩士族の家に生まれた貞一にとっては他人事ではなかった。この時代、キリスト教徒になる青年は、藩閥政府と無縁の小藩や幕臣、佐幕系の大名の領地の出身者が多かった。立身出世を阻まれた青年たちは、別の光明を求めた。白虎隊とキリスト教では宗旨がちがうようだが、彼らのなかでは矛盾なく共存していたのである。

だが、貞一の関心はそうした一般論とは別のところにあった、と僕はみる。

この「白虎隊」は、歌詞の作者が不詳のまま全国に伝播していた。貞一より五年早く東京音楽学校を卒業した田村虎蔵《とらぞう》により明治三十八年に曲がつけられるが、それまでは思い思いの節まわしで歌い継がれていたようだ。十代の貞一が独自に作曲を試みたのは、田村虎蔵が作曲するよりずっと早い時期、明治二十年代であった。手元にある一枚の紙片がその証拠である。

貞一の数字譜を解読してみて、僕は名状しがたい感動につつまれた。奇妙な曲であった。支離滅裂で、まるでメロディーの体をなしていないのである。また歌詞のもつ抑揚をまったく無視しているから歌っても日本語にならない。

しかしそこには確かにある意志がはたらいている。

冒頭の「霰のごとくみだれくる」の部分を示そう。

第一小節が6666、第二小節が333、第三小節が4444、第四小節が3。つまりラララ、ミミミ、ファファファファ、ミ。

四七抜きの五音音階から脱却しようとしているのだ。

以後の小節にも、4だけでなく7が頻繁に出てくることから、それがわかる。数えてみた。全部で音譜が八十五使われているが、そのうち4が十二、7が二十。この二つの音だけで、じつに全体の三十八パーセントを占めている。四七抜きどころか、四七過剰なのである。

貞一は五音音階の呪縛から必死で逃れようとしていた――。

3

岡野貞一は十五歳のとき、生まれ故郷の鳥取を離れている。

二十二歳の姉寿美《としみ》が、岡山教会で庶務会計を一任されていた三十六歳の小野田伊之吉と婚約しており、鳥取から弟を迎え入れる余裕ができたからだ。

いまなら鳥取から岡山まで、中国山地を走る因美《いんび》・津山線がある。三両編成のローカル線とはいえ、急行なら二時間半あまりで行くことができた近さである。日本海を背に山裾と山裾の間を分け入り、列車は森の奥へ吸い込まれていく。信州の急峻な山脈に較べると中国山地の山はどれもふっくらとして見える。お椀を伏せたような山が左にも右にも向こうにも、いくつもいくつも連なっている。山が深い、とはこうした行けども行けどもの単調さをさしていうのだろう。

鬱蒼として光の射さない山道を智頭《ちず》、津山、建部《たけべ》と四日がかりで三十三里（132キロ）、独り旅は心細い。胸ふくらませて岡山に着いてみると、街の中心は一面焼け野原だった。

明治二十六年三月二十七日午前四時、表町《おもてまち》から出火、三時間にわたり家屋五十六軒、およそ九百坪を焼きつくした。さいわい岡山教会は無傷だった。

バルコニーに手すりがついたコロニアル風の建物は、すぐに見つけられた。

大柄な白人女性の周りに、粗末な身なりをした子供たちが群がっていた。その数は、貞一がここで暮らしはじめてからもふえつづけていく。

前年から天然痘が大流行しておりその死者は四百八十八人。十月には岡山の三大河川といわれる吉井川、旭川、高梁川《たかはし》すべてが暴風雨のため決壊。崩れた橋が市内に流失、家々をなぎたおし死者四百二十三人、負傷者は一千人に迫った。水がひいた後も、衛生状態の極度の悪化から赤痢が蔓延し、翌年にかけ三千九百余人が死んでいる。

飢餓がはびこる鳥取を脱出したと思ったら新天地は災厄の真っ只中だったのだ。

岡山教会は、飢えた孤児たちの救済に全力を傾けた。熱心な活動家に支えられた岡山の孤児院は、やがて明治末期には一千二百人もの孤児を収容する日本一の規模にまで膨れあがる。彼らの活動について興味深いエピソードがある。劇作家青江舜《しゅん》二郎《じろう》は、美人画で一世を風靡《ふうび》した竹久夢二の伝記を書いた。夢二が岡山出身であることから、青江は少年時代の記憶が、ふとよみがえった。明治の末年、秋田市の小学校に通っていた青江少年が路上で見た異様な光景は……。

十数人の子供の集団が四つ辻で、ひどくあわれに歌うように口上を述べている。よく聞きとれないのは秋田の方言ではないからだ。「お情深い院長先生に助けられ……」と歌っているらしい。その一句が胸に突きささった。「岡山孤児院」と書かれた旗。大人が一人いかにも無慈悲なかわいた顔でそばについている。彼らは「お情深い院長さんに助けられ」たおかげで、こうしてはるばる、この寒い東北まで何か品物を売りにきたのだ。「そのとき私をおそったのは、院長先生への尊敬でも彼ら少年への同情でもなく、私と同じ年ごろの子供たちをこんなみじめな目にあわせているやつらへの焦げるほどの怒り」だった。とっさに「山椒太夫の強悪な人相を思い出し、こんな子供たちを食いものにしてぜいたくな生活をしてる院長など、ぶっ殺してもあき足らない」と思った。だれもかれもが憤慨していた。「どこの親も、店屋の手代番頭、女中たちも、百姓の馬方も郵便屋も、みな〝ひでえやつがいるもんだ〟と怒って泣きながらその子供たちのもってまわる日用品を買った」（『竹久夢二』）という。

岡山からはるか遠く離れた秋田の一少年にまで、これほどの誤解をもたらすぐらいに岡山キリスト教会は全国的規模で活動をしていた。日本のキリスト教の歴史をひもとくと、しばしば「岡山キリスト教」という名称に出くわすが、それだけの独自性があった。

中心人物の一人にアメリカから赴任した宣教師アリス・ペティ・アダムスがいた。貞一は、このアダムス女史からオルガンを習った。姉寿美の夫小野田が、岡山教会の幹部だったため、厚遇されたのである。岡山師範を卒業し小学校教師をしていた小野田は、宣教師に英語を習いに通ううちに熱心な信者となり、教会の運営に関わるようになっていた。

アダムス女史は孤児院とは別に貧しくて学校にいけない児童のための私立花畑《はなばたけ》尋常小学校をつくり、小野田はその校長にもなっている。小学校にくる生徒に疫病にかかっている者が多いとわかると診療所を併設した。岡山教会はさらに英語教育の普及を考え、旧制中学に相当する薇陽《びよう》学院を開設した。貞一は姉の勧めでこの薇陽学院に入学するために岡山にやってきたのである。小野田は薇陽学院開設でも立て役者だった。

貞一も孤児に近い境遇といえたが、姉寿美を介して岡山教会との太いパイプがあったおかげで、英語の勉強もできたし、オルガンを弾く機会も得られた。水も米も酸素も陽光も未来も、すべて教会のなかにあったのだ。

貞一が薇陽学院に通ったのは十五歳から十七歳の二年間だった。

義兄小野田は、すでに記したように薇陽学院の幹部であった。明治二十七年発行の第一回卒業記念文集『薇陽』によると、彼は「教則編出及び教師招聘《しょうへい》の件を一任」され、どこに校舎をつくるかまで任されていたと書かれている。薇陽学院は、校長と教師間の教義をめぐる内紛で、明治二十九年に廃校になったためいまは跡形もない。

『何処へ』『内村鑑三』などの作品で知られる自然主義作家正宗白鳥《まさむねはくちょう》は、ちょうど貞一と同じ時期に薇陽学院に通っていた。彼の自伝小説『地獄』を読むと、この幻の学校がどんな様子だったのか、かろうじてわかる。

薇陽学院は郊外の山の麓にあった。小高い斜面に西洋館が三棟あり、いちばん上に校舎が一棟、その下に宣教師たちの住宅が二棟並んでいた。当時ではめずらしいガラス窓から市街地がはるか遠くに望めた。

「学院は小ぢんまりした二階建てである。教室は常に掃除が行届いて、壁でも床でも汚れ目が少く、机でも腰掛でも普通の私立学校とは比較にならぬほど小綺麗」だった。キリスト教の講義もあったが、教科はふつうの学校とそれほど変わりなかった。「校規は極めて自由で、英語研究の便利は多い。しかし耶蘇《やそ》という名の忌まれるためか、学生の人数は一年から五年級まで凡《すべ》てを合わせても、僅か五十人に充たず、その大半は信者の子弟」であったという。

アダムス女史は、薇陽学院でも教鞭をとっていた。二十五歳の折、ニューハンプシャー州でハイスクールの校長に任命されたが、それを蹴って来日した情熱家で、彼女はその能力を十二分に発揮した。『岡山教会百年史』に晩年の写真が載っている。白髪をうしろに束ね、ふくよかな頬、縁なしの眼鏡の奥の眼は、やさしく微笑んでいる。昭和十一年まで四十五年間も岡山に滞在して、帰国すると一年たらずで亡くなった。七十一歳だった。岡山教会での伝道に生涯を捧げた人である。

貞一の薇陽学院時代に書き残した紙片に「米搗《こめつき》の歌」という詩があった。息子匡雄《まさお》の所蔵する遺品のなかで見つけたものである。孤児院の創設者石井十次作のこの詩は、アダムス女史の生き方を精米職人のイメージに置き換えたものだろう。貞一は几帳面だったから、和紙はていねいに小さく折りたたまれていた。

嗚呼《ああ》米搗《こめつき》よ米搗よ
君らがひねもす汗流し
米搗見れば勇ましく
また楽しくもあるぞかし
およそ人と生まれては
勉め励みてはたらくが
何より大事なことぞかし
…………………………
年たけ社会に出《いで》し時は
搗きたる米の輝きて
雪にも優るその如き
清き心を基礎として
神の御為《おんた》め人のため
終《つい》には血をも流しつつ
限りつきせぬ天《あま》つ国《くに》
わが故郷《ふるさと》に帰りなん

貞一は、精米職人が脇目もふらず一所懸命に米を搗《つ》く、その姿に自分自身を磨く努力を重ね合わせていた。努力はエゴイズムのためでなく「清き心」、すなわち神のみこころにしたがうことだと信じている。無口でおとなしい貞一の内側には、そのために「血をも流」すほどの激しい気魄《きはく》が秘められていた。故郷を棄てた貞一は、あえてキリスト教の説く天国に「わが故郷」を見た。

教会という繭《まゆ》のなかで一人の作曲家が、飛び発つ日をじっと待っている……。

讃美歌と、のちに作曲することになる「故郷《ふるさと》」との深い関係は、このとき生じていたはずだ。

島崎藤村も多感な時期にキリスト教に接していた。だが藤村のキリスト教は、岡山の凄まじい孤児たちの光景に較べると、少し安易に映る。

藤村は十五歳で明治学院へ入学し、讃美歌を耳にする。長兄に伴われ木曽の馬籠《まごめ》宿を出て、はや六年が経っていた。

後年、小説『桜の実の熟する時』のなかでその体験を綴っているが、彼にとってキリスト教も讃美歌もニューファッションの一部にすぎない。

「柔《やわらか》い黒羅紗《くろらしゃ》の外套《がいとう》」や「聞き惚れるような軟やかな編上げの靴の音」に憧れながら「何時《いつ》の間にか彼も良家の子弟の風俗を学」び、「自分の好みによって造った軽い帽子を冠《かぶ》り、半ズボンを穿《は》き、長い毛糸の靴下」といったモダンないでたちで、若い男女の集まる文学会に出かけた。そして「プログラムを開ける音がそこにもここにも耳に快く聞えるところに腰掛けて、若い女学生達の口唇《くちびる》から英語の暗誦や唱歌」に触れた。やがて「誰が歌って通るのか、聞き慣れた英語の唱歌」を聞けば「同じように調子を合せて口吟《くちずさ》」むようになっていく。

藤村にとって讃美歌のある風景とは、ただ東京の新しい風俗、それも上流階級の子弟が集まるミッション系の学校のはなやいだ空気とともにあったのだ。

のちに『若菜集』で、藤村は明らかに讃美歌の影響の色濃い恋愛詩「逃げ水」を書く。

ゆふぐれしづかに
　ゆめみんとて
よのわづらひより
　しばしのがる

この詩は、つぎに示す『新撰讃美歌』の第四番と瓜《うり》ふたつであった。

ゆふぐれしづかに

いのりせんとて
よのわづらひより
しばしのがる

讃美歌で「いのり」となっている部分に、藤村は「ゆめ」と入れた。恋する女を「ゆめみんと」したことは、これにつづく二連で説明されている。讃美歌が「かみよりほかには／きくものなき／木かげにひれふし／つみをくいぬ」と歌うのにあわせて、藤村は「きみよりほかには／しるものなき／花かげにゆきて／こひを泣きぬ」と、神と女を入れ換えている。藤村のキリスト教は、教養よりも恋愛と異国情緒のほうに比重が置かれていた。

「逃げ水」は八六、八六というリズムで、『若菜集』の他の詩が、ほとんど七五、七五の、いわゆる七五調であるのと趣を異にしていた。ならば貞一の作品のリズムには、もっと強く讃美歌の痕跡があってよいはずだ。

「尋常小学唱歌」の第一学年から第六学年まで全百十八曲を分析してみたところ、三拍子の曲が極端に少ないことがわかった。わずか六曲しかない。そのなかに「故郷」「朧月《おぼろづき》夜《よ》」が含まれている。

なぜ文部省唱歌に三拍子の曲が少なかったのだろう。

四七《ヨナ》抜《ぬ》きの五音音階が日本人の民族的伝統的特質であり、西洋の七音音階を受け入れにくさせていた要因と少し似ているような気がする。

一般的に、三拍子のリズムは遊牧民族に多いとされる。馬に乗って走るとき、鞍の上では三拍めに少し腰を浮かせて一、二、三、と拍子をとるからである。いっぽう農耕民族の場合、水田の泥のなかを歩く足運びがリズムの基調となる。鍬《くわ》を入れ土を起こす際、えんやこらと鉄の切っ先を地面に食い込ませ、一瞬、間をおいて引く。こうした動作を、小鳥が餌をついばむようにリズミカルにやったら鍬が地面に突きささらない。行進曲の軽快な二拍子とは違う少し重い感じのゆったりした二拍子――。

たとえばロシアのコサックダンスが躍動的な音楽に合わせ、ダンサーが華やかにジャンプしたり足を交互にはね上げたりする。それに対し、日本の能は、すり足が動作の基調になっている。盆踊りや日本舞踊も、同じである。日本人はリズム感に乏しい、といわれてきた。西洋のリズムを日本の伝統リズムに接合させるのは容易ではなかったと思う。だから文部省唱歌には、三拍子が少なかった。そう推測してよさそうだ。

ではなぜ「故郷」「朧月夜」など貞一の創った曲が、わずか六曲しかない三拍子の歌のうち二曲も占めたのだろうか。

少年のころからずっと讃美歌に触れていた貞一には西洋音楽の下地があったため、というのが結論ではあろう。

しかし、だから「故郷」は讃美歌の影響を受けている、と言い切ってしまうのはいかにも強引である。薇陽学院を卒業してからこの曲を創るまでの間に、彼は音楽学校などで実に多くの西洋音楽を浴びているのだから。

もっと確かな証《あかし》はないか。讃美歌集にあたってみた。

すると讃美歌第百二十六番「風はげしく」や、第四百七十五番「うき世の旅」のリズムとほぼ完全に一致したのである。

「故郷」と讃美歌第百二十六番「風はげしく」（風はげしく波立ち、舟はゆれて進まず）を以下に対比させてみよう。

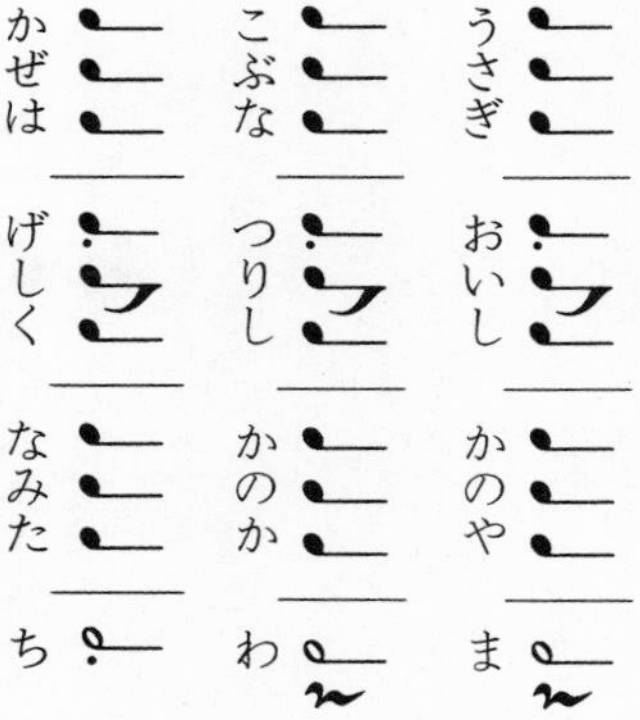
うさぎ　おいし　かのや　ま
こぶな　つりし　かのか　わ
かぜは　げしく　なみた　ち

ふねは　ゆれて　すすま　ず

文部省唱歌も讃美歌も、覚えやすさ、歌いやすさを考えて、単純なリズムを繰り返す傾向がある。たとえば「われは海の子」では、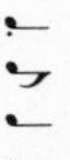というリズムが一小節ごとにくりかえされるし、「かたつむり」（でんでんむしむしかたつむり）も同様である。このような短いリズムの繰り返しが、かりに讃美歌のリズムと一致したとしても、それは偶然である可能性が大きい。しかし、この「故郷」のように四小節にもわたるリズムが讃美歌と一致するのは、単なる偶然とは言いにくい。

讃美歌の場合は、同じリズムを終わりまで繰り返すという特徴がある。じじつ讃美歌第百二十六番も第四百七十五番も、ほぼ同じリズムの繰り返しのまま終わる。

だが、「故郷」では第三節目のリズムを、

ゆ　めは　い　まも　め　ぐ　り　て

と変えている。貞一は、ここであえて三節目で讃美歌のリズムを離れた。なぜか。ひとつには、曲に変化をつけるためであろう。四節とも同じリズムの繰り返しでは、讃美歌のまねごとになってしまう。問題は、讃美歌の乗り越え方である。

「故郷」はたしかに三拍子だけれど、かすかに二拍子の影が感じられはしないだろうか。三拍子を歌詞にあてはめてみよう。

一二三　一二三　一二三　一
うさぎ　おいし　かのや　ま

ゆったりとした二拍子で表現すると、こうなる。手拍子を入れるとわかりやすい。

一　二　一　二
うさぎおいし　かのやま

「故郷」のリズムは、ワルツに代表されるいわゆる三拍子とは違ったものに感じられる。〝うさぎおいし〟を一拍とかぞえるゆったりした二拍子として受け止めると、田園風景が見えてくるのである。日本の伝統的なリズムに近い、懐かしいものとなる。

新鮮な三拍子の背後で刻まれる、ゆるやかで馴染み深い二拍子。「故郷」がいまも歌い継がれている秘密は、西洋と日本の伝統、それぞれの特質を巧みにすくいあげ、折衷しているからにちがいない。

キリスト教の使命感と讃美歌の歌声につつまれて岡山の薇陽学院で二年間を過ごした貞一は、明治二十九年九月上京、東京音楽学校（東京高等師範学校附属音楽学校）予科に入学する。鳥取時代、小舟で沖へ出て怒濤に向かい発声練習をしたことがあった。貞一を誘ったのは四年先輩の永井幸次だった。その永井はすでに音楽学校本科三年に在籍していた。彼は、音楽学校にほど近い下谷《したや》区車坂町《くるまざかちょう》（現在の台東区東上野）の一軒家を借り、同級生の吉田恒三、高橋二三四、米野鹿之助と自炊生活をしていた。そこに貞一は転がり込んだ。五人の暮らしは長くつづかなかった。たまたま米野がジフテリアに罹《かか》り、つづいて永井も入院するなど、共同生活の見通しが立たなくなったからである。貞一は永井に従って同じ町内の下宿屋の二階八畳間で暮らすことにした。

ひと足早く卒業して静岡県師範学校に赴任していった永井は、貞一に置き土産を残していく。紙鍵盤《かみけんばん》である。紙を鍵盤の大きさに切って、白鍵と黒鍵を墨で描いたものを代用すれば、下宿でもどこでも練習ができる。じっさい努力家の貞一は持ち運び自在の紙鍵盤のおかげでずいぶん上達することができた。

貞一は、明治三十三年七月、音楽学校を首席で卒業する。母校に助手として残る見通しもたち、本郷教会のオルガン奏者として、信仰と音楽を両立させる生活が待っていた。

藤村は教会を棄て、恋の遍歴を繰り返していたが、しだいに生活の重みにひきずられはじめていく。東京を離れ小諸義塾の教師になっていた彼には、この年妻冬子《ふゆこ》との間に長女みどりが産まれている。そして、浅間山の噴煙を眺めながら、詩から小説への道筋を探って苦闘していたのである。

4

信州で育った高野辰之と鳥取で生まれた岡野貞一がめぐり会うためには、ひとつの不幸な事件が起きていなければならなかった。文部省唱歌は、教科書の国定化によって国家という影を背負うことにより生み落とされるのである。

明治三十五年の十一月初旬、品川付近で拾ったとする落とし物が警察に届けられた。立派な革の折り鞄で、なかをたしかめてみると小手帳に名刺が挟まれている。「普及舎社長山田禎三郎」とあった。

山田は東京高等師範学校出身、茨城師範の校長を務めた人物で、この年の夏、衆議院選に長野市から立候補して落選、そののち教科書出版大手の普及舎社長に迎え入れられた。

小手帳には有名な地方長官はじめ教育家の名前がずらりとあり、その横に細かな数字が書き込んであった。

誰がどれだけ賄賂を受け取ったか、一目瞭然だった。山田は賄賂を贈った側である。教科書出版大手は、この普及舎のほか金港堂、集英堂などで互いに教科書売り込みで競い合っていた。

出版社の賄賂攻勢の噂を耳にした警視庁はすでに一年前から、金港堂社主の原亮三郎に眼をつけ身辺を内偵していたという。だが確固とした証拠はない。そこに山田メモが飛び込んでくる。警察側はいっきに教科書疑獄の全容を語る証拠を握った……。

僕には、一連のプロセスがどうしても腑に落ちない。そんな決定的な証拠がタイミングよく拾得物として届けられるものだろうか。当時の新聞報道では、「鞄は品川付近の畑に落ちていた」とか「汽車の網棚に置き忘れられていた」などとまちまちなのだ。だいいちそんな重要機密書類を、それなりにキャリアのある慎重な人物が落としたり掏《す》られたりするだろうか。

山田メモを分析した警視庁は、出版社幹部や噂のある校長らに尾行をつけ、彼らの行動を逐一チェック、ついに、明治三十五年十二月十七日の未明、百名の捜査官を動員し、金港堂、普及舎、集英堂をはじめ二十数カ所の家を急襲した。

教科書検定制度の下では、出版社が教科書を編纂し、文部大臣の検定を受け、そのうえで各府県ごとに採択を決める。この制度は、国で一括して決める国定制度でもなく、また各学校が独自に自校の実情に合わせて選ぶ自由採択制度でもない。

かりにA県が「国語は金港堂にする」と決めたら、他の出版社はA県から撤退しなければならない。さらにその闘いは教科ごとに繰り広げられる。できるだけ多種の教科を、しかも多数の府県で採択させる、というのが出版社の戦略である。一度採択されると、つぎの検定まで向こう四年間は安泰なのだ。逆に採択数が少なければ長期にわたって経営不振に陥る。出版社によっては検定にパスしたのをいいことに、次年度には紙質を落とすなど悪どい商売をするところもあった。

教科書の採択権をもつのは、各府県の有力者である。府県ごとに教科書採択のための審査委員会が設けられていた。その委員には師範学校長や中学校長などが任命される。どの学校の校長が任命されるか、出版社にとっては大きな関心ごとだった。日頃接触している校長が任命されれば、ほぼ採択は決まったも同じである。委員の任命は県知事の権限だから、出版社はそちらもマークした。

料亭での接待だけでなく、水面下でも大量の金品が動いていた。金港堂の社主原亮三郎宅から押収された証拠物件は、じつに人力車十六台に及び、春画の入った大量の熨斗《のし》袋まで出てきたという。

出版社の工作は、微に入り細を穿《うが》って、魔手は師範学校在校生にまで及んでいた。苦学生にプライベートに学資を援助しておくと将来校長になった折には恩義を感じてくれる、とうそぶく出版社の番頭もいた。審査委員会が開かれている最中、形勢危うしとみるや文部省秘書官の名前を騙《かた》り、東京から電報を打ち中止させたこともあった。

捜査の進展にしたがい、逮捕者はどんどんふえていく。収賄側の逮捕者には、師範学校長ら教育関係者だけでなく、四名の知事のほか代議士、県会議員まで含まれている。ある東京高等師範学校教授は、暮れも押し詰まった時期に実母の葬儀の支度をしていて踏み込まれた。栃木県知事は大晦日《おおみそか》の夜、寝間着姿のまま拘引された。群馬県師範学校長は正月休み明け、生徒に向かって「教育界は腐敗している、いまこそ改革しなければいけない」と年頭の訓示を垂れていたところを逮捕される始末だった。

総勢百五十七名が検挙され、逮捕者の出なかったのはわずか七県のみというていたらくで、教育界に対する信頼は急速に失われていった。

以前から教科書国定化のチャンスをうかがっていた政府にとっては、まさに好機到来であった。信用を失墜したのは地方官（東京を含めて）であり、したがって清廉潔白な中央（文部省）がこれを管理すべきだという理屈である。教科書疑獄の発覚からわずか三週間後の明治三十六年一月九日に、政府は「小学校教科書国定法案」を議会に提出しているところをみると、さきの折り鞄の一件に謀略の臭いを感じないわけにはいかない。

東京音楽学校に残された高野辰之の履歴書によると、明治三十五年四月十日、「長野県」から「休職を命ず」とされている。「文部省」で「国語教科書編纂委員を嘱託す」となったのは四月二十一日。長野県師範学校を卒業したため服務義務が生じているから、すったもんだの挙げ句、いったん休職という措置をとらざるを得なかった。

国文学を研究するために上級学校を目指した辰之だが、帝大教授上田萬年《かずとし》のはからいもあり当座の腰掛けとして文部省の仕事をすることになった。

その辰之の坐った椅子は、教科書疑獄事件と深い関わりをもつ。

教科書検定制度に対し、文部省は早い段階から国定化の機会をうかがっていた。小さな贈収賄事件があるたびに出版社に警告していたし、民間教科書は教育勅語を反映していないと批判していた。

日清戦争が起きたのは教科書疑獄事件より八年前だった。これをきっかけに国粋主義の風潮が強まり、教科書国定化の気運が盛り上がる。明治二十九年二月に「国費を以て小学校修身教科用図書を編纂するの建議案」が貴族院に提出されたが、時期尚早でこれは廃案になった。その後、明治三十三年四月、文部省内に国定教科書を準備するために修身教科書調査委員会が設置される。

辰之は、のちに「私どもは二十五、六歳という少壮時代に国語読本編纂委員という名目で文部省の役人となった。当時はいまのように国定制度でなかった。そうして文部省の図書課でも一種を編纂して、民間のものと共立させようという趣意」で執筆を命じられた、と回想している。

「民間のものと共立」は、どう考えてもおかしい。もし国で教科書を制作すれば、公立の学校はそれを無視できなくなる。いわば既成事実をつくりながら国定教科書に切り換えようとの文部省の算段が背景にあったとみるべきだろう。もちろんそれは辰之のあずかり知らぬ世界での動きだ。

彼の回想は、「ところが国定にする必要が突発して、私どもは尋常小学用八冊高等小学用八冊を、三、四ヵ月間に編纂しなければならなかった」とつづく。

現場の辰之にとっては、「突発して」かもしれないが、僕にはこれはかなり計画的な進行に思われて仕方ない。宙ぶらりんな状態にあった彼は、ちょうど臨時の要員として雇用されるのに最適だった。

文部大臣の児玉源太郎（陸軍大臣と兼任）は、辰之たちにこう言ってあおった。

「カネはいくらかかってもいいからやれ、できないならやめろ」

トップがそういう意気込みだから部下はたいへんである。学務課長などは、「内容は少しはまずくてもいい、とにかく間に合わせろ」と必死で命令する。

国定化が正式決定されたのが明治三十六年四月十三日なのに、八月一日にはもう一年生用の教科書『尋常小学読本（一）』ができていた。

尋常小学校の最高学年は四年（明治40年まで。以後は六年）である。尋常小学読本は各学年二冊ずつ、計八冊発行される予定だった。二年生用の（三）が九月三日に、三年生用の（五）が九月九日に、四年生用の（七）が九月二十五日にと、たてつづけに刊行された。つづいて十一月に入り、一年生用の（二）が十七日に、二年生用の（四）が二十八日に、そして十二月二十八日には三年生用の（六）が出され、翌三十七年一月二十二日に、最後の一冊である四年生用の（八）ができた。

これで四月の新学期に全学年の国定『尋常小学読本』が間に合わせられた。

辰之は「従前とは随分変わった読本であったので、私どもは攻撃された。急がせたものにもとよりいいもののあろう筈がないのだ」と弁解しているが、彼なりに工夫はしたつもりだった。スタッフは「吉岡郷甫《きょうほ》君と笠原蓑二君と私」の三人しかいない。これまでと変わったと批判するのならその「変わっているところをほめて貰いたかった」と、自負心もみられる。

それはどのあたりか。

従来のものと比較してすぐ眼につくのは、文語的な言いまわしが減り、言文一致体の口語文が多くなった点であろう。文章はひとつひとつが短い。句読点の打ち方も、きめがこまかい。辰之は、「国家の基礎は母国語にあり」と、言葉のナショナリズムと近代化を説く上田萬年《かずとし》の忠実な弟子だった。わかりやすく、系統的に日本語の読み書きを習得させせようとする意図がにじみでたものと理解してよい。

『尋常小学読本（二）』第一ページに、「イ」と椅子の絵、「エ」と枝を並べ、つぎに「ス」と雀、「シ」と石ころ、とそれぞれ発音の類似した文字を並べてある。方言には、「イ」と「エ」、「ス」と「シ」の区別がつきにくいケースが多い。まだ標準語が確立されてからそれほど時間が経っていない時代だから、文字だけでなく訛《なま》りを矯正するための発音の学習に留意したのだろう。

これらの特徴がよく出ている文章を探していくうちに、僕は文部省唱歌の原型にめぐりあったのだった。

三年生用（五）のなかの「のあそび」がそれである。

「かぜが、だんだん、あたたかになってきて、木もめをだしました。草もみどりになってきました。野原には、たんぽぽやすみれなどが、いちめんに、さきそろっています。空では、ひばりがさえずっていますし、林では、うぐいすがないています。ちょーちょは、花から花へ、まっています。

おはなとおちよとがつみくさをしていますと、太郎も、文吉も、あそびに、きました。

いま、みんなが、おもしろそうに、しょーかをうたっています。

春がきた。春がきた。

どこに、きた。

山に、来た。野に、来た。さとに、来た。

花がさく。花がさく。

　どこに、さく。

山に、さく。野に、さく。さとに、さく。

鳥がなく。鳥がなく。

　どこで、なく。

山で、なく。野で、なく。さとで、なく。」


あわただしい日程で任務をすませた辰之は、その後どうしたのだろうか。

履歴書には「明治三十七年七月十三日、国語教科書編纂委員嘱託を解く、任文部属《ぞく》」とある。「属」とは下級官吏のこと。高等文官試験にパスしたエリートたちは判任官から高等官とエスカレーターを昇っていく。貧しかったばかりに正規の学歴コースを歩めず、高文試験も受けていなかった辰之はノンキャリアである。さぞくやしかったにちがいない。

「私は役所勤めというものの如何《いか》にみじめであるかを痛切に感じたが、夜間全部を自己の修養に用いてよいのが嬉しくて、新たに基礎修養を繰り返そうと思い、古典を読みなおして史書類にも及んだ」とのちに振り返っているが、すでに二十八歳、結婚もしている。これから帝国大学に進み学問に打ち込むにはしがらみも多すぎた。もはや機会を逸している、との諦めが辰之の心を暗く覆いはじめていたと思う。勉学への志は行き場がないまま、めらめらと激しく燃えていた。

辰之は靖国神社の裏に住んでいた。文部省は一ツ橋にあった。歩いて十五、六分の道を規則ただしく往復するだけだったが、ストレスは高じるいっぽうだった。

タバコの本数がふえた。吸いすぎたためか、突然声が出なくなってしまった。そこで禁煙を誓った。するとさらにストレスがたまる。生半可な症状ではなかった。

「耳なりがしだした。頭痛はもちろんする。目がかすみ出した。寒けがする。歯をくいしばって耐え」たが、苦しい。そこで酒をはじめた。

二年間で、五十三キロの体重が七十四キロにまでふえた。本人はタバコやアルコールのせいにしているが、精神的なものが加味されていなければ、こう短期間には太らないし、つぎのようなありさまにもならないだろう。

「ふらふらすることはいっそうひどくなって、電信柱に身を託して二、三分休んでは前方の電信柱をさしてひょろひょろと駆け寄らなければならなかった」ほどで、電柱は、「二十間《けん》（36メートル）ごと」なのに「百間もあるように思われた」。異様な歩き方なので怪しまれ「巡査に住所を調べられたことは二、三回」で、「役所の門まで尾行されたことも一度あった」という。

酒がストレスを解消してくれるまでに軀に馴染みだしたころには、辰之はいっぱしの呑んべえになっていた。

丸く太った下膨れの顔に、小さな眼鏡をちょこっとのせたアルバムのなかの辰之の写真は、もしカラーだったらだんご鼻と頬が酒焼けしているのがわかったかもしれない。

いま手元に古い日記帳がある。

明治四十年十一月に日本橋の春陽堂から発行された「新案当用日記」で、表紙の左上に翌年の干支《えと》の日本猿のイラストが描かれている。どういうわけか猿は背中を丸め、眼を閉じて心なしか元気がない。まるで年頭の辰之を髣髴《ほうふつ》とさせるように。

明治四十一年元旦を迎えるにあたり、暮れの三十日に、三十一歳の辰之はこう決意を示した。

「貧乏暇なしのいそがしい身だ。ところで三分や五分の日記をつける時間がないというのではなし。ひとつ、後の思い出の料に記して置こう置こうと心がけたものの、つい実行しなかったのが四、五年以来のこと。今度こそはと思いたった。(日記帳のなかの)金銭出納簿だけは自分にはまったく不必要である。入ったところで、出たところで、たかだか月に百円前後、この暮らしにくい世に、それが何になろうぞ」

以上は余白の部分に書き込まれたものだが、日記の本編は一ページで一日、縦の罫線が八行分、引かれている。

「一月一日、水、曇り。除夜の鐘に目を覚まして、一年の計は今晩にあるのだ、さてどうしよう、やはり一椀の晩酌、古書いじり、まあこんな事にしようときめた」

「一月三日、金、晴れ。朝湯の中にいるうちから年始客。午後五時まで飲み続け。とうとうへたばってしまって、床の中へ運びこまれたとの事」

「一月六日、月、半晴れ。本日より出省。腰弁《こしべん》の事務を執る」

　正月に酒をしたたか呑み、仕事始めの日には自分のことを「腰弁」（日々弁当を携えて出勤するような小役人や地位の低い勤め人）と揶揄《やゆ》している。将来の見通しがなく、弱気になっていた。

　彼は、このころ近松門左衛門《ちかまつもんざえもん》の研究に没頭している。上田萬年にアドヴァイスされた末のテーマだった。だが、学問、学問、と唱えて故郷をあとにしたもののそれは口実であったのかもしれない。本当は、なにかを創りたかった……。

　自嘲気味、八つ当たり気味である。

「一月十一日、土、晴れ。風邪で頭が痛い。家人のなす事、ひとつも気に入らずで困る」

「一月十七日、金、晴れ。書くことは何もない。今日は労働をしたから晩酌をしようという。山の神は、酒はあるのだから寝がけにしろという。いや、いま、と争って、一合傾けたぐらいのこと。食後、『おさん茂兵衛』の正本を写す。これは一般の説では宝永《ほうえい》のものだというが嘘だ。どうしても正徳《しょうとく》あたりの近松の筆つきだ。それには確かな証拠がある。ああ、いつもいつも近松三昧《ざんまい》で、その注釈をするなんて五尺の男子としては恥ずかしい。明治の近松になる気でなくてはならぬが、悲しいかな、その腕なしだ」

「一月三十一日、金、曇り後晴れ。一月は変化のない平凡な生活であった。この年もこの平凡な生活を続け、いや、今年ばかりじゃない、一生平凡な生活をするのであろう。平凡な人間に平凡な生活は必然なことさ」

転機がやってくる。日記を付けはじめてから二ヵ月後だ。

「二月二十日、木、晴れ。午後四時近くになって退省の用意をしていると、上田（萬年）博士からちょっと来いとの便。行ってみると湯原（元一《もといち》）音楽学校長が居られて、上田先生より、音楽学校で邦楽調査に微力をつくせとの事だがひとつやって見るよう勧められ、何だかやって見たいような気がして引き受けたが、帰来《きらい》再考すればどうも心配だ。しかし斯道《しどう》のためだ、全力を注いでみようと決心する」

「二月二十六日、水、晴れ。今日とうとう東京音楽学校の邦楽調査会へ連なる手続きをされることになった。自分のやる仕事というのがなかなかむつかしいので、荷が勝ちすぎるように思われて困る。けれどもそうかといって断るのも何だか小恥ずかしくもあり、惜しいような気がするのだ。ええ、いっそ引き受けよう。それも飯が食えるならだ」

東京音楽学校に赴任が決まったが、期待と投げ遣りな心情が半分半分だった。やがて自分が文部省唱歌をつくることになるなど、予想もしていない。音楽学校に岡野貞一が勤めていることも、もちろん知らない。

5

その日、明治四十一年三月十七日、外はよく晴れていた。だが三十一歳の高野辰之の心中は、けっして明るくない。

十日ほど前から腹痛で医者通い、病み上がりのせいもあるが、昼過ぎから出かける先の仕事内容がもうひとつはっきりせず気になっていたからだ。

東京音楽学校の邦楽調査掛《がかり》という耳慣れぬ仕事の正式辞令がきたのは三月五日、その翌日、晩酌して寝入ったとたん激痛が腹部を走った。一晩中苦しみつづけ、早朝、医者に往診を頼んだ。注射して頓服《とんぷく》をくれたが、いっこうに治らない。肋骨と背中の間が開きそうなくらい痛い。胃ではなく肝臓らしい。連日飲みすぎたのがたたった。自分の将来を自分で組み立てられずにいるところに、また一枚の紙切れで運命を決められてしまいそうな形勢で、鬱々とした気分が病を触発したのかもしれなかった。

二時に上野の音楽学校に着かなければならない。上野駅を降り、森へ向かった。坂道を登ると音楽学校の木造の建物が見える。正面の車寄せの上にバルコニーがあり、二階は講堂兼用の奏楽堂《そうがくどう》で、日本唯一の音楽ホールとして知られていた。夏目漱石の小説『野分』にも「(天井を)仰向いて見ていると広い御寺のなかへでも這入《はい》った心持になる」と描写されている、あの奏楽堂だ。左右に翼を広げるように校舎が建っており、端のほうは生い茂る木々に覆われている。

　辰之は正面の階段を昇った。入って右手に校長室の表示があった。少し構えてから扉を叩くと、縁なし眼鏡をかけた校長の湯原元一は、予想したよりずっと愛想がよい。辰之は、あらためて上田萬年博士の推薦の重みを感じた。

　校長は急いでいるらしかった。さっそく用件に入った。

　テーブルの上に当時ではめずらしい舶来品のラッパ型の大きな蓄音機が置いてある。

「ちょっと、これを聴いてもらいたい」

　三味線の賑やかな囃子《はやし》が、波打ちながら流れてきた。

　清元である。「小袖物狂《こそでものぐるい》」とすぐにわかった。浄瑠璃の「蘆屋道満大内鑑《あしやどうまんおおうちかがみ》」二段目、主人公の安倍保名《やすな》が、恋人の形見の小袖を抱いて春の野を狂い歩くさまを舞踊化したものだ。

　辰之の反応を素早く見てとった校長は、安堵したとみえ、多弁になった。

「じつは昨年（明治40年）十月に邦楽調査掛というものを本校につくったんだが、実際、どうやってよいのかわからず、困っていたところなんだ。このままでは洋楽に押されて邦楽が消えていってしまう。誰かがこれを記録し、保存しないとならないのだが、ご承知のように邦楽は楽譜もなければ専門的なレコードもない。家元もたくさんあるし、口承だから同じはずのものでも少しずつ違っていたりする始末でな」

東京音楽学校の前身、音楽取調掛《とりしらべがかり》が設立されたのは明治十二年である。洋楽と邦楽の双方があった。国語は日本語を廃し英語にせよ、と主張した欧化主義者森有礼《ありのり》が文部大臣になると、邦楽の存在は否定されてしまう。しかし、欧化主義の行き過ぎに対する反動で明治二十二、三年ごろから国粋主義の気運が盛り上がってくる。岡倉天心《てんしん》が提唱する仏像など古美術の見直しもそのひとつだが、奇妙なことに美術についてばかりで、音楽はいっこうに潮流とならない。東京美術学校では洋画科と日本画科があるのに、東京音楽学校では邦楽科は復活しそうになかった。

平家琵琶《びわ》師の館山漸之進《たてやまぜんのしん》が、このままでは伝承者が消えてしまう、と文部省や宮内省に再三にわたり訴えた。そうした声がしだいに集約され、邦楽調査掛設置にまで高まるのがようやく明治時代末期なのだった。

芸事《げいごと》ではなく芸術としての地位を確立しなければ、やがて邦楽はすたれてしまうだろう。すでに明治維新から四十年経っている。邦楽調査掛の仕事は、伝統音楽が滅びゆくスピードを超えなければならない。湯原校長の説明で、辰之は自分に託された使命が了解できた。

教科書づくりも、邦楽調査掛にしても、与えられたものをただこなすのではなく、フロンティアでの開拓者の役割になる。にもかかわらず、世間的な名誉がついてこない。縁の下の力持ちでしかない。口に出さないが、それが不満ではあった。

日記の欄外、三月の項にこう記した。

「いやな月であった。病みはする、歌浄瑠璃の註は始めなければならぬ。病んで十四、五日寝たのはいちばん閉口であった。おかげで酒はすっかり止んだ。いや、止めた。まだ十年くらいは死んでは困る。いま死んだのでは、この世へ何をしに来たのか一向分からないから困るのだ。何も命は未練たらしく惜しむものじゃないが、死んだか生きてるか、せめて時には人が言い出すだけになりたいものだ」

辰之の勤め先は、当面、東京音楽学校になった。とはいっても、本籍は文部省、身分は下っ端役人のままである。こうした宙ぶらりんの境遇から抜け出したい、そう念じても神さま仏さまが空から手ごろな梯子《はしご》をおろしてくれるわけではない。

さいわい辰之は、邦楽調査掛の仕事がきらいではなかった。つづけているうちに責任感もわいてきた。自分がやらずに誰がこれをできよう、そう信じることにした。

仕事は、一種のフィールドワークである。テープレコーダーのない時代、録音は蠟管《ろうかん》蓄音機で行われた。レコード盤での録音も技術的には可能になっており、すでに舶来品の蓄音機も出回っていたが、高価なため邦楽調査掛専用としては配置されなかった。蠟管型はもともと発明王エディソンが考案したもの、蠟を塗った円筒に針の振動を伝えて音溝を刻み録音する。

義太夫《ぎだゆう》、常磐津《ときわず》、富本《とみもと》、清元《きよもと》、新内《しんない》、長唄《ながうた》、小唄《こうた》、端唄《はうた》……、家元をまわり意義を説明し、演奏してもらう。演奏家の都合もあるから作業はさほどはかどらない。邦楽の大家が必ずしも東京に住んでいるわけではなく、全国に散らばっている。

そのうえに蠟管録音である。琵琶や箏《こと》や尺八の音色を蠟管に収録するのだが、能率は悪いし、正確な音を記録しにくい。演奏中に蠟管が終わってしまうこともしばしばだった。それだけで費用は四十円。当時のサラリーマンの一ヵ月分の給料にあたる。

平家琵琶の那須与一の曲、約一時間ぶんを録音するのに蠟管を十七個も使った。それだけで費用は四十円。当時のサラリーマンの一ヵ月分の給料にあたる。

録音と並行して、歌詞を言葉に、メロディーを五線譜に写す作業も進めなければならなかった。

日本にも独特の記譜法がある。箏の場合は数字のほかに矢印やカタカナが、三味線では三本の糸を表す罫線と指の位置を示す数字とが記されている。しかし流派によって、表記が異なる。西洋音符を活用して五線譜に書き留める方法は、錯綜した和風の記譜法に、共通言語を与えるようなものだ。試みはよいのだが、五線譜に日本独特のメロディーは表記しにくい。異議を唱える者もいた。

邦楽調査掛の設置を説いた平家琵琶師の館山漸之進は、「平家を西洋楽譜に描写せしも、その精神魂魄《こんぱく》は描写し得るものに非ざるなり」と、その著書『平家音楽史』のなかで慨嘆している。日本の音階は、西洋音階では拾いきれない音で構成されているし、コブシなどの微妙な音の変化は、五線譜に表記されない。浄瑠璃の語りの部分などの、曲と台詞《せりふ》の中間のような節まわしは、音程はあって無いようなものである。

どうも邦楽は、記譜に向かない音楽といえそうである。独自の表記は、あくまでも参考程度なのであり、微妙な部分は師匠から弟子へと口承されていく。家元制度が滅びない原因はそこらあたりにありそうだ。西洋音楽ならテキストで独学できるが、邦楽の場合は不可能なのだから。

結局、この録音、採譜作業はほとんど公に発表されることはなかった。

苦心の採譜作業も、歌詞が抜けていたり、省略された部分があったりで不完全だった。五線譜を見ながら演奏できるかどうか試してみたが、できなかった。徒労だったのだ（蠟管は、表面の蠟が溶け、音の溝は消えてしまい、ほとんど再生が不可能な状態で、現在、東京芸大資料館の倉庫の奥で埃《ほこり》をかぶったまま眠っている）。

邦楽調査掛のスタッフ数は、十人から二十人内外で、多少変動していた。流派のバランスもあったのだろう。ほとんどは箏や三味線などの楽器や唄の実技に通じた音楽家たちだった。国語畑からのスタッフは、はじめ辰之だけしかいなかった。

辰之が担当したフィールドワークは、こうした音楽的な作業ではなく、古い記録や浄瑠璃本などの調査だった。さいわい上田萬年の下で資料整理をした経験がある。ノウハウはおおかた習得していた。対象がたまたま邦楽になっただけなのだ。どの曲が、いつ、誰によって初演されたか、それぞれの流派が、どこで枝分かれしたか。辰之は上野の帝国図書館や、旧家の土蔵、古書店をあさり、古い記録を収集した。これまで学問の対象とならなかった未踏の分野なので、調査の方法論は独自につくらなければならない。古典文学調査の手法を持ち込んで、ぐいぐいと作業をすすめていった。

五線譜への記録が失敗するなかで、たとえ間口を限定したものとはいえ、辰之の調査が唯一の生産的な業績になりそうだ、と周囲も考えるようになっていく。

のちに辰之の苦心は、『近世邦楽年表』となって実を結ぶことになる。全三巻のうち、第一巻『常磐津・富本・清元之部』が東京音楽学校の名で出版されるには明治四十五年三月まで待たねばならないが……。序文には、「この類の資料ははなはだ得やすきごとくなれども、きわめて湮滅《いんめつ》しやすければ、探究、実に容易ならざるものありき」と資料収集の困難さが述べられ、「この書は本校邦楽調査掛調査員高野辰之指導の下に」成立した、と辰之の業績が顕彰されている。

下級官吏として展望のない生活をつづける努力家は、ここでは第一人者にまつりあげられようとしていた。

邦楽調査掛が設置された明治四十年十月、もうひとつ、臨時の官制がつくられている。文部省唱歌編纂掛《へんさんがかり》がそれである。

明治三十九年十月に助教授に昇進していた岡野貞一は、このとき湯原校長に呼ばれ、助教授の身分のまま文部省唱歌編纂掛の仕事を兼務するよう命じられている。

貞一のなにを見込んで、唱歌編纂掛にしたのだろうか。古い時代のことだから、学校での様子を証言できる人物はかぎられてくる。

大正時代末期から昭和初期にかけて東京音楽学校で、貞一から声楽の授業を受けた八十歳の鳥取大学名誉教授岩上行忍《いわかみぎょうにん》に記憶をたどってもらおう。

岩上の受けた講義のタイトルは「唱歌」だったという。

「いまの科目なら『ソルフェージュ』です。音程やリズムを、楽譜に示されたとおりに歌う能力を養う。テキストはドイツの有名な合唱教則本、『コールユーブンゲン』の第一巻。ところが不思議なことに岡野先生はいちども僕らに歌って聴かせたことがない。つぎは何番の歌にします、とピアノでちょっちょっとメロディーを弾いてから、いっせいに歌わせる。小学校の音楽といっしょです。二曲、三曲と進んでいき、六十分たって終了時刻がくる。はい、これまで、とおっしゃる。非常に単純な授業でした。ひとりずつ歌わせることもありました。先生は自分の主張というものを示されない。ここはこう歌え、といわない。手帳に評価をメモして、それでおしまいです。学生と雑談するなんてことは、ありませんでした」

寡黙。誠実。堅物。岡野の印象は、息子匡雄《まさお》から聞いたものと寸分も違《たが》わない。

貞一の専門は唱歌だけではない。当時は西洋音楽と名の付くものなら、なんでも学んできた。そういう時代だった。

明治三十八年三月十七日付の東京朝日新聞に、奏楽堂で貞一がチェロの独奏をしたと紹介されている。「セロの独奏は本邦人の手には今度が初めてである」というぐらいだから日本はまだまだ西洋音楽の分野では発展途上国にすぎない。

ヴァイオリンやピアノを弾けても、チェロを教える教師が存在しない。オーケストラを結成するなど遠い話だ。お雇い外国人の世話になるのだが、彼らとてオールマイティではありえない。

貞一にチェロを教えたドイツ人アウグスト・ユンケルは、ヴァイオリンが専門だった。音楽学校の学生によるオーケストラをつくろうと考え、各人にパートをわりふりした結果、貞一はチェロ担当になった。

ところがユンケルはチェロの弾き方をよく知らなかったらしい。弓をヴァイオリンと同じ持ち方で構えてみせた。貞一は指示された恰好で練習してみたがよい音が出ない。不慣れなせいだろうと思っていた。数日後、教室に入ってくるなりユンケルは言った。

「君、チェロを弾くときには、弓はそう持つのではない。こうだ」

ユンケルは貞一を椅子から追いやって弓をつかみ、ずっと昔からそうやっていたといわんばかりに弾いてみせた。

このエピソードは、昭和に入ってから貞一がある音楽雑誌の座談会で披露している。ユンケルは横浜の居留地の外国人仲間のところに、よく遊びに行っていた。そこでチェロの弾き方を学んできたらしい。「からたちの花」「この道」「待ちぼうけ」などの作曲で知られる山田耕筰《こうさく》もこの座談会に出席していて、ユンケルの思い出話がはずんだ。

ユンケルはいつも仕立てのいい背広を身につけ、折り目の入ったズボンをはき、ときには葉巻をくわえて練習場にやってきた。口髭は立派だが頭は禿げあがっていた。その頭に汗をにじませながら、腕がちぎれるぐらい力強くタクトを振る。少しでも音程をはずす生徒がいると、ひとりだけ立たせ、幾度でもやりなおさせる。ドイツ語まじりの英語で、「この豚頭野郎め」とののしった。すると上気した禿げ頭はさらに汗で光った。昂奮が極限に達すると、指揮棒をへし折って人力車で帰ってしまう。そのたびに教務係が校門を飛び出し、人力車を追いかけるのだった。

貞一より八年後輩の山田耕筰は、ユンケルと殴り合いの喧嘩をしたことがあった。

ユンケルからチェロを習い始め、一週間目に、なぜこんな曲が弾けないのか、と殴られた。一日十時間も稽古し、指先の皮はことごとく破れ、まさに血のにじむ思いをしていた。だが、そんな簡単にうまくなるはずがない。三日後、また殴られた。そしてユンケルはこうなじった。

「私は一度もチェロを習ったことがない。でも、ちゃんと弾ける、それなのにおまえは……」

さらに一週間後、懸命に練習してきた山田にまた同じ台詞の矢が降ってきた。

「私は一度も……」

山田はピアノの経験しかない。まったく勝手な怒り方だ。ついに堪忍袋の緒が切れた。山田は立ち上がって怒鳴り返した。

「先生、あなたは三十年もの間、ヴァイオリンを弾いておられます。ヴァイオリンとチェロと、大きさは違っても、もともと同じ系統の楽器ではありませんか。僕は弓を握りはじめてから、まだ半月にもならないんです」

突然の反抗に、ユンケルは烈火のごとく怒りだした。平手打ちのかわりに、弓で山田を殴った。山田も負けてはいない。ユンケルが手にした弓を引ったくり、ぽきっと二つに折って投げ棄てると、今度は拳固でチェロを殴り、胴に大きな穴を開け、拳を固めたままユンケルを追い回した。ユンケルは、校長室へと逃げ込んだ。が、しばらくすると、悠然とドアを開けて出てきた。

「お前はなかなか勇敢だ」

ユンケルと山田は、この事件がきっかけで急速に親しくなる。

二人とも激しい感情の起伏が、おおらかに外に出る。むしろ芸術家にありがちな気質ともいえる。貞一のほうが、よほど特異ではないだろうか。

貞一の日常は規則正しい。日曜日ごとに本郷の中央会堂でオルガンを弾いた。助教授としての授業も、余分な感情をいっさいおもてに表さず、たんたんとつづけた。

辰之のほうは、焦燥の日々から脱出するチャンスが近づいている。邦楽調査掛になって半年ほど経つころ、息苦しさがふうっと消えはじめた。自分の力量が東京音楽学校で認められつつある、そう思うと自信が湧いてきた。

勝負に出る気になった。

辰之は猟官《りょうかん》運動をはじめた。日記（明治41年10月1日付）に、こう決意がしたためられている。

「近来、自《みずか》ら売るの世人《せじん》の態をことさらに学んで、ことさらに先輩にすねる。結局、自分のいうところは用いられずして、いたずらに石垣の下積み。永遠に埋もれて、日の目も拝めぬ地位に置かるべきを知りながら、余を用いんにはこれこれだけのことをしてくれ、と放言する。先輩には恩師もある。日常信ずる大学者もある。友人もある。また、そばから画策してくれる畏友《いゆう》もあり、先輩の問いに応じて推挙してくれる先輩もある。どうなることかしら。二、三日中に定まるであろう」

日記のなかで、動きがせわしい。二日後の十月三日、上田萬年を訪ねた。そして五日、邦楽調査掛の職制上の責任者、東京音楽学校教授の富尾木知佳《とみおぎともよし》の部屋をノックした。六日、校長室で湯原から「上田先生よりの話は承知した」と返答をもらっている。

文部省属《ぞく》という下級官吏と邦楽調査掛の仕事、双方をこなしても所詮、腰掛けにすぎない。属の身分になったのは明治三十七年七月だった。長野県師範学校以来の服務義務は、明治四十二年一月に消滅する。それをにらんでの展望づくりに迫られていたのである。東京音楽学校の正式な研究職につけば、文部省での扱いは高等官になる。下級官吏の属と、高等官とでは待遇差もはなはだしく、官庁内では食堂すら厳しく分けられていた。

根回しが功を奏し、辰之は翌年一月、東京音楽学校の講師になった。助教授以上が高等官で、講師は嘱託でしかないが、近い将来正式採用となる含みであった。

いよいよ、文部省に辞表を出す日がやってくる。

二月三日の日記に、「出勤して、やっと永年心がけた文部属の辞表を出すことのできる機会が来た、との知らせに遭う。さっそく出す」とあり、二月八日には、「やっと四年来望んでいた依願免本官という辞令を今日もらうことができた」と安堵し、「属官はいやでたまらなかったのだ」とホンネを洩らしている。よほどすっきりしたらしく「夜は四、五年ぶりでぐうぐう寝る」のである。四、五年ぶりの熟睡！

辰之が教授になるのは、一年半後の明治四十三年六月二十五日である。履歴書には「任東京音楽学校教授、叙高等官八等」と記入されている。

6

高野辰之の日記は、三十三歳になったばかりの明治四十二年六月で終わっている。

辰之は、殴るように日記を塗りつぶした。万年筆で書かれた読みにくいくずし字は、歳月を経るなかで青色が脱け、前途を塞《ふさ》がれた青年の野心が黒ぐろとした糸屑になって撒き散らされているかのようだった。

それが突然、予告なしに、まぶしい白いページに変わる。

文部省邦楽調査掛《がかり》の仕事で東京音楽学校に出向いた辰之に講師の口がかかったのは、この年のはじめである。四月から授業を受け持つ予定になっていた。自分の将来に曙光《しょこう》が射しはじめた、だからもう日記は要らない。そういうことなのだろうか。

六月で日記を中断した本意を追い求めていくうちに、ようやく「故郷《ふるさと》」「朧月夜《おぼろづきよ》」「紅葉《もみじ》」「春が来た」「春の小川」など、一群の唱歌が生まれる背景が見えてきた。

つるつるして薄っぺらな文部省用箋六十枚を細紐で綴じた『小学唱歌教科書編纂日誌』が存在することは、意外に知られていない。

これまで文部省唱歌に関する文献はすべて集めてみた。どこにもこの『編纂日誌』が登場しない。そもそも文部省唱歌自体、研究の対象になりにくかったのである。童謡についてはたくさん紹介されているのに、文部省唱歌の場合は、あれは国のやったことだから、という拒否反応が先んじていた。いわゆる文部省アレルギーである。作者が匿名であった点も、障害のひとつにはちがいない。

『編纂日誌』をめくると、辰之が日記をやめた明治四十二年六月に、重要な会合が持たれていたことがわかる。記録から、そのときの会議のあらましが再現できそうだ。

東京音楽学校の一室。午後一時なのに電灯が光っている。その日、六月二十二日は終日雨降りだった。

下は二十八歳、上は五十八歳までの十二人の男が、所在なげに番茶をすすっていた。階下の練習室からピアノの音が、くぐもって響いてくる。

「じゃあ、みなさんお揃いになったようなので、ぼちぼちはじめましょうか。本来ならば小山（作之助）先生もここにおるんだが、本日は都合がつかず欠席です」

切り出したのは正面に坐った校長の湯原元一である。それからやや背筋を伸ばし、あらたまった口調になった。

「それではただいまより第一回小学唱歌教科書編纂委員会を開催したいと思います。みなさん、ずいぶん急な招集なので、きつねにつままれたような心境なのではないかと思います。文部省から渡部（董之介）図書課長がおみえになっておられるので、まず本会の趣旨をお話しいただきましょう」

会議は、あわただしい日程で招集された。文部省から通知が発送されたのはわずか四日前なのである。

渡部課長は立ち上がると、いんぎんに会釈した。

「このたび、ご多忙のところお集まりいただきましたのは、文部省の方針にご協力願いたいからであります」

出席者を品定めするような冷徹な視線をさらりと浴びせ、つづけた。

「まあ、釈迦に説法を承知で申し上げますとですな、小学唱歌がてんでんばらばらに教えられているような次第で、これをなんとか正したいということがあります。『読本《とくほん》唱歌』の名称で検定唱歌集が各種出版されておるんでありますが、程度もだいぶちがうし方針もまちまちです。こういう状態はのぞましくない。統一の必要があるわけです」

辰之は思った。なるほど、そういうことなら、自分はお付き合い程度に聞いておればよいのだな。

渡部課長は、咳払いをして一気に核心へ入ろうとしていた。

「小学唱歌の修正は、文部省でしばしば計画されていたのでありますが、いまだ実現されておらないッ。先般できました尋常小学校の国定読本教科書は、もう少し修正を加えさらに充実したものにつくりかえることになりました。再編集される読本のなかの詩に、楽曲をつけ、唱歌集を編纂すればよい、と決まったのであります」

そうか。それで自分がこんな音楽家ばかりの場違いのところに呼ばれたのか。

辰之が四月から音楽学校で受け持たされたのは国語と歌文で、いわば一般教養に属する科目だった。音楽とは直接関係はない。だが、その一カ月まえに、再び教科書編纂の仕事を嘱託されている。あまり気がすすまなかった。その日の日記に「ありがたくもない、みっともよくもない、気のすすまない辞令を貰う。いやだが教科書には悪因縁があるのだから仕方がないとあきらめる」とぼやいている。

渡部課長は、茶をすすると、調子がのってきたらしくしだいに演説調になってきた。

「読本と唱歌集をひとつの流れのなかにおくのであります。国語教育と音楽教育が同じ題目ですすめられるわけです。小学校令施行規則の第九条には、歌詞及楽譜ハ平易雅正《がせい》ニシテ児童ノ心情ヲ快活純美ナラシムルモノタルベシ、とあります。平易雅正も大事ですが、第九条には、さらに唱歌教育の要諦を、徳性ノ涵養《かんよう》ニ資スル、と謳《うた》っております。したがいまして教育勅語と、さきに渙発《かんぱつ》されました戊《ぼ》申詔書《しんしょうしょ》の内容をよく御考慮くださるよう、せつにお願いしたい」

一年七カ月にわたった日露戦争が終結したのは明治三十八年九月。国家予算の五倍にあたる十五億円という戦費を注ぎ込んだ戦争が終わってみると、インフレが襲ってくる。戦勝による国際的地位の向上から好況が期待されたが予想はみごとにはずれ、株価が暴落した。戦争で抑えていた感情がゆるみ、勝ったのに暮らしはいっこうによくならないという不満が高まりはじめた。

国民の一体感が喪失しはじめた時期である。四十一年十月十三日、桂太郎内閣はついに明治天皇に要請して「宜《よろ》しく上下《しょうか》心を一にし、忠実業に服し、勤倹《きんけん》産を治め、これ信、これ義、醇厚《じゅんこう》俗を成し、華を去り実に就《つ》き、荒怠相誡《こうたいあいいまし》め、自彊《じきょう》息《や》まざるべし」との戊申詔書を発した。

ゆるみかけようとしていた国民の心のたがを、唱歌で結びつけよう。これが渡部課長、というより文部省の意図であった。

雨足がいちだんと激しさを増し、ガラス窓を叩いている。課長の退屈な演説は、終わりそうにない。辰之はぼんやりと天井の橙《だいだい》色の電灯を眺めた。

……母親が死んだのは、家に電灯がつくほんの少し前だった。ちょうど二ヵ月前、四月二十二日だ。東京電燈の社員が職人といっしょにやってきて、電柱から線を引っ張る工事をしていった。部屋はずいぶんと明るくなったけれど、空虚な心のなかまで照らし出されるようでかえって辛い。少しでも余計に学問して世間に認められ、故郷の母親を喜ばせてあげよう、そう考えて東京電燈に申し込んでおいたのに。無念だ。

辰之の日記に、母親の死がこう記録されている。

「四月十三日、火、晴れ。今日は自分の（33回目の）誕生日だ。祝いたいが国許《くにもと》の母が案じられるなどと心配していると、午後一時頃、黒田湖山君が電話で、国許の母が死んだと電報が来たぞと知らせてくれた。ああ、万事休せり。母は家のために尽くした人なのだ。心配ばかりしてろくな目をしないで死んでしまった。他郷にいた自分はもっとも不孝であった。じつに申し訳がない」

母親の病状が悪化している、と弟が手紙で知らせてよこしたのは、前年の九月二十一日だった。

しかし、帰郷はままならなかった。辰之は軀中あちこちに、ぽつぽつと湿疹が浮き出ていたのである。小便をすると、疼痛が走った。さては、と疑った。思いあたるふしがないではない。不吉な病名が脳裏をかすめた。こういう場合、医者に尋ねるのは、かなり億劫になるものだ。

ようやく覚悟して医院の門をくぐった。心配の件については、さいわい無罪だった。しかし医者は厳しい表情で、別の芳しくない判決を下した。

「やはり酒が原因でしょうな。とにかく酒を控えることです」

国許で母親が臥《ふ》しているのに、淋病の心配をする自分が情けなかった。将来の展望が見えず、焦りばかりがからまわりするから、いきおい酒をあおる。そんな自分がもっと情けなかった。先に記した辰之の猟官運動（「近来、自ら売るの世人の態を……」）は、この直後のことである。

十月に入ると、弟から再度、手紙が届く。「母、近来宿痾《しゅくあ》、全く面白くなく、ちょっと帰れ」とある。役所の仕事があるのですぐというわけにもゆかず、週末、夜行で帰ることにした。

見舞いに松茸を買った。「故郷は山深い所ながら松茸はないので、下げてゆく。しかし病める母にすすめることはできぬであろう」と書きとめる冷静さは、まだ持ちあわせている。出発の夜、寒空に月がよく冴えていた。

「十月十一日、日。高崎あたりから碓氷《うすい》あたりにかけて少し眠り、上田、篠《しの》の井《い》辺で川中島一帯を朝霧のなかに眺め、八時近く豊野《とよの》に下り、朝食を認《したた》めるやいなや、車（人力車）を命じて替佐《かえさ》にかけつけ、車をかえて母の許に急ぐ。うれしや、母の病は快方にむかっていた。自分の顔を見分けがつかないようであったらどうしようと心配してきたのであるが、幸福、幸福、ほっと一息ついて、門口で会した伝田《でんだ》村長と父と自分とで食卓を囲む」

月曜日も勤めを休み郷里に留まった。昼過ぎ、母親が寝入ったのを見届けてから、「兄さん、今年の稲は上出来なんだ」という十歳下の弟の言葉を受け、辰之はともに家の田圃を見にいった。弟にしてみれば、兄を少しでも安心させてやりたいという気持ち、東京で文部省の役人になった兄への対抗心、その双方が交じりあっていたのだろう。

稲の出来はたしかに上々である。辰之は弟を「ほめて、ほめて、感謝の意を十分に」あらわした。思えば自分が故郷を飛び出してこのかた、家や田畑の管理から老いた両親の世話まで、すべて弟に任せきりだった。久しぶりに土の臭いを嗅ぎ、自分ひとりが東京へ出てしまったことが申し訳なく思われた。家に帰るとさっそく弟の仕事ぶりを報告し、母親をなぐさめた。

しかし、ここには辰之の冷たく暗い計算が働いていたのかもしれない。弟を一人前だと認め、家族にもそれを告げれば、自分はもう家に対する長男としての責任を負わなくてもよくなるのではないか。彼は日記の余白に、「心中にかれこれ思った感想もあるが、それはここに書くことはできぬ。なにも欺《あざむ》くの記をあえて書くわけではないが」と告白している。

翌日、妻鶴枝の実家、真宗寺を訪れた。かつてここに下宿し、雪道を踏んで飯山の小学校に通った寺である。「人力車で玄関に乗りつけるような男になれ」と、義母にはっぱをかけられたのは、もう十年も前のことだった。自分はいまだに、うだつのあがらない役所勤めをしている。

翌明治四十二年四月十日、危篤の知らせを受け、再び夜行で帰郷。ついでに長野に立ち寄り、善光寺におまいりした。戻って役所へ出勤して二日目に、亡くなった。葬式にかけつけた。あわただしい一日だった。

葬式の翌日、自宅の縁側にぽつねんと坐り降りしきる雨をながめていた。

あれから二カ月が経つのか……。辰之は軽いため息をついて、我にかえった。議事が進行している。

発言者は渡部図書課長から湯原校長に代わっている。彼は当委員会の委員長に任命されていた。

介している。

武笠三《あつむ》は文部省図書課の一員で、渡部の部下として委員会に参加していた。辰之と貞一の最初の出会いは、いわゆる火花が散る、互いの琴線に触れ合う、というようなドラマティックなものではない。文部省の職務を通じて、運命の糸がよりあわされたのだ。二人がいなくても文部省唱歌はつくられたのである。ただし、それが人びとに愛唱され、後世に残るものになったかどうかは疑わしい。

母親が亡くなって以降、記述が急減した辰之の日記は、六月に入るとただ「平凡無事」と書かれる日がふえていた。

小学唱歌教科書編纂委員会で貞一と出会った六月二十二日は、一行もない。六月二十五日が最後で、「雨。平凡無事。夜、学校の生徒の作文に筆を加える」とあるだけだった。

平凡でなにごとも起きない、なにごとも期待しない日常生活が、この先ずっとだらだらとつづくのだろうか。それもよいではないか。そう居直りはじめたとき、辰之の心に「故郷」の主題が頭をもたげていたのかもしれない。

第三章　夢は今もめぐりて

1

読みさしの本に、ひとひら、薄紅色の影が落ちた。顔を上げると開け放たれた列車の窓から、桜吹雪が小さな蝶の群れのように舞い込んでくる。僕はまぶしさに眩暈《めまい》がした。二両編成のローカル線は若芽の萌える樹々の間を走り抜けて行く。

島崎藤村の新体詩「千曲川《ちくまがわ》旅情の歌」に触発されてはじまったこの旅も、二つ目の冬を越した。再び真宗寺《しんしゅうじ》を訪れることにしたのである。千曲川が大きく右に蛇行し、列車はトンネルに直進する。冬なら、そのトンネルの向こう側は一面の雪景色なのに……。

高野辰之《たつゆき》の姪で元ミス上海の武子には、この間、僕が調べ考えた事実のすべてを手紙で伝えてある。

飯山《いいやま》駅のホームは閑散としていた。スキー客が来なくなった北国の春は、どこか間の抜けた寂しさがある。だから改札口の傍らに、大柄な彼女の華麗な笑顔を見出したとき、ようやく僕は安堵したものだ。

旅の疲れをねぎらいながら武子は言った。

「おかげさまで、辰之叔父がかかえていた問題が私にもわかってきました」

再訪の趣旨は手紙に書いておいたが、真宗寺へ向かって歩きがてらもういちど説明し直した。

「記録されたものには、すべて眼を通したんです。だいたいの道筋はつかめました。ご存じのようにそろそろ武子さんが生まれた年代に差しかかってきましてね」

「あらまあ、わたし、ほんとにおばあさんということなのね」

武子が生まれたのは、明治四十四年の夏だった。

二歳年上の姉弘子は、それからしばらくして高野辰之の養女になる。奪われるように東京に連れて行かれた、と以前に武子から聞いた覚えがある。

「昔はよくあったこととはいえ、それはとても悲しい出来事だったのよ、わたしたちの母にとっては……」

「お寺ではちょっとした事件だったのでしょうね」

「そうなの。『春の小川』がつくられたのは、姉が連れて行かれたことと深い関係があるんです。もし姉が辰之叔父の養女になっていなかったら、あの歌は生まれなかったかもしれない」

「というと？」

武子は遠い空を見あげた。春の雲はしまりのない曖昧な恰好をしている。

「春が来た」が発表されたのは明治四十三年、「紅葉《もみじ》」が四十四年、「春の小川」が大正元年、「故郷《ふるさと》」と、「朧月夜《おぼろづきよ》」が大正三年という順である。

武子の言うとおりだとすれば、明治四十四年秋、姉弘子が辰之の養女になったわけだ。それと大正元年の「春の小川」がどう関係があるのだろうか。

僕は『小学唱歌教科書編纂日誌』の記述を脳裏に反芻《はんすう》してみた。

明治四十二年六月二十二日にはじまった第一回の小学唱歌教科書編纂委員会のあと、週一回ほどの頻度で会合が開かれていた。第一回の委員会で、湯原元一《もといち》校長は、教科書のなかから詩を拾い出し曲をつけることが望ましい、と述べていた。第二回以降、その洗いだし作業に取りかかっている。

ところが、一年生の唱歌は二十五曲必要なのに教科書には詩が「カアカア（かあかあカラスがないていく）」「ツキ（でたでたツキが、まるいまるいまんまるい）」「タコノウタ（たこたこあがれ、かぜよくうけて）」の三編しかない。残り二十二曲は新しい歌詞をあてはめなければならないと確認されるのである。

歌詞の新作と並行して、作曲の作業も進められていた。歌詞と曲はそれぞれの部会に分かれて検討された。

作曲の部会では、学年ごとに基準を作成した。音程、音域、拍子の種類、調子、リズムなどが決められた。たとえば、三拍子の曲は三年生以降で教えることになっているので、一、二年生用には二拍子と四拍子の曲しかつくれない。音階も、低いドの音が使えるのは二年生以降、高いミの音が使えるのは三年生以降。子供の成長に合わせて、こまかく規制を設けた。さらに「楽曲は国民教育的に作るを要す」という全体を通じての方針が、あらためて確認されている。

そのうえで、ひとつの歌詞につき三人の委員がそれぞれ曲をつけ、そのなかから良いものを選び、さらに修正を加える、という方式をとることにした。出来上がったところで、島崎赤太郎《あかたろう》の伴奏で岡野貞一《ていいち》が独唱。委員の投票で決める段取りだった。

いずれにしろ、一学年で教科書からそのまま使える詩が少ないので、作詞委員の側の作業が急がれた。教科書の詩は、歌詞を前提にしていないので不適当なものも少なくなかったのである。

たとえば三年生用教科書に載っていた「うめぼし」は採用にならなかった。なぜなら、歌詞の一番にあたるのが、「二月三月花ざかり、うぐいす鳴いた春の日の、たのしい時もゆめのうち」と三行、二番が「五月六月実がなれば、枝からふるいおとされて、きんじょの町へ持出され、何升何合はかり売り」と四行、つぎに三番が七行、四番が三行、五番はたったの二行、と不揃い。これでは曲にならない。

そういう半端な詩も結構あったうえ、歌詞にふさわしいとはいえない、あまり音楽的ではない言葉も散見した。この「うめぼし」など、唱歌にならなくてほんとうによかったと思うのだ。なにしろ、「しわはよってもわかい気で／小さい君らのなかま入り／うんどう会にもついて行く／ましていくさのその時は／なくてはならぬこのわたし」と終わるのだから。

結局、学年によって差はあるが二十曲前後は作詞委員たちが新しく歌詞を用意することになった。どんなタイトルの歌をつくり、どう配列するかが、まず検討された。

四年生用の例をみると、季節を感じさせるもの、仕事や暮らしの情景が反映したもの、国家意識を育《はぐく》むもの、英雄たちの登場するもの、などが学期ごと適度にちりばめられるよう以下の配列で並べられた。

「春の川」「桜井駅」「田舎の四季」「曽我《そが》兄弟」「蚕」「着物」「郵便函《ばこ》」「雲」「漁船」「何事も精神」「広瀬中佐」「たけがり」「働け働け」「村のかじや」「霜」「伊勢神宮」「倹約」「鷲《わし》」「近江八景」「橘《たちばな》中佐」

四年生の新学期、最初に教わる歌の位置に「春の川」が置かれている。だが実際に作詞された時点で、タイトルは「春の小川」に変えられた。「川」はなぜ「小川」になったのだろう。

「辰之叔父さんと鶴枝《つるえ》叔母さんの間には、子供ができませんでした」

武子は、懐かしい庫裏《くり》に僕を案内しながら、言った。

「二人が結婚したのは明治三十一年ですね。そうすると十年以上も経っている」

「そうなの」

「僕には思いあたるふしがあるんです。辰之の日記を読んでいて、夫婦間がぎすぎすしていたのではないかと思われる記述がしばしば見られるんです。もちろん、子供ができないことだけが原因ではなかったと思います。そもそも辰之が日記を付けはじめようとした動機に、野心がからまわりして追い詰められている、それを打開する目的があったわけですからね」

「ちょっと待っててください。いまお茶の用意をしますから」

武子が席をたった。僕は鞄から日記を取り出して、付箋を入れておいた個所を、眼で追った。

辰之の母親が死ぬ少し前、明治四十二年二月五日の項。前日から夫婦ともども風邪をこじらせ、寝込んでいた。辰之は三十九度六分の高熱、鶴枝については「山の神も嘔吐四、五回」とある。この日は「熱少し下がる。午前六時に、三十八度四分、正午に三十八度五分」と記されている。

「昼飯の時のことだ。山の神が少し元気づいた加減だろう。清水君をつかまえて『夫が常に無学文盲と罵《ののし》るのには困る』と涙ながらに口説く。けだし夫の病気をいよいよ重くせんというのであろう。昨年の三月に病んだ時には『少しお待ち、すぐに揉んであげる』といって『名誉実録』（筆者註――絵入りの通俗的な読物）を読みながら夫に尻をくれていた（筆者註——背中を向けていた）のと同一筆法だ」

つぎに三月九日の項。風邪がぶり返した辰之は「頭が上がらないので一日床のなか」だった。それなのに鶴枝は近所の奥さんと、朝七時すぎに観劇に出かけたまま、帰宅は夜の十時だった。しかも頼んでおいた葉書を出し忘れている。それを問い詰めると……。描写がなまなかではない。

「夜十時頃、山の神帰る。聞けば宮戸座行きをかえて、演伎座へ行ったのだそうだ。朝、『音楽学校宛ての欠席の葉書を市内で出せ、さすれば午前中に届く』といったのを忘れたのを詰《なじ》ると、その反駁《はんばく》たるや野猪《やちょ》の如く、猛牛の如しである。あきれて黙っていた」

夢をいだいて二人で上京してから、苦労の連続だった。辰之は、師範学校の服務義務の壁に阻まれ、また生活資金の不足により、学者になるための正規のルートを選べなかった。いっぽう妻の鶴枝にしてみれば、楽しいはずの新婚生活は、夫のぼやきに付き合う憂鬱な長い時間でしかない。

気分のすぐれない夫に彼女なりに小さな胸をいためてもみた。だが慰めようと言葉をかけると、おまえなんかになにがわかるか、と怒鳴られる。内助のけなげさも、しだいに萎えていった。

鶴枝は、十歳上の姉瑞枝《たまえ》のような才媛ではない。兄の弘円《こうえん》は大谷光瑞《こうずい》に従いシルクロードを探検してきた偉丈夫である。だか鶴枝の凡庸さは、母親よしえと二重映しの、ある種の図太さに連なっていた。

「あら、日記のこのあたり、ちょうど姉の弘子が生まれたころなのよ。明治四十二年二月十二日が姉の誕生日ですから。そのころ辰之叔父さんたちは夫婦喧嘩してたのね」

武子は戻ってきて日記を覗きこんだ。

「姉の弘子は三女なんです。長女は生まれて二カ月で亡くなりましてね。次女が登美《とみ》。登美姉さんは、大《おお》お嬢さんと呼ばれることになるんです。実質、長女ですよね。弘子が生まれたときは、祖父も祖母もがっかりするんです。跡継ぎの男の子が欲しかったのに、また女かってね」

僕は日記をめくり、促した。

「ここを見てください。四月十七日のところです。『妻の家に一泊』とあります。辰之のお母さんが十三日に亡くなりますね。葬式で帰省した辰之夫妻がお寺に顔を出しているんです。弘子さんが辰之の養女になるきっかけは、このときでしょうか」

「ああ、ここで姉を見たのねえ。このときなのねえ」

武子は、ため息をついた。

「話には聞いていたのよ。こうして日記で日付をたしかめてみると感慨深いわ。詳しい経緯はわからないけれど、祖母がね、つぎの子供も女だったら、この赤ちゃん（弘子）をあげるって約束したらしいの。鶴枝叔母との間で勝手にね」

武子の母、つまり弘円の妻梅尾《うめお》が十七歳で新潟の本願寺系の寺から嫁いできたのは、明治三十三年であった。姑は男まさりといわれたよしえである。嫁の発言権は、かなり弱かったと理解したほうがよい。

「わたしの母、とってもかわいそうでした。祖母にしてみれば、子供のいない娘に孫を配分したぐらいのつもりだったかもしれないけれど、母にとっては紛れもなく自分のお腹をいためた子供でしょ。だけど嫁の立場じゃなにもいえない」

武子の語るところによれば、梅尾の嫁としての立場は相当に厳しいものであった。大きな寺だから、檀家をはじめ来客が絶えない。朝から晩まで、こまねずみのように働いた。家を空けることなど、まったくといってよいほど許されなかった。ある日、めずらしく外を歩いていたら、「ご親戚にご不幸でもあったんですか」と訊かれたことがあったという。

「いつも、祖母に対して『わたしが悪うございました』ばかりなの。なんにも反発しないから、『お前は何いわれたって蛙の面に小便なんだから』って皮肉られて。大正五年に祖父が亡くなり、父が神戸の西本願寺別院のお手伝いで何年も家を留守にした。そのときなんか、もうおばあちゃんの天下なの。嫁が気に入らないってお膳をひっくりかえしたりするんだから」

武子は父弘円にこう言ってみた。

「お父さん、あの鬼みたいなおばあちゃん、ほんとにお父さんのお母さん？」

「そうだよ」

「でも、どうして？　お父さんみたいないい人が、あんなおっかないおばあちゃんから生まれたの？」

弘円はこう諭したという。

「おばあちゃんの悪いところを見てきたからね、ああいうふうにならないように修養して、いいお父さんになったんだ。でもね、おばあちゃんみたいなところは、誰でも持っているんだよ」

四番目の子供も女だった。武子である。

「わたしは七月二十六日に生まれたの。夏子《なつご》でしたから、母がとてもやつれたそうです、妊娠してるときにね。祖父が、『今度は男だ。俺が迎えに行ってやる』って飛んでいったそうですよ。産婆さんのところに行ったら、女の子だった。その場にペタンと座り込んでしまったそうです」

長男が生まれるのは大正三年九月である。寂英《じゃくえい》、弘円の父子は本堂の涼しいところで碁を打っていた。今度は報らせが来るまで待っていた。女児だったらという不安で、見に行く勇気がなかったのだ。

待望の男の赤ちゃんだった。後の住職弘雄である。「こうゆう」と読む。いかにもお寺風の名前だと、わんぱく時代に遊び仲間にからかわれるから、通称「ひろお」と読めるようにつけた。弘雄は、若殿さまのごとく、だいじにだいじに育てられる。

辰之夫妻は、武子が生まれると約束通り、弘子をもらいに来た。だいぶのちになって、武子は母親から、娘を奪われたやる方ない気持ちを聞かされた。

「鶴枝さんが東京から弘子のために緋の友禅のお振り袖と、被布《ひふ》（七五三などで子供が着る羽織）を買ってきた。それを着せてもらった弘子は、はしゃぎまわって。お母さんに見せに行くのよって。本堂から庫裏から、あちこちわたしを探してね。わたしは便所に隠れていたの。涙がとまらなくて。あの子は、養女に行くって意味もまだわからない。とうとう行ってしまったの。夕暮れになると、どうしているのだろうってね、悲しくなったもんだよ。駅から汽笛が聞こえると、ああ、このままあの汽車に乗って東京へ行き、抱いて連れて帰ってしまおうか。幾度、そう考えたかしれないよ」

辰之と鶴枝は、弘子を溺愛した。

「母は辛い思いをしたけれど、姉は高野家の娘となってそれなりに幸せだったんです。とても大事に育てられたんです。あの気むずかしい辰之叔父さんが、弘子、弘子って、もうそれこそ眼のなかに入れても痛くないぐらいのかわいがりようで……」

武子は語り終えると、微笑んだ。

「昔話よねえ」

辰之は、文部省勤めに便利な九段の借家をすでに引き払っている。不便を覚悟して代々木に居を移したのは、自分の家を持ちたかったからだ。当時はまだ代々木村で、田畑や森があり、近くに陸軍の練兵場があった。市街地から離れており、その分、土地が安く借りられた。弘子の手を引いて、自宅の近所を散策するのが日課になった。

おそらくその際、「春の小川」の歌詞の想を練ったのであろう。

雪解け水を集めた千曲川なら、「春の川」のタイトルのままでよかったかもしれない。だが、都市近郊の農村を走る灌漑《かんがい》用の川は幅が狭い。そして、幼い子の関心を呼ぶ小さな花や生き物がいる。好奇心の盛りの弘子は、何かが眼にとまるたびに辰之を見上げ、問いかけたに違いない。

辰之は弘子の相手をしながら、子供の視線で自然を見つめていたのだ。

春の小川は　さらさら流る
岸のすみれや　れんげの花に
にほひめでたく　色うつくしく
咲けよ咲けよと　ささやく如《ごと》く

春の小川は　さらさら流る
蝦《えび》やめだかや　小鮒《こぶな》の群に
今日も一日　ひなたに出《い》でて
遊べ遊べと　ささやく如く

春の小川は　さらさら流る
歌の上手よ　いとしき子ども
声をそろへて　小川の歌を
うたへうたへと　ささやく如く

文部省唱歌の編纂委員会は合議制であり、作詞作曲者は特定しにくくなっている。昭和四十二年、日本音楽著作権協会に宛てた手紙で弘子はこう証言を残している。

「『春の小川』は私が幼いころから育った代々木の練兵場のかたわらを流れていた小川のことでございます。そのころは、あのへん一帯は田圃でした。そのあたり一面に、タンポポやスミレ草などが咲いたものです。私は父とよくそのへんを散歩しました。水は清冽《せいれつ》でメダカがたくさん泳いでいるのを見ることができました。〝春の小川はさらさら流る、岸のすみれやれんげの花に、匂いめでたく色美しく、咲けよ咲けよとささやく如く〟。父は私と散歩しながらこの作詞が浮かんだのだと言い聞かせてくれました……」

作曲した貞一の場合も、散策がてらに曲想を得ている。

いまの後楽園裏あたりに住んでいた彼は、息子匡雄《まさお》の証言によると、「食事を済ませてから、二、三時間、ひとりで外へ出て行き、戻ってくると黙って夜遅くまでオルガンを弾いていた」という。

「家族がいっしょについてゆく、というようなことはありませんでした。ただ、散歩に出ると近所のちょっとハイカラな食料品店で、輸入ものの缶詰やらハムやらを買ってきてくれるんですよ。佃煮のこともありました。品物によって、今日はあのあたりまで足を延ばしたんだな、なんて考えたものです」

「春の小川」の単純なリズムの繰り返しには、どこかほっとさせられるところがある。

2

「『春の小川』は武子さんのお姉さんが、高野家に養女に出されたことがきっかけだったんですねえ」

武子はうなずいた。

真宗寺の境内には銀杏《いちょう》の新芽が黄緑色に透けて光っている。

「そうなの。わたしも知らなかった。姉から聞いたのはもうずっとあと、わたしがおばあちゃんになりかけてからですもの。武ちゃんあの歌ねえって、姉が教えてくれたの」

「弘子さんは、いつ亡くなられたんですか」

「十年前です。ずっと代々木に住んでいて、この辺もすっかり変わったわよって、よく言ってました。田畑なんてありゃしない。小川も暗渠《あんきょ》になっちゃってね。昔、河骨川《こうほねがわ》という名前で渋谷の方角に流れていたのよ」

僕は鞄から地図を出した。飯山を再訪する前、高野辰之が住んでいた代々木周辺を歩いてみたのである。河骨川は、いくつかの小川と合流して宇田川《うだがわ》になった。宇田川は、いま渋谷の繁華街、宇田川町としてかろうじてその名前が記憶されているにすぎない。

「このあたり、宇田川町です」

地図には街区が色分けされている。僕は渋谷駅横のブルーに塗られた部分を指して言った。

「ここに川が流れていたなんて、いまの人は知りません。上流の河骨川の脇に代々木公園があるでしょ。練兵場の跡地。川は暗渠になっても、自然はいくらか残っています」

「もう長いこと東京を見ていないから、わたしにはピンとこないわ」

「弘子さんにまつわる話を聞いていて、ちょっと閃《ひらめ》いたんです。じつは辰之が島崎藤村の『破戒』を批判する文章を書いているんです。それを書いたのが、ほら、日記のこのページ、明治四十二年三月十七日のところ、見てください」
例の糸屑のような読みにくいくずし字で、「今日一日、書斎にこもって『破戒』と事実といったようなことを十六枚書く。少し藤村を罵《ののし》ったが、何とも思わないだろう」とある。

「弘子さんの誕生日から一ヵ月しか経っていないでしょ」

「ええ」

「『破戒』のことで真宗寺が、ずいぶん迷惑したという話、この前、おっしゃっていましたよね」

「住職が、養女に手を出すような女狂い、と描かれたの」

武子は苦笑した。去年、真宗寺を訪ねた折、武子から詳細は耳にしている。藤村は長い間、敵役《かたきやく》だったのである。

藤村の『破戒』は、モデル問題を引き起こした。たまたま真宗寺が舞台になっただけなのだけれど、寺の佇《たたず》まいの描写が真実味を帯びれば帯びるほど、地元の人には書かれていることのすべてが事実と思われてしまう。寺としては、檀家の人びとに縷々《るる》説明を繰り返し、誤解を解いてきた。だが、おおやけに反論する機会がない。

娘婿辰之は、唯一、そうした反論の機会をもつ立場に近いところにいる。

「『破戒』が出版されたのは明治三十九年です。それから三年も経っているのに、突然、『破戒』批判を書くのは変だと思いませんか。弘子さんを、いずれ養女にもらうためのアピールだった、そんな気がするんです」

辰之が「春の小川」を作詞したころ住んでいた家は、代々木駅から歩いて五分ほどの近さである。郊外で田畑があり、灌漑用の小川もあった。家はまばらだった。

近所に文壇を騒然とさせた小説『蒲団《ふとん》』の作者田山花袋《かたい》の住まいがあった。彼は代々木の光景を「郊外の畑の中に、一軒ぽっつりとその新居を構えた。朝の白い霜、遠くにきこえる市声、場末の町の乗合馬車の喇叭《らっぱ》の音、霜解のわるい路、それでも私は静かに社から帰って後の時間を書斎に過すことを得たのを喜んだ」(『東京の三十年』)と記している。

明治四十年九月に発表された『蒲団』の主人公は三十五歳の花袋自身を髣髴《ほうふつ》とさせる中年の文学者である。「朝起きて、出勤して、午後四時に帰って来て、同じように細君の顔を見て、飯を食って眠るという単調なる生活につくづく倦き果てて」いる。そこにかれの「著作の崇拝者で、名を横山芳子という女から崇拝の情を以て充《みた》された一通の手紙を受取った」ところから物語が始まる。弟子入りを志願し上京した若い娘に妻子ある中年男が振り回され、煩悶する。それだけの小説だが、文学史では〝事件〟として扱われるほど衝撃を与えた。

三十路《みそじ》にさしかかった辰之も、花袋の『蒲団』を読んでいた。多くの中年男の読者と同様、身につまされたようだ。日記の欄外に、「田山氏に説破《せっぱ》されたわけではないが、中年の恋というものは、なるほどあわれだ、と少しばかり感じた」などと本気で書いている。辰之は代々木駅に通う路上で、あるいは駅のプラットホームで、しばしば花袋の姿を見かけた。花袋は博文館発行の『文章世界』の主筆だし、『蒲団』で一躍有名になった人物である。

なんとか知遇を得たいものだと思ったが、きっかけがない。

初めて花袋と言葉を交わした日のことが、日記（明治41年11月10日付）に書いてある。

「朝、代々木の停車場で田山花袋氏と逢う。前からこの人だろうとは思っていたのだ。（友人の）黒田湖山《こざん》君に紹介してもらって、はじめて言葉を交える。脚気《かっけ》のため少し健康が面白くないとの話」

それからしばしばホームや電車のなかでいっしょになると挨拶したり世間話をするようになった。

藤村と花袋は以前からの知己である。花袋は小諸《こもろ》に藤村を訪ねたこともあり、しだいに友情を深め合っていく。藤村が『破戒』を書くために上京して住んだのは、代々木と目と鼻の先だった。もっとも花袋が代々木に引っ越したころに、藤村はちょうど浅草新片町《しんかたまち》に移っている。彼らが主として親交を結んだ場所は、文学者仲間の会合「龍土会《りゅうどかい》」である。国木田独歩《くにきだどっぽ》、蒲原有明《かんばらありあけ》、柳田国男もメンバーだった。『破戒』執筆中の藤村の苦境を、花袋はよく知っている。

「島崎君の初めてやって来たのは、十回ぐらい会をやってからのことであったと思う。島崎君はその年の初夏に半分ほど出来た例の『破戒』を携えて、西大久保（現、新宿歌舞伎町二丁目）の鬼王神社のある通りを少し此方に来たところへと転居して来ていた。私は今でもはっきりとその通りにのぞんだ小さな家を思い出すことが出来た。二間きりで、書斎がなくて不便だと言って、僅かな金で、トタン屋根の三畳を自費で拵《こしら》えて、その年の暑い夏をせっせとその『破戒』に費やしていたさまを思い出すことが出来た。何という熱心さであったろう」（『近代の小説』）

その藤村を批判するために、辰之は花袋の家へ『破戒』を借りに行くのである。花袋は辰之の意図を知らずに本を貸した。

三日後、「『破戒』後日譚」というタイトルの原稿が仕上がった。『趣味』（明治42年4月号）に掲載されたときは、「啞峰生《あほうせい》」というとぼけた筆名が付されていた。

「『破戒』後日譚」が掲載された『趣味』には、花袋をはじめ、与謝野晶子《よさのあきこ》、小山内薫《おさないかおる》、小川未明《みめい》、蒲原有明など、文壇の著名人たちが筆者として名を連ねていた。

辰之の文章は、おおよそつぎのような内容である。

ふとしたことから、三年前に真宗寺を訪れたことを思い出した。真宗寺は「自分が十二、三の頃、世話になって小学校へ通った」寺である。久し振りに行ってみると、『破戒』のおかげで住職がえらく迷惑を受けている。自分もさっそく読んでみた。

「たしかに藤村という人がこの寺へ来たことが一、二度あるな、どうも写し方が聞き書きではないと思ったので、老奥様に訊ね」たところ、たしかに偽名を使って寺に来ている。本人はいっけん馬子《まご》のいでたちだったが、手足を見ればすぐわかる。同行の女学生二人に問い質してみると、藤村という小諸義塾の先生で有名な詩人だという。そこで手厚くもてなした。

それなのに『破戒』では、その恩に報いるどころか迷惑をかけている。「まるで観察が誤っている。文壇では寂寞《せきばく》を破った近来の傑作だというが、この地方に住む者が読めば噴《ふん》飯《ばん》に堪えない作」といえる。困ったことに「『破戒』は飯山を写したというので、この地方に大分売れた」のだ。だが寺の描写に関しては「事実にもない事」が書かれている。「お志保《しほ》なんていう養女がない。養女なんて途方もない話」であり、実際にはそこの「長男は洋行もした」し「長女は過去の文壇に多少知られた」才媛である。「老僧はあの通りのやり手だ。この地方の僧侶社会の英雄」だからよかったものの、「他の寺院にこんな事があったら、それこそ騒ぎだ。法廷問題になる」し、檀徒が「手製の竹槍で夕闇に藤村を襲って、かの鍬《くわ》や犂《すき》に固くなった頑丈な腕で、えいと横腹を突き通し、腰の鎌で藤村の首を掻き切って、『仏敵《ぶってき》め、八万地獄へ真逆様におちやがれ。へん南無阿彌陀仏』という凄い舞台が演じられないとも限らない」と、地元の人は語っている。

自然主義作家は「人生の暗黒面を如実に写す」というが、『破戒』は「少しも如実だとは思われない」し「人生というものも、ちと可笑《おか》しいそらぞらしいものに写して」いるにすぎない。「自分を写すのは一向構わない」が「友人の内情を暴いて、きっと友人が怒っているだろう位に放言する」のは無責任きわまりない。

以上のとおり「啞峰生」の攻撃はなかなか激しい。

しかし、その『破戒』批判は、ひとりよがりに終わっている。小説に書かれている内容が、事実と異なると主張しているにすぎない。どうせモデルにするならもっと現実に即して住職を女たらしでなく立派な人格者に描いてくれ、と言っているだけなのだ。

それでもこの一文は、真宗寺の住職井上寂英《じゃくえい》やその妻よしえには一服の清涼剤になっただろう。ほれ、このとおり、あの出鱈目《でたらめ》を書いた藤村が批判されている、と檀徒たちに示したと思う。

「そうすると辰之叔父さんが『破戒』を批判したのは、姉を養女に欲しかったためなのね」

「ええ。よしえさんは大いに気にいったんじゃないかな、自分の婿さんを」

「わたしの母が祖母の言うなりになっていただけでは、養女の話なんて煮詰まっていかないものねえ。急所を衝いたかもしれない」

「辰之は実家の母親が死にかけていたし、奥さんの鶴枝と必ずしもうまくいってない時期でしょ」

「そこで子供がいたら、と」

「そう考えていいと思います」

「運命なんて、とんでもないところで決まってしまうのね。もしわたしが男だったら、姉も養女に行かなかったし、『春の小川』も生まれなかった……」

武子は軽いため息をもらした。

「藤村の反論をご覧になりますか」

辰之の側にも事情があったが、藤村にも別の事情があった。それを僕はどうしても武子に説明しておきたかった。

藤村の反応は素早い。「唖峰生」の『破戒』批判は『趣味』四月号で、四月一日発売だった。藤村は『文章世界』に寄せた「新片町より」というエッセイのなかで反論を展開している。この『文章世界』も四月号だが発売は四月十五日である。締切が遅くとも四月二日か三日ごろだから、読んですぐ書いたはずだ。

「冷嘲《れいちょう》を帯びた氏の筆には、私は遊ばれるような気がして、何とも言って見ようがない。したがって、氏が伝えようとした人々の真意も解しかねる。蓮華寺のすべてが写生でないのは、あの物語の成立がそれを目的としなかったからである。〝寺の一部の様子は『破戒』にある通りだ、しかしそれは叙景や叙物のことで、人物はまるで違う〟と氏は言われたが、門外漢たる私が飯山の寺から学び得たことは、寺院生活の光景の外部に過ぎなかった。氏の『後日譚』を読んで、私は種々知らなかったことを知った。『破戒』は拙《つたな》い作ではあるが、あれでも私は小説のつもりで書いた。唖峰生氏の譚にある寺の檀徒のように、ああいう性質の作物を解して、私が文学の上で報告しようとしたことを事実の報告のごとく取り扱われるのは遺憾である」

藤村の反論はもっともである。

「そうよねえ。小説ですもの。いまから見れば辰之叔父さんのほうが難癖をつけているみたいにみえるわね」

武子の言うとおりだが、藤村もまったく反省していないわけではなかった。

藤村は以前にもモデル問題を引き起こしている。『破戒』に先立つ小品『旧主人』を載せた雑誌（『新小説』明治35年11月号）は、風俗を乱す描写があるとして発売禁止になった。小諸義塾の塾長木村熊二《くまじ》とその夫人華子《はなこ》をモデルに、なまなましく描きすぎた点が原因だった。さらに義塾の同僚丸山晩霞《ばんか》をモデルにした『水彩画家』も、本人から絶交を申し渡されるほど猛烈な抗議を受けている。

反論は、しだいに独白調になっていく。

「当時、私は筆を折って、文壇を退こうかとも考えた。けれども私は行ける処まで行ってみるより外に、自分の取るべき道は無いと思った。で、今では、拙劣なのは仕方ないがこれも出来るだけ勉《つと》めてみようし、正しく物を視《み》る稽古もしようし、又、一部を写す場合にもなるべく全体を忘れないようにして、余計な細叙《さいじょ》は省きたいと心掛けている。これが出来ないから、私の著述は迷惑がられるのだと思う。勉めてみて、もしこれが出来るようになれたら、その時は大きく迷惑を掛けるようなことがあっても小さな迷惑は掛けずに済む。どうかして、大きな迷惑を掛け得られるというところまで進んでみたい」

「小さな迷惑」はモデル問題を指しているが「大きな迷惑」とは作品が社会と人間に及ぼす影響のことだ。藤村の覚悟が伝わってくる。

藤村が『破戒』を仕上げるために小諸義塾の教師を辞め上京するのは明治三十八年四月二十九日である。さきの花袋の文章で説明されていた二間きりの借家だった。

新居に落ち着いた直後に、悲劇が見舞う。わずか一週間後の五月六日、天然痘を患っていた三女の縫子《ぬいこ》が一歳一カ月で死んだ。

小諸時代に藤村を慕っていた青年神津猛《こうづたけし》に宛て、「玩具の猫、兎の巾着《きんちゃく》等を棺の中に納め申し候。荊妻《けいさい》は乳をしぼりて手向《たむ》けるなど愚痴の真情御憫笑《びんしょう》下されたく候。この日、雨は若葉を流れて一層寂寥《せきりょう》の情を増す。縫子の死は小生に深き感動と決心とを与え申し候」と悲しい手紙を書き送っている。

不幸の波は立てつづけに襲った。翌年四月七日に四歳の次女孝子が急性腸カタルで命を落とす。六月十二日には長女みどりが麻疹《はしか》をこじらせ六歳で逝った。

定職がなく切り詰めるだけ切り詰めた暮らしのなかでの犠牲者である。『破戒』成立の道連れといえなくもない。たった一編の小説のために、藤村が払った代償は大きかった。

教師と詩人という二足の草鞋《わらじ》を棄て筆一本で生きていく決心は、小諸時代に固められた。上京を決意し『破戒』に力を注いでいたとき、木村熊二の紹介で神津猛という十歳年下の素封家《そほうか》を知る。神津家は地主で小作収入があった。猛が高等小学校を卒業した時点で祖父が死に、遺言により家督を相続した。父は酒好きで放浪癖があったため祖父に忌避されていたのである。家事は後見人と親族会の協議によって運営されていくことになった。

藤村はしばしば訪ねてくる猛に、『破戒』の構想を語り聞かせ、いずれ上京して残りを仕上げるつもりだとも打ち明けている。

きつい表現になるが、藤村は猛に眼をつけた。『破戒』完成までの生活費を、彼に借りようと考えたのだ。

上京の二カ月前、藤村は深くつもった雪を踏んで前触れなく猛の家へ行き、深夜まで話し込んだ。その日の猛の日記には、借金の申し込みについては何も触れられていない。藤村は、ついに切り出せなかったのである。

「三月四日。夜来の降雪午後二時まで降る。のち西の烈風。夕五時半頃に、今日はこの雪ゆえ、来はすまいと思った島崎氏が雪を冒してやって来た。ちょうど余は入浴中だったので直ぐに出て、それから夕食後、何という事なしに話して一時過ぎまで。話題は今後の新作『破戒』の装丁に就いての色々、挿画に就いて、文壇の色々の話、『破戒』の大略の筋等々」

翌朝は、うってかわり快晴だった。藤村は猛の求めに応じ色紙を書き、愛用の机を記念に贈ることも約束するが、借金のことは言い出せない。猛は藤村が単に暇乞《いとまご》いにきたと思っている。午後三時までねばったが、来客もあり、そのまま帰ってきた。猛の日記に「明治におけるこの世界的文学者の七年間の好伴侶たりし机は、余が貰うことに約束したのである」と昂奮の様子がみえる。

帰宅した藤村は、口頭で申し込めなかった件を手紙にしたためた。他の長年の友人をおいてあなたに相談があるのだ、なぜならあなたは文学を理解してくれるからだ。そしてとうとう切り出した。『破戒』を出版するまでの家族の生活費四百円を貸してくれ、三年以内には返すから、と。長文の手紙はしだいにボルテージが上がってくる。

「幸いにわが希望の兄《けい》に容れられ、わが心の兄に通じて、年来の宿志を果たすの時ありとせば、生の喜びはいかならん。西の国の詩人の上をも見るに、この人を得るためにゲエテは活き、この人を得ざりし為にシェレイ（筆者註――シェリー、19世紀イギリスのロマン派詩人）は死せり。つたなき身は名ある人々にたとえんも烏滸《おこ》のことなれど、今とはいわず、後とはいわず、兄にして文芸に志あるものを助け、励ますが為に、兄の生涯に一つの（世の人の得知らぬ）事業をなせりと見給うの日もあらんかとの願いより、かかる臆面もなきこと書きつらね、御賛助を仰ぎ候次第に御座候」

ゲーテやシェリーまで引き合いに出す藤村には、なりふり構わない迫力があった。猛は困惑した。四百円はあまりに大金である。「如何《いか》に斯道《しどう》の為とはいえ、これだけの大金を貸すということは出来かねるので、つい、寝るまで返事の言葉を考え得なんだ」と日記に書いた。家長とはいえ、まだ二十三歳である。結局、子供の養育費なら自分の裁量で融通できると、百五十円貸すことにした。

藤村から「お言葉に甘え、さすれば百五十円をお願い申すべく候。これにて小生は五カ月の間、家族を支え得る見込みに候」と返事が届く。

藤村の上京と『破戒』成立には、こうした裏面がしまいこまれている。辰之のモデル小説批判に対する藤村の反論に開き直りの匂いが漂うのは、覚悟の人生を生きていたからだ。辰之が養女を得ようと画策していたとき、藤村は愛娘《まなむすめ》を〝殺した〟のである。

3

人はどれほどの栄誉や名声を獲《か》ちとっても、自分が辛かったこと苦しかったことを忘れることはできない。

『破戒』をひっさげ、詩人ではなく小説家として再デビューした三十四歳の島崎藤村は、困窮の果てに三人の愛娘を亡くしている。さらに四年後、四女柳子《りゅうこ》の出産の際、妻冬子が出血多量のため死ぬ。やもめ暮らしの藤村には、一歳八カ月の三男蓊助《おうすけ》と生まれたばかりの柳子を里子に出して急場をしのぐしかなかった。そうした窮地で、姪こま子と関係するというようなスキャンダルに逢着《ほうちゃく》するのである。この文学史上有名な事件が、その後、『新生《しんせい》』として作品化され賛否両論の渦に迎えられたとしても、藤村の名声はいまや不動のものだった。

大正十（1921）年二月十七日、上野精養軒で「藤村生誕五十年祝賀会」が挙行されている。当時は数え年が一般的なので、四十九歳の誕生日を間近に控えての祝賀会だった。会場には著名人が百名余りも集まった。午後五時に始まった祝賀の演奏会ではピアニストがショパンやドビュッシーの曲を弾いた。若き藤村が発表した新体詩「初恋」や「海辺の曲」「おさよ」などにも曲が付けられ、ヴァイオリンのもの哀しい調べにのり女性歌手が独唱。晩餐のあと田山花袋や長谷川如是閑《にょぜかん》らがつぎつぎと祝辞を述べ、祝賀会は夜十時を過ぎても終わらなかった。

人生五十年といわれていた時代である。まだ現役の作家で、代表作『夜明け前』を執筆するはるか以前にこうした催しが開かれ、新聞にもその様子が「祝われた藤村氏、漫談懐旧談さまざまに感激と情熱の集い」（東京朝日、大正10年2月18日付）と報じられるほど十分な栄誉を、世間から受けているのだ。

やがて文豪と敬される日が確実に迫っている、内心そう信じることができたであろう。

だが、小諸時代の茫漠《ぼうばく》とした将来への不安と焦り、妻冬子に許嫁《いいなずけ》がいた事実を知り容赦なく不幸な妻を責めたてた悔恨、神津猛に借金を申し込んだ情けない苛立ち。ただ「濁り酒」を「濁れる飲みて」癒《いや》すしかなかった。その苦い記憶は心の底に沈殿したまま、ことあるごと甦《よみがえ》った。

藤村より四歳下の辰之も、明治四十三年、三十四歳で東京音楽学校教授になった。地方の師範学校出の学歴に阻まれ、文部省教科書編纂委員や邦楽調査掛《がかり》などの不安定な身分で二十代から三十代前半を生き抜いた。ようやく腰を落ち着け研究に打ち込む機会が訪れるはずだったが、これまでの成り行き上、文部省の職務もつづけるよりない。

大正八年、腸チフスにかかり半年も患い、かろうじて一命をとりとめると、「もうハナハトだの、桃太郎話だの、春が来ただの、日本海海戦だの、製鉄所だのに筆を執ることがいやになった」と記した。辰之の決意がよほど強かったのか、履歴書をみると、翌年四月、音楽学校教授の肩書の上に「専任」という冠詞がつけられている。

そして大正十四年一月十二日、『日本歌謡史』の研究で東京帝国大学から文学博士号を授与された。「末は博士か大臣か」と言われた時代である。いまの博士は大臣と比べるとずいぶん見栄えがしなくなったが、当時は絶対数も少なく威光は燦然《さんぜん》と輝いていた。

四十九歳の誕生日が迫っていた辰之は、人生五十年の節目で、故郷に錦を飾ることができた。妻鶴枝の母親、真宗寺のよしえは娘を手放す条件に、「将来、人力車に乗って山門から入ってくる男になるなら……」と結婚を許した。

辰之はようやくその負荷から解放されるのである。


いまはもう故郷に錦を飾るとは言わない。あのころは、どんな感じだったのだろう。武子はさいわい辰之の帰郷を目撃している。

「大正十四年といえば、武子さんはもうかなり……」

「わたしは十三歳になっていて飯山高等女学校（現、飯山高校）に通っていました。よく憶えているわ、その日の光景を」

真宗寺と冬の飯山の町は、つかの間の活気に沸き返った。武子の口ぶりから、華やいだ歓迎の様子がうかがえる。

「ほんとうに人力車で山門から入ってきたんですか」

「ええ。人力車が庫裏《くり》の玄関に横付けになったの」

武子に見せてもらったアルバムのなかで、真宗寺の山門は周囲を威圧するように聳《そび》え立っていた。山門は戦後の飯山大火で本堂とともに焼け落ち、いまは寺が経営する幼稚園の入り口になっている。変わりはてた山門のイメージを、僕は懸命に払拭《ふっしょく》しようとつとめた。

人力車に揺られて山門をくぐってくる辰之は、丸顔に口髭をたくわえ山高帽をかぶり、三つ揃えの背広にでっぷり太った腹を隠しおおせずボタンがはちきれそうだったにちがいない。庫裏まで石畳が敷きつめられているが、真冬なので掻き寄せられた豪雪が、両側にうずたかく積まれ小山になっていただろう。

寒さもいとわず玄関先で待つよしえと、武子の父弘円《こうえん》。苦節三十年、東京で成功した人物を歓迎する故郷の様子がおぼろげに浮かんでくる。

「前もって、辰之が来ることは知らされていたんですね」

「ええ。もういま来るか、いま来るかってね。みんなで待っていました。よしえおばあちゃんは、秋に八十四歳で亡くなるんですが、このときはまだ生きていて、長生きしてよかった、よかったと繰り返して。親戚や檀家からたくさん、女手が集まってごちそうをつくったり。まだか、まだかってね。人力車に乗って偉い博士がやって来る、寺の婿さんがねえ、と町中の人が見物に来ました。辰之叔父さんは到着すると、すぐにいちばん立派なお座敷に通されました」

「『故郷《ふるさと》』の作者だというのは知らなかったんですね」

「まったく知りません。集まった人たちも知らなかったと思います」

「そういう話は出なかった？」

「出なかった。だって、もしそうなら噂が広まるでしょ」

「お父さんの弘円さんに、こっそり打ち明けた、なんてことは考えられなかったのでしょうか」

「だって、父たちはそういう唱歌で育ったわけではないから、関心がなかったと思うの」

「たしかに『故郷』が尋常小学唱歌集に載ったのは、大正三年ですからね」

「そう。わたしが小学校に入学したのが大正七年です。わたしが唱歌の洗礼を受けた、ほぼ最初の世代なんですもの」

「お父さんたちの世代は、きっと宴会では、西洋音階とは別の、地方の民謡や壮士演歌の類いに馴染んでいたのでしょうからね。唱歌など子供のおもちゃぐらいにしか考えていなかった。それより博士という権威の話でもちきりだったかもしれないですね」

武子は、当時の賑わいがそこに見えているかのように、かつて山門が立っていたあたりを眺めやった。

「博士って、言葉は知っていたけど、実際にそういう肩書の人を誰も近くで見たことがなかったんです」

辰之は真宗寺を訪問する前、永江《ながえ》村の自分の生家に立ち寄っていた。飯山より二つ長野寄りに替佐《かえさ》という小さな駅がある。ここでも辰之は村の人びとから盛大な歓迎を受けた。駅は人だかりである。

『野人集《やじんしゅう》』と銘打たれた和綴《わと》じの備忘録に、このころの心情が筆で綴《つづ》られているのでつぎに示そう。

停車場に並みゐる子ども礼正し
　きけば皆これわが姪わが甥

家では、仙人のごとくにあご鬚が白く長く伸びた七十六歳の父親仲右衛門《なかえもん》が待っていた。家業を任せたままの実弟夫婦は、心尽くしのもてなしをしてくれる。

喜《よろこび》を抱《いだ》きて来れば
　今更に雪なすひげの父は尊し

故郷《ふるさと》に芹《せり》味はへば
　地つくりの新酒にもうつ舌鼓かな

しかし、都会暮らしの長い辰之は、自分の内面のすべてを彼らにさらけだそうとはしていない。故郷との抱擁はここまでである。

狐《きつね》見し岡は水田にかはりゐて

子ども石油を知らぬふる里

少年時代に兎を追い、小鮒《こぶな》を釣ったかつての村は変貌している。母親の見舞いや葬儀には帰省したけれど、はや三十年の歳月が時の渦のなかに消えているのだ。丘陵地帯も開墾され田圃になっている。小さな動物たちの姿も少なくなっていた。遅れ馳せながらも近代化の波が、奥信濃の村の暮らしを少しずつ揺さぶっているのだ。しかし、産業社会の恩恵が及ぶまでには至らない。

いまの自分は、この不便な生まれ故郷で暮らすことはできないであろう……。たぶんそういう断念と突き放しが、彼の心の奥ではたらいている。故郷を棄て夢中で歩んできた道程は、紆余曲折《うよきょくせつ》の繰り返しだった。そして、やっと東京で現在の地位を得たのである。

文学博士の称号を得たばかりのころ、仰々しく「文学博士高野辰之編」と付けられ光風館《こうふうかん》書店から刊行された『実業国文読本』の冒頭には、「父と子」のタイトルで、国定教科書とは毛色の異なる対話が掲載されている。編纂者の辰之自身が書いたものだ。

小学生向けの教科書と異なり、旧制中学生に相当する年齢の実業学校生に向けたため、ということだけでなく、この対話に登場する父が子に向けて語るのは、楽観的な理想論ではない。

「このまま真っ直ぐ進んでいったら、地球を一周してここへ戻って来るでしょうか」

という子の問いに、父はこう答える。

「いや来まい。円《まる》い地球の上だから来なければならない理屈だが、その通りにはいくまい」

この問答で、故郷は空間と時間の二つの意味を持たされている。人は同じ場所には戻れない、そして、過去にも。

子はさらに父に問いつづける。

「なぜでしょう」

「真っ直ぐに行ったら、大きな木にも行き当たろうし大きな石にもぶっつかろう。絶壁へも出ようし泥沼の端《はた》へも出ようというものだ。大川端へも出れば、海端へはきっと出る」

「それでも真っ直ぐに行ったら行けましょう」

「いや行けない。鳥のように翼のない身だ。泥沼はよけて通らなければならないし、絶壁にしてもそうだ。大木、大石だとて、よけなければ行くことは出来ない。よけるたびに、行く道は曲がる。曲がればどうしても目ざす所に狂いが出て、同一方向にばかり行けるものではない」

「でも、磁石というものがありましょう」

「あるが、磁石は機械だ。人間は機械通りに動けるものでない」

「それでは結局ここへは来られないのでしょうか」

「そうだ。人のする事は理屈通りや想像通りにいくものでない。真っ直ぐに行けば行き当たり、よけて通れば方向が狂う。これは何事にあっても免れないことで、ただ上手によけて、狂い方を少なくするより外はないのだ」

この父と子の会話のなかには、辰之の半生が投影されている。

「どうなんでしょう」

僕は武子に訊ねたいことがあった。

「博士になって、辰之は奥さんの実家、つまりこのお寺との一種の契約を無事に果たしたわけだけど、自分の奥さん、つまり鶴枝さんとの暮らしはうまくいっていたんですか」

しばらく沈黙の時間が流れた。わずかな間だけれど、武子はどう言えば正確に伝えられるか考えていたようだった。

僕の手元には一枚、まだ使っていないカードがしまいこまれている。

「辰之叔父さんがね、たしかこう言ったの。叔母さん（鶴枝）はね、叔父さんの大事な大事な本を、鯉《こい》にくれてやるってさって。どんな顔をしてそう言ったのか、なぜそう言ったのか、いま一所懸命思い出そうとしていたんだけど。私にそんなことを言ってどうなるのかとも思いますしねえ。ちょっと寂しそうな顔だったのかしら、いまになって思うと」

「夫婦のコミュニケーションがうまくいってない。それだけですか」

武子には、思いあたる節がないでもないらしい。

「わたし、父（弘円）と、代々木の辰之叔父さんの家に遊びに行ったことがあったんだけど。記憶が曖昧で、博士になった後なのか前なのかよくわからないんです。一度、辰之叔父さんがものすごく不機嫌で、お膳を両手でひっくり返したの。わたし、びっくりして。なんでなのか、よくわからない。叔母さんの料理が気にくわないのか、たまたま仕事でおもしろくないことがあったのか、よくわからなかったんです」

なにか、わだかまりがあった。それがなにか懸命に考えている。

僕にも確信があったわけではない。ただ、いま手元に伏せてあるカードを、そう解釈するしかない。

「奥さんとは別に恋人がいた形跡、ありませんでしたか」

武子は、ちょっと驚いたふうに僕の眼を見つめた。

『野人集』のなかに万葉仮名で記された奇妙な一群の短歌があったのだ。僕は辰之の心の奥にある秘密の扉に手を触れていた。

武子なら鍵をあけるヒントをもっているかもしれない。

博士号を授与された辰之は、東京帝国大学から講師を委嘱されている。

新聞にも「新学期から開かれる帝大の演劇史講義、講師はその道の権威高野博士、発表前から多大の期待」（東京朝日、大正15年2月10日付）という見出しが躍っている。

たかが講義ひとつふえるだけのことが、こうして社会面に載るのは異例だろう。早大では坪内逍遥《しょうよう》や島村抱月《ほうげつ》らがいて演劇史の講座があった。にもかかわらず、「帝国の最高学府たる帝大文学部に今まで演劇に関する講義の無かったのが不思議」と、記事は指摘しているのだが、辰之の講義の評判が伝わっていたのかもしれない。

当時の帝大生で辰之の講義を受けた春日順治（元、桐朋学園短期大学教授）は、その様子をおよそつぎのように綴っている。

恰幅《かっぷく》のよい人で、いつも真っ赤な顔で教壇に立った。上野の音楽学校から帝大のある本郷まで歩いてくる途中、行きつけの洋食屋で食事するのが習慣で、その際、かならず一杯呑むらしいとの噂が広まっていた。まだ酒が残っているのだろう、講義中、ポケットから大きなハンカチを出し汗を拭き拭き、ジェスチュアを交えて芝居の筋を説明する。そんな調子で「加藤清正はひどい梅毒でしてねえ」とか、「女がアレーと言いながら、クルクルクルと帯が解けて」と説明する段になると、太った軀を懸命になってくるくる回転させながら教壇の端まで行ってしまう……。

辰之は、この洒脱《しゃだつ》さを、どこで身につけたのか。

ひとつは研究の対象からであろう。『日本歌謡史』は、一千ページを超える大著である。ふつう歴史の記述は、奈良時代、平安時代、鎌倉時代など政治中心か、氏族社会、封建社会など社会・経済の発展段階による区分になるが、歌謡史の場合はまったく異なる方法を編み出さなくてはならない。上古《じょうこ》時代、外来楽謳歌《おうか》時代、内外楽融合時代、邦楽発展期、邦楽大成期（前半）、邦楽大成期（後半）、邦楽革新期（明治以後）という時代区分をつくり、原典や歌詞を丹念に引用し、考証を加えてある。

日本人は太古から、喜びや悲しみなどの感情をどう表してきたか、公的な記録はないに等しい。『古事記』や『日本書紀』の時代にも、ふつうの人びとは農作業をしながら歌を口ずさんでいた。だが、「その片言隻句《へんげんせっく》も記録となっていない」のである。「喜びまたは悲しみに対する叫び声が歌謡の起源であり、身振りは舞踊の起源、物真似は演劇の起源」にほかならない。国産《う》み神話に出てくるイザナギノミコト、イザナミノミコトは、「あなにやし愛男《えおとこ》を、あなにやし愛女《えをとめ》を」と叫んだ。このうち「あな」と「を」は感動詞で、じつに「感動詞が用語の半を占めている」のである。

こんな調子で、『日本歌謡史』には、五七調の起源、田歌《たうた》、催馬楽《さいばら》から浄瑠璃《じょうるり》、長唄の発掘まで、多方面にわたり収集され、また分析されている。

その研究は前人未踏の領域に踏み込むものだった。『日本歌謡史』のまえがきで辰之はこう書いている。

「この方面の研究に関しては、指導を受くべき先輩もなく、相談すべき友人もなかったので、私は常に茨《いばら》を分けて無人の境に入り込むような覚束《おぼつか》なさのみを感じていた。口には強そうなことを言っても、心の底にいつも淋しさが横たわっていた。永年かけて調べた結果が、一枚の古文書の発見と共に崩れたこと、苦しい工面の下に史料採訪に行けば、先年あったものが散逸していて、何の獲物もなく炎天に数里の途《みち》を徒歩したこと、珍貴な参考書を書肆《しょし》の店頭に見て、購入費に奔走している間に、富豪の手に買去られて、その借覧《しゃくらん》のために苦心を極めたこと、こうした思い出は際限もなくある」

歌謡の歴史は文字のない時代からはじまり最後は江戸から明治、そうして大正、つまり現在にまで続く。大正三年に松井須磨子《すまこ》が歌った「カチューシャの唄」については「洋曲にわが民謡の調べを漂わせてあった」と指摘するだけでなく、「ララという装飾音が若い人たちにたまらない快感を与えた。一言すれば清新味《せいしんみ》に富んでいた。こう申す私もこれを歌ってみた一人である」と、無味乾燥な論文とひと味ちがい、自分の体験的な感想さえつけ加えている。

歌謡の研究を、単なる歴史記述に終わらせたくないという想い、現在に対する執着。それらが、広い範囲の好奇心を呼び寄せている。

「人のする事は理屈通りや想像通りにいくものではない」という辰之の居直りともとれる強い言い方は、きっとこう連なるはずだ。だからこそ人びとはさまざまな想いを歌謡に託してきた、そういう歴史があるのだよ、いまもそうなのだよ、と。言外にそうほのめかしているように聞こえる。

「カチューシャの唄」の最終連は「カチューシャ可愛いや別れのつらさ、広い野原をとぼとぼと、独り出て行く、ララ、明日の旅」である。

数え年五十歳の辰之に訪れようとしている「別れ」とは、一群の万葉仮名で記されている謎の短歌に表されている出来事のことではないのか。例えばつぎのような……。

罪《ツミ》仁《に》安《あ》良《ら》努《ぬ》胡《こ》能《の》愛《アイ》爾《に》与《よ》見《み》賀《が》遍《へ》良《ら》萬《ま》四《し》
若《ワカ》幾《き》世《ヨ》波《は》太《た》陀《だ》古《コ》書《ショ》爾《に》埋《ウモ》連《れ》起《き》

4

武子はもう八十歳に手がとどく。故郷以外の地を知らなかった少女時代が、つい昨日のように思い出せる。澄みわたった空気に息苦しさをおぼえはじめたとき、武子は服を脱ぎ棄てるように外の世界へ向かっていた。いまは距離をおいてあのころの自分を眺めることができる。若い人ほど老いを怖れるけれど、歳を重ねる愉しみに気づいていない。負け惜しみではなく、ほんとうにそう考えることがある。

関東大震災のあと才媛の伯母瑞枝《たまえ》が帰郷したときの光景や、文学博士号を授与され人力車で凱旋する高野辰之の得意満面も、記憶のスクリーンにくっきりと映し出すことができる。だけど、その心の内側に入り込むなんて考えてもみなかった。

辰之叔父は文学博士の名誉とともに東京帝大講師という地位も得た。養女に入った姉弘子も無事成長した。人生五十年の区切りを控え、退役間近の軍人がするように勲章をいくつもぶら下げて、それで満足だったのだろうか。伯母瑞枝の不可解な死に方も、そのころの武子には理解を超えていた。鶴枝叔母が昂奮して、叔父の蔵書を鯉に食べさせてしまう、なんてなぜ叫んだのだろう。

『野人集』の奇妙な万葉仮名の短歌が、一気に謎を氷解させてくれるかもしれない。武子はプレゼントの包み紙を破るときにも似て躊躇《ちゅうちょ》し、それから、大胆になった。

「〝罪にあらぬこの愛〟って、辰之叔父さん、恋をしていたっていうこと?」

「だから、そこを訊きたいんです。そのころお寺の皆さんの間で話題になっていたとか」

僕は、単なる立身出世物語の主人公には興味がなかった。過去をひとつひとつ切り捨てて前に進む現実主義者に、幾百万の人びとの心を揺さぶる歌をつくってもらいたくはない。

「人のする事は理屈通りや想像通りにいくものではない」と、辰之は書いた。そんな想いが「故郷《ふるさと》」の作者のどこかに宿っている。それを見つけなくてはならない。

「武子さん、『野人集』になぜ突然、この万葉仮名で記された短歌が登場したと思いますか。これは一種の暗号なんです。万葉仮名は、五世紀ごろから使われていた。日本にまだ文字がなかったでしょ。音に漢字をあてはめてね。〝罪にあらぬこの愛〟は、ほら〝罪仁安良努胡能愛〟になっています」

「〝美志幾夢伊萬陀佐免須〟。なんて読むのかしら。ビシキムイマンダサメンス……。あら、お経みたいになっちゃった」

「これは〝美しき夢いまだ覚めず〟と読むのでしょうね」

「わたしには読めない。ということは鶴枝叔母さんが、かりにこの備忘録を盗み読みする機会があっても、大丈夫というわけね」

「そうです。僕もはじめ、難解そうで面倒なので後回しにしておいたんです。そのうちに、まあちょっとパズルでも解くような気分でなんとなく……」

武子がティーカップを脇に寄せ、身を乗り出して僕の手元を覗きこんだ。僕は読みやすいように、和綴じの冊子を武子に向けた。

『野人集』には、ところどころ日付が記入されている。万葉仮名での一連の短歌が書かれたのは、大正十四年三月三十一日から五月十二日にかけてだった。

辰之が博士号を授与され、故郷に錦を飾ったのがこの年の二月。そして四月に彼は四十九回目の誕生日を迎える。そのさなかに一連の短歌がつくられたことになる。全部で二十首ある。

万葉仮名の短歌が書き連ねられる前のページに、ごくふつうの文字で生活風景を綴ったつぎの一首があった。

親子三人寄り食む鯛の一尾をも
　つつましき妻の勿体《もったい》なしといふ

時期から推定すると雛《ひな》祭りの日ではないのか。十六歳の養女弘子と、四十四歳になる妻鶴枝、そして辰之の三人家族が、食膳におかれた一尾の鯛を仲睦《むつ》まじく談笑しながらつついている。ほほえましい光景――。

僕はそう解釈した。しかし、別の読み方もできるな、と思い返した。つつましい妻への感謝ではなく、無粋《ぶすい》な妻への非難とも受けとれる。

買い物は鶴枝の役回りだろう。文学博士になったばかりの雛祭りだ。祝いの魚ぐらい人数分買ってもよいじゃないか。それを一尾でも、もったいないなんて……。

いずれにしろ、所帯染みた情景である。

だからこそ、この直後につづく万葉仮名の短歌が示す内容は、いっそう唐突な印象を与える。ふつうの文字に直してみよう。

登々勢経天手乎許佐連志喜東
　泣久人爾和礼思出多志

（十歳《とせ》経て手を許されし喜びと
　泣く人にわれ思ひ出多し）

美志幾夢伊萬陀佐免須覚面受志亭
　幾春経辺宇幸安礼我等
（美しき夢いまださめず覚めずして
　幾春経べう幸あれ我等）

罪仁安良努胡能愛爾与見賀遍良萬四
　若幾世波太陀古書爾埋連起
（罪にあらぬこの愛によみがへらまし
　若き世はただ古書に埋もれき）

「最初の短歌、〝十歳経て手を許されし〟は、十年たってやっと手を握ることができた、という意味かしら」

武子は、すっかり暗号解読のとりこになっている。

「どうかな。もう少し婉曲《えんきょく》的な表現じゃないでしょうか。手紙を書くことができた、と

〝三日を病む〟と詠んだのは四月二十一日、したがって発病は四月十八日と定められる。つぎの短歌の脇に四月二十五日の日付がある。臥してちょうど一週間、辰之は病気の熱が引くのといっしょに、燃え上がった心の熱も冷ましたらしい。

棄ておきし海棠《かいどう》に花咲きぬとて
　鉢に上げふと身を省《かえりみ》る

(もう枯れたと思って庭の隅に棄てておいた海棠に花が咲いた。それを鉢に移しながら自分が棄ててしまった女のことをふと思い出した。自分は、まだ咲く見込みのある花を打ち棄てたのか、と)

日曜を待つ身ともしもすべきこと
　なき身はつらかりただ空を見る

(相変わらず日曜日は待ち遠しいけれども、だからといって何をするわけでもない。もう会いにいける女もいないのだ。ぼんやりと遠くの空を眺めているだけ。日曜日を待ちあぐねる習慣だけが残ってしまった)

「なるほどねえ。辰之叔父さん、結局……」

　武子は、軽いため息をついた。

「野次馬の僕がそう思うのはいいのだけど、武子さん、困るでしょ。叔母さんが追い出されたりしていたら。瑞枝さんはご主人を探検で亡くされ未亡人になり、鶴枝さんのほうは家庭崩壊になる」

　僕が言うのも変だった。

「そうね。わかっているわ。でも、辰之叔父さんには、勇気を出して冒険してほしかったという気持ちもあるわね」

「勇気がなかった、というのではないと思うんだ。相手は人妻だから、これ以上発展させると壊すものがふえすぎると考えたのかもしれない」

「そりゃ、人さまに迷惑をかけてはいけないわよ」

「いや迷惑なんて、ある意味では平気だったかもしれない。そうではなく、煩《わずら》わしさってあるでしょ。現実なんて所詮、たくさんの手続きの集積だもの。短歌のうえでことを進めてみたら、先が視《み》えてしまった……。良い意味では諦観者、悪くいえば傍観者なんですね」

「そうかしら」

　万葉仮名の短歌は、つぎの三首で終わっている。

電車遅し汽車よ遅しと急ぎしに

　こは訝《いぶか》しもその人あらず

（電車と汽車を乗り継ぎながら、早く早くと大急ぎで待ち合わせの場所に来たというのに、どうしたことだろう、あの人はいない）

　かの汽車の過ぐるに階をすべりきと
　　汗拭ふ顔のきめこまやけき

（あなたの乗った汽車が通ったので、大急ぎで階段を走ってきたの、と言いつつ、額の汗をハンカチで押さえている。その肌の、なんときめこまやかだったことだろう）

　余りにもまぶしければと戸をさして
　　ほほえみたりし人の面影

（昼下がりの陽光はあまりにも眩《まぶ》しい。閉めましょうか、という言葉の言い訳めいた風情に、忘れがたいゆかしさがあったなあ）

　辰之は、女の軀の芯を焦がした火を、短い詩のなかに封じ込めた。言葉の側に身を置くか、現実を生きるか……。そういう選択だったのかもしれない。

童謡の時代が始まっていた。
文部省唱歌が出揃ったのは大正三年である。「故郷」や「朧月夜《おぼろづきよ》」などの心に残る歌もあったが、文部省的な臭みだけが感じられる、いかにも官製風の唱歌も少なくなかった。人びとはいったん新しい調べに目覚めると、心の襞《ひだ》に触れない唱歌に飽きたらなくなる。大正七年に鈴木三重吉《みえきち》らによって『赤い鳥』が創刊されると、それをきっかけにたくさんの童謡が生まれた。
『赤い鳥』同人の詩人、北原白秋《はくしゅう》は、「新しい日本の童謡は、根本を在来の日本の童謡に置く。日本風土、伝統、童心を忘れた小学唱歌との相違はここにあるのである」と述べている。文部省唱歌はきれいごとにすぎない。健全すぎる。上っ面をなめているだけだと厳しい批判を繰り返した。
つぎつぎと生まれた童謡には、唱歌にない陰影があった。刺《とげ》があった。童謡とはいえ、おためごかしの子供向けではなく、大人の心を射るのである。たとえばこんなフレーズ。
「十五で姐《ねえ》やは嫁に行き／お里のたよりも絶えはてた」(「赤蜻蛉《あかとんぼ》」三木露風《ろふう》作詞・山田耕筰《こうさく》作曲)
「この子は坊やをねんねしな／夕べさみしい村はずれ」(「叱られて」清水かつら作詞・弘田龍太郎作曲)
「遊びにゆきたし傘はなし／紅緒の木履《かっこ》も緒が切れた」(「雨」北原白秋作詞・弘田龍太郎作曲)
「異人さんにつれられて／行っちゃった」(「赤い靴」野口雨情《うじょう》作詞・本居長世《もとおりながよ》作曲)

「それでも曇って泣いてたら／そなたの首をチョンと切るぞ」（「てるてる坊主」浅原鏡村《きょうそん》作詞、中山晋平《しんぺい》作曲）

絶えはてた、村はずれ、緒が切れた、行っちゃった、チョンと切るぞ——。文部省唱歌から排除されていた言葉の群。野卑、残酷、野放図、諧謔《かいぎゃく》、ナンセンス、そして余韻。

教科書に載っていた唱歌のなかには、不承不承、教室で歌われたものもあった。だが、唱歌である限り、教科書に載っている限り、形だけでも生き延びる。世間に放り出された童謡は、厳粛な市場法則により人びとの選択に任せられ、滅ぶものは滅び、人気を呼ぶものはさらに人気を呼んだ。

唱歌に携わってきた辰之にも、その限界がわかっていた。

「およそ学校の教科書ほど自由を拘束されるものはない。唱歌にしても、文字文体よりはじめて、修身、歴史、地理、理科等のあらゆる学科と阻隔《そかく》させてはならぬのであって、まさに詩であるべき唱歌に、教訓とか知識とかの、第二、第三の目的が含まれているのである。自由と解放とを希《ねが》う詩人が、どうしてこれに満足しよう。美のみあこがれる人、情熱を生命とする人、ことに形式美に飽きた人、定型にはめた技巧詩の生気に乏しきを斥《しりぞ》ける人、すなわち新しい詩人諸君が、どうしてそれに允可《いんか》を与えよう。新詩人諸君は学校で用いる唱歌一切に対して『功利的なり、詩にあらず、芸術にあらず』と考えて、あたらしい運動を起こして進んで自己の作品を提供した。これがすなわち今、童謡詩と称せられるところのものである」（『民謡・童謡論』）

こう書いたのは昭和四年である。文部省との縁を完全に断ち切ることができなかった辰之は、昭和二年に「アメリカ人形を迎える歌」（東京音楽学校作曲）を作詞している。日米親善のためアメリカから一万二千体の青い眼の人形が贈られてくるので、それを歓迎するため全国の小学校で歌わせよ、との意向である。音楽学校教授であり帝大講師の立場なので、義理がらみで引き受けざるを得なかった。

海のあちらの友だちの
まことの心のこもってる
かわいいかわいい人形さん
あなたをみんなで迎えます

波をはるばる渡り来て
ここまでお出での人形さん
さびしいようには致しません
お国のつもりでいらっしゃい

顔も心もおんなしに
やさしいあなたを誰がまあ
ほんとのいもうと弟と
おもわぬものがありましょう

ところがこの曲は今日、痕跡も無く消えてしまっている。代わりに歌われているのは「青い眼をしたお人形は／アメリカ生まれのセルロイド／日本の港へ着いたとき／いっぱいなみだを浮かべてた」（「青い眼の人形」野口雨情作詞・本居長世作曲）なのだ。

昭和二年にアメリカから贈られてきた人形はセルロイド製ではなかった。人形使節のはるか前、大正十年に「青い眼の人形」はつくられている。雨情の題材は、娘のおもちゃのキューピー人形だった。ところが辰之作詞の「アメリカ人形を迎える歌」は忘れられ、雨情の歌にこの出来事が重ねられていく。

辰之はその事実を素直に認めて、自ら唱歌批判を書いたのである。

5

高野辰之が初めて上京したのは明治三十一（1898）年である。青雲のこころざしを抱いた二十二歳の青年が紆余曲折して、ついには立身出世を果たし、気がついてみると人生五十年の秋を迎えている。険のある尖った顔は、たるんで酒焼けした赤ら顔になった。明治は遥かに遠く、新しい時代、昭和がやってきた。

時代の変化は激しい。それでも日本という国はまだ若いのだ。ひたすら憑《つ》かれたようにいきおいよく膨張していく。戦争も暗殺も立身出世も、弾みのつくことならみな正義だった。筒袖の着物に風呂敷包みを抱え、とぼとぼ歩いた街なかにはチンチン電車と呼ばれる市電すら走っていなかったのに、昭和を迎える東京は縦横に鉄道網が走り、自動車が埃《ほこり》をたて威嚇するように警笛を鳴らし動きまわる。日清・日露の戦争を乗り切り第一次世界大戦で漁夫の利を得て、腕力だけは欧米列強に伍した。銀座にはモガ・モボが闊歩し、レコード店の拡声器からジャズやシャンソンがこぼれてくる。

老境にさしかかった辰之には、もはやこうした日本の活力がうとましい。無心に歴史の渦へ身を投じることができた自分自身の青年時代にすら、嫉妬していた。一個の生活者として、静かに杯を傾けることが無上の楽しみになりはじめていた。

昭和に入って刊行された『日本歌謡史』の増補版に、「洋装断髪のモガの唇の赤さよ、引眉の長さよ、ハンドバッグの中にあるは何ぞ。コンパクトか油とりの紙か。オールバックにセイラーズボン、胸に白きリンネルの手巾《ハンカチ》か赤い薔薇の花かを挟み、帽子をやや横に傾けて、強いて大跨《おおまた》に歩こうとするモボよ、汝のステッキの何ぞそれ細きや、細きは汝の心か」と記さずにはおれなかった。

それから思い直して、「かような言葉を口にする者はたちまち老衰、落伍、退歩、敗残、道学、無気力等の語をもって評せられそうな世である」と、つけ加えてみたが釈然としないのである。

そんな折、郷里の真宗寺から、姪が訪ねてきた。養女弘子の二歳下の妹、武子である。聞けば、大谷光瑞の秘書となるため、これから上洛するという。

武子は、目鼻立ちがくっきりしたバタ臭い顔の大柄な娘で、ちょっと磨けばそのへんのモガより垢抜けてしまうだろう。彼女には、どこかに時代のいきおいを呑み込む気配が漂っている。

真宗寺の娘は、みな美形である。養女弘子は、日本髪を結わせたらきっとよく似合う、瓜ざね顔で切れ長の眼をしていた。

女学校を出たばかりの十八歳の弘子を旅に出すなど、辰之は考えてもみなかった。早く立派な婿を迎えたい、そう仕向けていたところへ、つい先ほどまで片田舎のお転婆娘のはずだった武子が訪れたのである。彼女がこうして現れたことに、辰之は不意を打たれていた。

十六歳の娘がたったひとりで出てきた。外の世界へと飽くことのない好奇心を注ぎつづける真宗寺の伝統は強く生きている。かつて寺を訪れた藤村が、思わず引き込まれた一族の活力、奔放さ、野放図さ。それこそが若い辰之を値踏みせずに認知した力、野心に燃えた田舎の青年の求めるままに、娘を与えた力だったからだ。

「幾日ほど泊まったんですか」

僕は五十歳の辰之の顔と、めまぐるしい都会へ辿り着いたばかりの十六歳の武子を想像しながら訊ねた。

「辰之叔父さんのところには、三日ほどかしら。なにも知らない田舎娘なのよ」

武子は両手を頰にあて、にっこり笑った。

「鶴枝叔母さんが支度をしてくれて。おかげで少しはこざっぱりした恰好になったかもしれないわ」

「急ごしらえで、美女ができあがったわけですね」

「いいえ、まだ雪焼けで真っ黒。とても隠せない」

武子はほがらかに笑った。この場合は、彼女の謙遜をそのまま受け入れてもよさそうな気がした。

「それからどうしたの」

「東海道線に乗ってまっすぐ京都へ。三夜荘《さんやそう》に着いて……」

三夜荘は宇治川沿いにあった。光瑞は、帰国するたびに主としてこの別荘を中心に活動していた。

「大谷光瑞さん、大正天皇の義理のお兄さんにあたる人だから、畏《おそ》れ多い、そんな気後れはありましたか」

「もうなにがなんだかわかりませんでした。三夜荘に着くと、いかにも英才らしい顔をした、きびきびと物を言う明るい少年たちが、猊下《げいか》のまわりに集まっていてね。当時の男の子は、たいてい髪を短く刈っていたんですけど、そこでは大人のようにポマードをつけ櫛《くし》が入っている。しかも背広にネクタイ、半ズボン。猊下と世界情勢の話なんかしている。圧倒されてしまいました」

「何人くらい、いたんですか」

「全部で四十人くらいかしら。秘書部、園芸部、それに化学工業部などと分かれているんです。気紛れな方でしたけれど、ちゃんと方針はお有りになっていらしてね。なかから選ばれて農業試験場へ送られる、どこかの大学に聴講生として遣られたり、あるいはロンドンに留学させられたり。猊下は英才教育と言ってましたけど、自分の事業の助けとなる人材を育てるのが目的だったようです」

「そこに武子さんも、見習い秘書として送りこまれたわけですね」

「そうなの」

半世紀も前の話である。あらためて武子の白い髪に長い時の経過を感じた。

「調べてみたんだけど、光瑞さん、辰之さんと同じ歳なんですね」

「あら、そう。まだ十代でしょ、わたし。年配の人って、歳がよくわからなかった。とくに猊下の場合はね」

「武子さんのお父さん、弘円《こうえん》さんがシルクロード探検に出かけたのは明治三十五年。光瑞二十三歳、弘円二十七歳です。あらためて、若かったなあ、と」

「わたしは父が三十八歳のときの子ですのでシルクロード探検はもう昔の話。でもね、体格がよくて頑丈そうな父が、夏、雷が鳴ると、こそこそ部屋の奥へ隠れてしまうの。おかしいでしょ。母にどうしてって訊いたら、こっそり教えてくれた。探検隊にいたころ、砂漠で雷が落ちて、すぐ近くにいた馬が即死したんですって。稲妻が光ったかと思うとものすごい大音響で、吹き飛ばされて、それ以来、雷がだめなんですって」

「なるほど」

「光瑞猊下のところへ行ってから、同じことがあったの。やはり雷が鳴ると、猊下も隠れてしまった。そりゃ、そうね。父と同じ体験をしていたんだものね」

昭和初期の光瑞は、ますます気宇壮大であった。その並はずれたスケールをひとたび常識的な規範で律しようとするとき、衝突は避けられないものになる。彼は常に、楽天的なトラブルメーカーだった。

シルクロード探検を実施したのは、明治三十五年から三十七年にかけてである。光瑞は二十代のほとんどを、湿り気のある日本の風土と無縁に過ごした。御曹司《おんぞうし》の気紛れかと思われた探検熱は、長じても消えなかった。十年後、明治四十二年には自ら再びインドへ仏跡調査に赴き、その前後の期間にも、二回のシルクロード探検隊を派遣している。

光瑞を駆り立てた情熱の根源を詮索するには、さらに別の事実を知る必要があろう。

彼は各地に、一種の性癖と呼ぶより説明しようがない奇抜さで、つぎつぎと豪壮な別荘を建てていくのである。決してひとつの場所に安住しようとしない。

明治末期に建造した神戸・六甲山の二楽荘《にらくそう》は、「千夜一夜物語」に登場しそうなエキゾティックな佇《たたず》まいだった。三階建ての円形の建物の外壁は赤褐色のサンドストーンで塗り上げられ、夕焼けに照らされるといっそう蠱惑的《こわくてき》に輝いた。望楼から、いまにも空翔ぶ絨《じゅう》毯《たん》に乗ったシンドバッドが現れそうで、専用のケーブルカーで近づいた賓客は一様に驚愕の声を発したという。二楽荘の命名は、深い緑につつまれた六甲の山並みと、港神戸の夜景の双方を、同時に楽しむところに由来している。ひとつひとつの部屋はイギリス室、インド室、アラビア室、エジプト室、支那室などと名付けられ、それぞれの国の古い様式にしたがって設計されており、高価な調度品で飾られている。博物館の趣すらあった。ボーイたちもそれぞれの国から採用しており、部屋ごとに交わされる言語が異なっていた。

二楽荘が完成した明治四十二年、妻籌子《かずこ》が三十歳で病没。嫡子のいない光瑞は、二楽荘に、文部省の認可なしで独自のカリキュラムによる英才教育のための中学校を併設している。武庫《むこ》中学と名付け、二楽荘の麓《ふもと》に寄宿舎も設けた。系列の寺から志願した四百人のうち百三十人を合格させた。光瑞が面接で重視したのは第一に耳の形であり、そして容貌である。美少年ばかり集めるので、あるいはその方面の趣味を持っているのではと噂されたりもした。寄宿舎は無料で、費用はすべて西本願寺が負担した。ロンドンから純毛の毛布を取り寄せ、各人に三枚ずつ与え、鉄製のベッドと革靴も支給した。英国のパブリックスクール並みの待遇を目指したのだ。

こんな具合だから西本願寺の出費は相当なもので、シルクロード探検以降の負債を合算すると、破産は時間の問題とみられていたのである。誰かが首に鈴をつけなければいけない……。時期は煮詰まっていた。

光瑞が西本願寺の門主の地位を剝奪《はくだつ》されるのは大正三年である。

発端は疑獄事件だった。二楽荘建造資金を調達するために、西本願寺幹部が須磨《すま》の別邸を宮内省に買い上げてもらう算段をした。その際、宮内省の役人に賄賂を贈ったというものだった。光瑞が直接、手を汚したわけではない。わがままな御曹司の欲望を満たすために側近が気をまわしたのである。だが事件は新聞沙汰となり、政治問題へ波及、宮内大臣の首が飛んだ。

もとよりこうした情報は内部からリークされない限り、公然化しない。光瑞に引退してもらうためには〝外圧〟を設定しなければならなかったのである。

光瑞は譲位し、四歳になる甥が成人する日、門主の地位を継承することに決まった。宗門は集団指導体制へと移行する。

それでも光瑞は意気軒昂だった。制約から解放されたぶんだけ、無軌道になった。

光瑞の活動の舞台はアジア全域に拡がっていく。

彼にとって、欧米列強は鏡だった。キリスト教が果たした役割を、そのまま仏教に負わせようとしたのである。西洋にキリスト教あり、ならば東洋に仏教あり、そうなぞらえた。これで充分に対等な立場になる、と。

アジアは疲弊していた。ほとんどが植民地だった。この状態から抜け出すには地力をつけなければならない。

光瑞がインドネシアに蘭領印度農林工業株式会社をつくったのは大正六年である。イギリスの東インド会社は植民地を収奪するためのものだったが、光瑞のインド会社は利潤追求には関心がない。正確にいうと、経営に系統だてられた方針はなかった。

ジャワ島で経営した農園には、バナナ畑やコーヒー園があった。シトロネラ、ペチパート、パチュリーなどの香料植物を栽培し、香料の抽出業務も手がけている。高原地帯で日本のソバの栽培も試み、近い将来、アジアの食糧問題は解決すると豪語した。農園一帯を見下ろす高台には、環翠山荘《かんすいさんそう》と名付けた別荘が建てられた。八角形で高床式、屋根は円錐状である。セレベス島にも広大なコーヒー園を拓き、別荘を耕雲山荘《こううんさんそう》と呼んだ。

熱帯農業を研究せよ、そう命じられた部下は各地で献身的に働く。光瑞が歩き、指令を発するごとに、農園はふえ、新たな別荘が誕生するのだった。

大連郊外の丘の上に据えられた三階建ての浴日荘《よくじつそう》は、上からみると三角形で、真ん中に太い煙突が突き出ていた。数字の三をモティーフにつくれ、とおおまかなスケッチで指示を与えただけで、実際にはほとんど泊まることがなかった。

アイディアはつぎつぎと湧き出てくる。青島《チンタオ》につくらせた別荘では蜜蜂を飼い、旅順では英才教育施設として高い望楼を備えた西洋風の古城を建てた。台湾の高雄《たかお》では自分の果樹園の散策を楽しみ、ついでに逍遥園《しょうようえん》と名付けた。

光瑞には、本人の思い込みはともかく、客観的にみればコスト意識がまったくない。活動の拠点をつぎつぎと設置したし、自ら学校を経営し人材を供給した。しかし、アジア各地のそれらの場所を訪れる際の唯一の基準は、気分だった。

ひとつだけはっきりしている。彼の描いた版図の中心は上海だった。アジアの臍《へそ》は、東京でも京都でもない。

上海は国際都市で、租界と呼ばれた列強の居留地があり、「犬と中国人は入るべからず」の立て札があった。戦前の上海は、諜報と謀略の渦巻く魔都なのだ。光瑞はここに大邸宅を構えた。無憂園《むゆうえん》と名付けられ、敷地が一万坪もあった。周縁部分を掘削して水を入れると巨大な濠ができあがった。そこに鯉を放ち、ボートを浮かべた。住まいの洋館は濠に囲まれている。訪問者は跳ね橋を渡らなければ近づけない仕組みだった。用心のため、あるいは孤独を愉しむためとも囁かれた。実際、しばしば橋が外されていたという。

明治以来、日本は膨張しつづけた。他国を侵した。しかし、光瑞はそれを侵略だとは考えていなかった。

インドで誕生した仏教はアジア全域に浸透している。そのひとすじの流れが中国大陸、朝鮮半島を伝わって日本に入ってきた。インドやシルクロードを探検するのは、精神世界のアイデンティティを求める行動の帰結にすぎない。十字軍が正義であったように、光瑞にとって、アジアを遡《さかのぼ》りインドに達する道筋を探るのはルーツに近づく正当な行為と信じられた。

あえてインド風の伽藍《がらん》を再現すべく東京・築地の本願寺別院は、石造りに似せて鉄筋コンクリートにした。カマボコ型のドームは、アジャンタ式を採用したがゆえである。昭和初期の東京っ子は、その異国情緒に度肝を抜かれた。自分たちが信じ実践してきた宗教生活と、奇異に映る新しい寺院がどういう関係にあるのか、戸惑いを隠せなかった。

光瑞にとって故郷とは、理念としては釈迦生誕の地インドでなければならない。キリスト教に聖地があると同様に、仏教にも聖地があってしかるべきなのだ。キリスト教が西洋世界を支配しているならば、仏教も全東洋に拡がるべきである。アジアのいたるところに自分を受け入れる場所があってよい。別荘のあるところ、すべてである。

上海にも鉄筋コンクリートで本願寺別院を建てた。カマボコ型のドームは光が差し込みにくい。そこで半円形の巨大なガラスを嵌《は》め込むことにした。ガラスの厚さが六センチ必要だとわかると、日本ではできないからオランダに注文した。もちろん高価になる。それでも平気、値段のことなどいっこう気にしない。キリスト教会に張り合うほうが、よほど重要だった。

光瑞は自らを仏教中興の祖と信じていた節があり、アジアを地理的な位置から理念にまで高めようとした。自分を極限まで拡げ、無化するのである。光瑞には新しく赴いた場所が束の間の故郷だった。故郷は無数にあった。たとえそれがアジアの果てであっても。

いっぽう辰之が求めたものは、落ち着いた晩年である。

変化ではなく、平凡な日常。妻との変わらぬ日々。ひょっとして憎しみ合っているのかもしれない。そうでないのかもしれない。春の浮き立つような気配。いっせいに葉の染まる秋。うつろいゆく季節。ただひたすら繰り返す。いつもと同じ冬が来て、夏が去る。日常生活もそうした繰り返しのひとつにすぎない。

変化の激しい東京は、辰之にとってしだいに気忙《きぜわ》しいだけの場所になりつつあった。光瑞と辰之のベクトルは正反対に向かっている。

故郷とはなにか。

未知の世界へ飛び出した武子の体験に耳を傾けながら、僕は考えつづけた。

「上海にはいつ行かれたんですか」

「昭和四年五月。十七歳です。出発が迫ったある晩、父が信州からやってきたんです」

弘円は、三夜荘の応接間へ武子を呼ぶと、椅子から下りて正座した。武子にもそうするよう命じ、諭すように言った。

「武子、おまえはいままで井上弘円個人の子供だったが、今日、おまえひとりを置いて父は飯山に帰る。今日からおまえは社会の子供になるんだ。自身の言動はみな、いっさいおまえ自身の責任になるのだから、行いも言葉も、慎重にせよ。貞操には気をつけよ。西洋では十八歳になると社会的にも一人前と認められる。どんなに困ったときも、行き詰まったときも、人間らしく生きよ。そういう教育を、父はおまえにしたはずだ」

最後にこう付け加えた。

「二十五歳になったら自由結婚を許す」

その晩、武子は蒲団のなかで泣いた。父親から突き放された、そんな気がした。広い海に棄てられた哀れな人形に自分を重ねた。いつまでもいつまでも涙が止まらなかった。

僕は、娘をたった一人で遠い旅に出す父親の心境を慮《おもんぱか》った。武子も悲しかったかもしれないが、弘円はもう五十代半ばのはずだ。往年のシルクロード探検から長い歳月が経っている。別離にあたっての弘円の毅然とした姿勢、寸分無駄のない忠告は、時代を超えて心を打つ。

「とてもいい話です」

僕は素直に言った。武子は頷いた。

武子が上海へ向かう前年、満州（現、中国東北地方）では関東軍による張作霖《ちょうさくりん》爆殺事件が起き、中国大陸に硝煙《しょうえん》の臭いが流れはじめている。

すでに触れたが光瑞は欧米列強からアジアを守れ、という思想の持ち主だった。その主張のどのあたりが、軍国主義者たちと一線を画するのか、見分けにくくなっていく。

大正十四年に上海の日本人経営の紡績工場でストライキが起き、学生が同調し暴動に発展したとき、光瑞は「元来、支那に学生と名づくる一種の不良分子あり。……我が帝国藤原氏政権を執《と》りし時の叡山《えいざん》の山法師《やまほうし》と全く相同じ」とこきおろし、武力弾圧を主張する一文を国民新聞に寄せている。対外協調論者として知られた外務大臣幣原《しではら》喜重郎を、軟弱外交と罵《ののし》る側に光瑞はついた。

日本人は日清戦争に勝利して以降、中国人に対して優越感を抱くようになった。大陸のあちらこちらで傍若無人に振る舞った。排日運動を理解する努力を惜しんだ。日本人の傲《おご》りが権力的に表現されていくプロセスに張作霖爆殺事件が置かれている。やがて軍部は独走し、満州事変に端を発する侵略戦争へと突き進んでいくのである。

もちろん当時の武子に、こうした見取り図は与えられていない。

光瑞は対外紛争には一貫して強硬派の主張を繰り返したが、その割には行動は気紛れだった。張作霖爆殺事件の昭和三年、武子が上海に渡った昭和四年当時の動きを、『大谷光瑞上人生誕百年記念文集』の年譜から拾って示そう（年齢は数え歳）。

昭和三年（53歳）　一月香港へ、二月帰国、三月上海、四月帰国、六月上海、香港を経てバタビヤ、九月バタビヤより欧州へ、十〜十一月欧州、マルセーユにて土地購入折衝、十二月コンスタンチノープル着、オスマンベイにて越年。

昭和四年（54歳）　一月トルコ共同出資者と折衝、二月シリヤを経てポートセッドに出て榛名《はるな》丸に乗船、三月神戸帰着、五月上海往復、六月孫文国葬に国賓として招待さる、七〜九月大連星ケ浦松岡満鉄副総裁別邸にて避暑、九月帰国、十月上海、十一月南支の旅より帰国、十二月福岡、佐賀光寿会《こうじゅかい》発会式に臨む。

アジア各地に散らばっている農園を巡回したり、国内各地の信者の要望に応えて見聞した国際情勢を講演する仕事で、光瑞は多忙だった。武子が上海に向かった時期は、年譜の「五月上海往復」の部分にあたる。

上海でどうしたのか。

「ある上流家庭に身柄を預けられるんです。世界を股にかけてご活躍される猊下の秘書としては、語学とマナーを身につけろ、ということだったんでしょうね」

武子はアルバムをめくった。一枚一枚の写真が語りはじめた。

深緑の海面が黄色に染まりはじめると、港が近づいた証拠です。

甲板に立った猊下《げいか》は、おっしゃいました。

「揚子江《ようすこう》の水が混じりあって、海があんな色になる。どうやら水先案内人が小舟で本船に近づき、乗り込んできたようだ。もうすぐ上海の港だ」

船は、再び静かに動きだしました。

初めて見る大陸。揚子江は、これが河かと疑うほど。どこからが海でどこからが河なのかもわかりません。船にランチが近づいてきました。

黒のアフタヌーンドレスに黒縮緬《ちりめん》のターバン帽子、同じく黒のパンプスを履かれた貴婦人が立っておられました。こぼれるような美しい笑顔。それは上品な美しい方でした。彼女がわたしのお母さまとなる草刈夫人でした。「スウィート・レディ」と呼ばれているのだそうです。

草刈さまのお宅はフランス租界の、ルラタール五四四号にございました。白いペンキ塗りの、ヴェランダがついた二階建てのお宅。お庭の左側に作られた広い道の先に玄関があります。道の右側には芝が一面に植えられていて、大きな黒い犬が遊んでおりました。犬はわたしとお母さまに気づくと、いっさんに駆け寄り尻尾を振って迎えてくれます。お母さまは犬の頭を撫でながら、玄関から出てきたお二人の女中さん、中国人のコックさん夫婦、庭師、お抱え運転手にそれぞれ紹介してくださいました。

やがてお父さまが、夕暮れのフランスタウンを馬車でパカパカと、わりあいのんびりした様子でお帰りになりました。中国人の御者の大仰な身振りと、黒革の長い鞭《むち》のつややかな色が眼に飛び込んできました。お父さまは黄浦江《こうほこう》べりのバンド（波止場通り）にあるオフィス街のご自分のお店で為替ブローカーのお仕事をなさっておいでだそうです。

お帰りなさいませ、とお家の皆様に交じって、わたしも初めてお目にかかって頭を下げました。お父さまはなんとなく会釈されてお家にお入りになりました。第一印象は、知的で立派な方、とお見受けしました。お父さまのうしろから、みんなでぞろぞろとお家に入ったのです。

お父さまのお帰り後、一時間ぐらいたったでしょうか、お夕食の時間になりました。わたしは、改めて初めてのご挨拶をし、洋式の食堂の椅子についたのです。びっくりしたのは、テーブルクロスの上には日本式のお膳。お父さまお母さま、それと今日からわたしの妹になる十一歳の融子《ゆうこ》さん（彼女はいつも、洗礼名でベティと呼ばれていました）、それにわたしと、四人前、用意してあり、両側に女中さんが立ち、つぎつぎとお料理を運んできてくださいます。およばれみたい。神戸の港を出て以来、初めての日本食。けれどデザートに大ぶりな冷たいマンゴーを頂戴して、ああ外国に来たんだなあと、しみじみと思ったのです。

初めて入る洋式のお風呂。浅い長いバスタブに軀を、のわのわっと伸ばした。気がつくと、女中さんがタオルを持って立っています。

「さあ、これが武子さんのお部屋よ」

案内されたところは、お母さまの寝室のすぐ隣。シングルベッドがひとつ、机がひとつ、それに洗面台、小ぶりな鏡。鏡をのぞくと泣き顔のわたしがいます。遠くの港から、ボオーッと出船の汽笛。涙がこぼれました。

翌日から英会話、声楽、ピアノのお稽古。英語の先生は同じフランスタウンのラファイエット通り裏のミス・ウォーカー。少しお話ができるようになったら上海パブリックスクール・フォアガールズの生徒となるわけです。

ある日のことです。お母さまが、お出かけでもないのに、わたしの髪にこてをあてモダンに結ってくださった。生まれて初めてパウダーをはたいていただき、口紅をつけて。鼻の頭が白く見えて恥ずかしい。唇に指をあて、そっと拭う。どうしてこんなに奇麗にしてくださるのかと思ったら、陸奥《むつ》伯爵家の若様がヨーロッパからお帰りの途中、草刈の家に寄られるのだそうです。

夕方にお見えになりました。静かに会釈されました。眼を見張るような上品な男性でいらっしゃる。ベティはひとり、はしゃいで跳ねまわっています。ディナーの間、若様はヨーロッパの情勢についてお話ししてくださいました。

食後は舞踏会。わたしはダンスができません。代わりにお母さまと踊られました。二、三曲踊ると、お母さまが「武子さん、どう？」と勧めます。心を落ち着けて、若様のお誘いに……。

静かに踊り出されるのに従いました。わたしの背が高すぎるように思い、心が乱れ音楽に乗れない。切ないひととき。でも、ほのぼのした初めての体験でした。

草刈家では、しばしば舞踏会が持たれました。日本の方も外国の方も入り交じって。わたしもだんだんじょうずに踊れるようになったのです。

猊下からジャワにお供をするよう命じられたのは、草刈家にお世話になって二年ほど経ったときでした。

ジャワ島にある環翠山荘に避暑に出かけるので付いて来い、とのことでした。農園の視察も兼ねてのご旅行です。熱帯なので暑いと錯覚しがちですが、別荘は海抜二千メートルの地点にあり、とても涼しいのです。

香港まで横浜丸で行き、オランダ船に乗り換えます。寄港地のバリ島のお祭りに、世界中から観光客が集まります。そのお祭りも見物させてくださるというのです。

船長は立派なお髭のオランダ人でした。

猊下は乗船名簿に「職業、ファーマー（農夫）」と書き入れました。随行長の広瀬了乗《りょうじょう》さまに申し上げると、「それはそれでよいのだ。猊下は僧侶ともカウント・オータニ（大谷伯爵）ともお書きにならない」と言い、ご自分も「ファーマー」と記入して、わたしには「セクレタリー（秘書）」なのです。

香港を出て三日めの午前中、バリ島に着きました。港とは名ばかり、奇麗な入江。紅、黄、緑、紫の熱帯魚が舞うように泳いで。それから深い谷を通って山へ向かいました。ホテルは籠のような建物。草で編んだドアが、キィーコン、バタンと鳴ります。翌朝、目が覚めると山の霧がシューシューと、草の匂いとともに部屋へと入ってきました。ヴェランダに出ると、霧は谷底からどんどん吹き上がってくるんです。

やがて美しい霧のイメージは、祭りの燃え盛る炎に重なって、ときどき記憶の闇を照らします。

二カ月にわたる旅を終え上海に戻ってみると、わたしはミス上海に選ばれていたのです。

6

「ジャワ旅行から戻ってみたらミス上海に選ばれていた、とおっしゃいましたね。ということは……」

僕は、はじめ意味がよくわからなかった。武子は、笑って言った。

「ですからね、わたしは困ってしまうの。いまのように水着姿のコンテストなんて、戦前にあるわけがありません。大和撫子《やまとなでしこ》として育てられた時代でしょ。はしたないと叱られてしまいます。自分を売り込むなんてことは思いもつきません」

以前、初代ミス日本に選ばれた女性をインタビューした経験があったので、そのころの雰囲気についてはおよその察しはつく。その女性は昭和十四年に選ばれているが、最終選考は帝国ホテルでのディナーだった。ニューヨークで開催される万国博覧会へ親善使節を送る必要に迫られてのことだ。マナーと英会話、すなわち育ちのよさを確認すればよい。候補となる女性はたいがい良家の子女で、推薦である。今日のいわゆる美人コンテストとは違う。別の仕事で大正時代の風俗を調べるため古い新聞記事をめくっていて、新聞社が拡販のため紙上美人コンテストと銘打ち読者へ投票を呼びかける企画を実施していた事実に、しばしば出くわした。この場合は、ほとんど芸者が対象だった。

上海の場合は、そのどちらとも異なっていたらしい。

「留守の間なら写真でのコンテストですか」

「そう。草刈のお母さまが、クラウンという写真館で撮らせたの。わたしをとてもかわいがって、いつも流行の服を着せてくれた」

武子の若い時分の写真がアルバムに幾枚も貼ってある。一九三〇年代のヴォーグ誌に登場するモデルに似ている。ネックラインの大胆なカットは、銀座のモガでも少なかった。ポーズに不自然さがみられないのも、外国だからだろう。にわかづくりの記念写真とちがい、どことなく肩のあたりに余裕がみられる。

「上海には、社交界があったんでしょ」

「ええ」

「明治時代の鹿鳴館《ろくめいかん》風俗のような突出した世界があったようですね」

「時代がちがいますから、あんな大仰ではないんですけど。なんていうのかしら、インターナショナルな街でしたから。フランス人やイギリス人がたくさんいて。やはり外国なの」

「そういうところで推薦されて……」

「投票券を買ってくれる茶目っ気のある人がたくさんいたんでしょ、きっと。もうこんなおばあさんに、訊かないでください。恥ずかしくなりますわ」

アルバムには変色した古い雑誌の切り抜きも挟まっていた。「ミス・シャンハイに選ばれた光瑞氏の女秘書」というタイトルの写真入りの記事を引こう。

「武子さんは今年とって二十二歳、近代的な明るい明眸《めいぼう》の持ち主で、しかも身長五尺六寸八分という日本でも珍しい立派な体格を持っている。長野県飯山の女学校を出てから光瑞氏について上海に来て以来、外人の学校に通学して語学を勉強したが武子さんは単に身体が大きく顔が美しいというだけでなく、スキー、薙刀《なぎなた》からマラソン、テニスなどの選手で近代的な朗らかなスポーツウーマンとして上海のパブリックスクール在学中から交際社会に引き出されて美しい日本ムスメとして外人間に評判高かったものである。三十一年型のミス・ニッポンとして恥ずかしくないばかりでなく、上海のような国際的な土地ではミス・インターナショナルとしても十分資格があると、その評判は素晴らしい」

ジャワから上海への帰途、武子は満州事変の勃発を耳にしている。満州南部の中心都市奉天《ほうてん》（現、瀋陽《しんよう》）付近で満鉄の線路が何者かによって爆破され、直後に日中両軍が衝突。関東軍は戦線を拡大し四日間で南満州の主要な都市と鉄道を占領した。満鉄爆破は関東軍の陰謀だったが、当時の日本人は中国側の挑発だと信じていた。

満州での戦争も、上海では遥か北方の遠い地の出来事にすぎない。上海に住む外国人たちはそう感じていた。社交界には硝煙の臭いの入り込む余地がなかった。駐在武官や実業家たちは挨拶を交わしながらひそひそ小声で噂することはあったとしても、着飾った若い娘たちは無関心だったろう。

ところがしばらくして、戦火は上海へも降りそそぐのである。

上海事変勃発は翌昭和七年一月二十八日。上海の街路で日蓮宗僧侶五人が中国人の手によって死傷させられるという事件がきっかけであった。日本軍が仕掛けた謀略のひとつで、これを口実として海軍は特別陸戦隊を上陸させ中国軍と戦闘を開始する。列国の眼を国際都市上海へ向け、その隙に満州に新国家を樹立する腹づもりだった。満州国建国が宣言されたのは三月一日、清朝のラストエンペラー愛親覚羅溥儀《あいしんかくらふぎ》が執政（元首）に就任する。間もなく上海での戦闘も止んだ。

武子は大谷光瑞から陸戦隊への奉仕を命じられた。ミス上海コンテストと銃声、めまぐるしい動きのなかに置かれた二十歳の娘に、事態は選択の余地を与えない。

「どんなことをさせられたんですか」

「雑用なんです、最初は。五升釜とか一斗釜とか、すぐ必要なものを買いに行ったり……」

陸に上がった兵隊が必要としたものが日常生活に不可欠な鍋釜の類い、ということは僕には発見だった。フランス租界や共同租界では、ふつうの暮らしがつづいている。ひとつの都市のなかで市街戦をしている場所もあれば、そうでない地帯もある上海の不思議さも感じた。

武子の話をつづけよう。

「治安はだんだん悪化していきます。マーケットへ行くたび銃撃の跡を見ましたし……。中国人の日本人への感情も悪くなっていく。でもテロに狙われるのは陸戦隊だけで個人は大丈夫でした。そのうち戦闘が激しくなってきたの。負傷兵もたくさん。本願寺別院が野戦病院みたいになっちゃって。わたしは別院に寝泊まりしていたんだけど、毎日、怪我した兵隊さんがトラックで運ばれてきた。別院も狙われました。北側の壁が機関銃で撃たれて、バリバリッて凄い音。弾丸が砂利のようにたまったの」

ある日、光瑞から帰国命令が来る。

「軍艦に乗せられたのよ。神戸港では軍楽隊のマーチに迎えられました」

「光瑞さんの威光って凄いんですねえ」

僕は、嘆息した。秘書とはいえ若い娘、しかも女性の地位の低い時代である。

「わたしは全然わかっていなかったのね、猊下の意図が。帰国してなにをさせられたと思います？　上海での出来事を講演せよと言われて。京都のタウン・ホールで講演したんです。猊下は『原稿を持っちゃいかん。自分の眼で見てきたことがしゃべれんようでどうする』って。つっかえつっかえしゃべって。辛かった。見てきたことを話せといわれても、そういうつもりで上海にいたわけじゃないし……」

原稿を用意するな、の指示には光瑞の非凡さが顕《あらわ》れている。体験談は、整理しすぎると臨場感が削がれる。むしろ舌足らずでも、生のディテールが散らばっているほうが、聴衆へ現場の雰囲気を伝えやすい。

「荷が重かったでしょうね」

光瑞の意図はともかく、ここは武子に同情しなくてはなるまい。

「もっと辛いことがあったの。ラジオへも出演させられたんです。講演では原稿がなくても、身ぶり手ぶりで一所懸命さを見せられるけれど、マイクの前ではわたしのような素人は原稿がなければ無理よねえ。ぼそぼそとしゃべっては黙ってしまう。田舎で聴いていた母が『どうしたの、どうしたの』って心配したそうです。沈黙が多かったから。放送局から逃げるように帰って来ると、猊下はご立腹です。『日本中の人が聴いておるのに、それこそ天皇陛下も聴いていらっしゃるかもしれないのに、おまえはわしに恥をかかせよった。日本中に恥かかせよって。謹慎しとれ。飯も食わすな』って。三日間の謹慎処分。中国人のコックが、そっとおにぎりを差し入れてくれました」

武子はこのころから光瑞の言動に違和感を覚えはじめる。光瑞のなにが正しくて、なにが間違っているのか、理路整然と説明しようなどとだいそれた考えはなかった。しかし、漠然とした不安がしばしば彼女を襲った。

秘書部には十数名のスタッフがいる。本願寺の中枢の僧たちですら、光瑞のつぎの手を読めなかった。ましてや秘書部の末端に連なる若い娘が、奇抜な世界戦略を冷静に位置づけるなど不可能な話である。

光瑞には過剰な自意識があった。アジアの命運は自分の双肩にかかっている、アジアの北辺で産声を発した満州国を育て上げなければならない。使命感が行動をいっそう活発にさせた。満州国を自ら視察、状況報告をラジオを通じて行い、また『満州国の将来』を著した。日本は満州国を保護し、産業を育成し、積極的な移民政策を実行せよ、と提言した。

結論は、こうまとめられている。「我が帝国及び満州国、両国の実力は、十分に欧米諸国を嚮導《きょうどう》し得るもので、中国政府などとるに足らない。「朝霜の旭日に解けるがごとく消散」してしまうだろう。日本と満州国が協力すれば「東洋における楽土《らくど》」を建設することができ、そうなればアジアの「数億の民人は、皆和平の快楽」を享受する。「今日の如く表面を糊塗する擬平和論の国際連盟も、また反省するの期」がやってくるはずだ。

このころから光瑞は、のちに総理大臣となる近衛文麿《このえふみまろ》と頻繁に接触している。近衛は五摂家《せっけ》筆頭の関白家の出であり、昭和八年、四十二歳の若さで貴族院議長に推挙されていた。光瑞と近衛はどちらも京都生まれで、天皇家ときわめて近い関係にある貴族という位置において共通点があった。そのうえ、大陸への領土拡張意欲でも一致していた。

昭和十一年、二・二六事件が起きると、近衛宰相待望論が沸き起こってくる。ところが近衛が組閣を辞退したため、広田弘毅《こうき》内閣が成立。十カ月の短命内閣だった。つぎの林銑《せん》十郎《じゅうろう》内閣はさらに短命でわずか四カ月。近衛はこの間ずっと逃げ回っていたが、ついに観念して昭和十二年六月四日に第一次近衛内閣の誕生をみる。

近衛は内閣を引き受ける前、築地本願寺へ光瑞を訊ねた。そして光瑞に「小父さん」と語りかけ、「総理大臣になっていただきたい」と懇請している。

「小父さんなら軍部に引きずり廻されないでやれる」

光瑞は断わった。

「私は政治家にはならない。その代わり、末弟の尊由《そんゆ》なら政治家にしてもよい」

尊由は、第一次近衛内閣の拓務大臣に就任する。

武子は光瑞の指示で幾度も上京した。京都の光瑞から東京の近衛や尊由へ、密書を届けるためである。

僕がいたく関心を示すと、武子は「思い出すとおかしくって」とふき出した。

「絶対に人に見られてはならない、と猊下から命じられたので、ずいぶんと緊張しました。だから密書をズロースのなかに入れ汽車に乗るんです。封書の裏には〝瑞〟という印が押してありました。その場で返書をしたためてもらい、またズロースに入れて戻ってくるんです」

まかりまちがえば総理大臣になったかもしれない男の日常には、政治のリアリズムと相反する時間が流れていた。

「猊下がお地蔵さんみたいに坐っていると、お供えものをするみたいに子供が群がってきて、髪をとかしてあげる、香水をつけてあげる、頭を刈る、靴下をはかせる。こうした少年たちも秘書部の管轄でした」

武子は、そんな風景が異常だとは少しも感じていなかった。しかし、光瑞の空想の世界と現実政治の距離が接近し交錯しはじめるにつれ、秘書としての武子の頭も混乱しはじめる。ふと、自分の将来が心配になってきた。光瑞が取り憑かれている白日夢のなかに、いつまで留まっていられるのだろうか。

武子が同じ秘書部で五歳下の原田和布《かずお》から控え目なプロポーズを受けるのはそのころだった。

和布は、旅順の策進書院《さくしんしょいん》の卒業生である。光瑞は二楽荘《にらくそう》に武庫《むこ》中学を創設して全国の門徒の子弟を選抜した。その大陸版が策進書院で、院長にはシルクロード探検隊員だった橘《たちばな》瑞超《ずいちょう》が就いた。

武庫中学も策進書院も、文部省認可の学校ではない。光瑞の夢を実現するためのスタッフ養成機関で、制度的には私塾にすぎない。したがって、これらの学校を卒業しても学歴にならず上級学校への進学ができないのだ。あらかじめそうした事実を知らされていないケースが少なくなかった。

武子の場合は上海の草刈家に預けられ、イギリス系のパブリックスクールに通い、それとは別にイギリス人女性の家庭教師から英語の特訓を受けた。いずれスイスに留学させる、と光瑞から言われていた。ところが上海事変の勃発で、すっかり忘れられてしまう。ちまちまとした文部省の枠にとらわれないところは光瑞のインターナショナリズムの顕れで長所とすべきだが、学生たちの運命は場あたり的な思いつきに委ねられた。

　和布も、上海で武子と同じ家庭教師から英語を教えられた。だが留学のチャンスは訪れない。文部省認可の中等教育課程を経ていないので、途中から方向チェンジして日本の大学へ進むこともできず、結局、光瑞のスタッフになるよりほかに道は残されていなかった。

　和布の実家は寺ではない。策進書院はあくまでもひとつのプロセスのつもりだった。彼は中肉中背で地味な風貌、性格も生真面目なので秘書部での仕事ぶりは手堅かった。「おまえは鉄唖鈴《てつあれい》に真綿をかぶせたような男だ」と光瑞は評した。あたりは柔らかいが、芯は強い。頑固だという意味も込められている。万事にわたり賑やかで気分屋の光瑞とは対照的な性格といえた。そういう男だから、美人の武子とはいっけん釣り合わないところもないではない。

　武子はしみじみと回想する。

「主人は猊下の英才教育の犠牲者だったの。たぶんふつうのコースをたどっていたら帝大へ進んでいたでしょう。だからこそ猊下は手放したくない。わたしも、猊下にはお世話になったけれど別の生き方を考えはじめていた時期でした。主人はね、もういつまでも猊下にふりまわされるのはやめようって、そう言うの。いっしょに新しい人生を始めようって。わたし言ったの。歳上でもいいの？　そしたら、武子さんを見ているとちっともくよくよしない性格だから、ここを辞めて貧乏になってもやっていけそうだからって」

結婚を了解してもらうために武子は飯山へ帰った。

「猊下の下を去って、原田と結婚するといっても展望はないのよね。そしたら父は励ましてくれた。人間は動物とはちがう。食べ物を得るためにのみ生きるのではない。苦しくたって目的があれば凌《しの》いでいける。わたしは父に、上海へ戻りたい、上海でなら生きていけそうな気がする、と外国で暮らすことについて許しを乞いました。上海がわたしの故郷のような気がしたの」

和布と同じ壁にぶつかり秘書部を去った先輩平野玄雄《げんゆう》が、華中鉄道の経営陣に加わっていた。昭和十四年四月、上海に設立された華中鉄道は、北京の華北鉄道とともに日本の中国占領地域の鉄道を総括していた。平野の世話で、華中鉄道の経理部へ就職させてもらう手筈が整った。光瑞は、「当面の間、武者修行に出す」としぶしぶ了承する。

武子二十八歳、和布二十三歳であった。

高野辰之の養女となった武子の姉弘子は、昭和五年四月、二十一歳の春に婿を迎えている。相手は福島県出身の地方警察署長の次男、荒井正巳《まさみ》である。二十五歳の正巳は柔道二段、小柄だが、がっしりした軀つきだった。東京帝大で国文学を専攻し、郷里の旧制中学で教鞭をとっていた。

娘に静かで安定した暮らしを与えることは辰之の希《ねが》いでもあった。東京帝大の学生で婿養子に来てくれそうな者がいないだろうか、と国文学の教授に依頼しておいたのである。しばらくして孫が生まれた。国文学から一字とって、文子《あやこ》と命名した。

昭和九年、辰之は故郷の信州に隠居所を設けた。生まれ育った永江《ながえ》村ではなく、飯山の北に位置する野沢温泉を終《つい》の住処《すみか》に選んだのは、ちょっとした偶然からである。その経緯は随筆集『芸淵耽溺《げいえんたんでき》』に記されている。

「山荘はもと料理屋であった古屋《ふるや》、ひとたびは公売に付せられて、草鞋《わらじ》ばきのまま人びとが登って見たという家、もとより門は倒れたまま、石垣は崩れたまま、戸、障子も満足にはないという廃屋であった。けれども位置は湯の村の目ぬきの所で、左隣は土地第一等の旅館、右隣は花柳境である。……門に対雲山荘《たいうんさんそう》と標札を出して置くので、時に見返る人がある。山荘の二字を怪しむのか、対雲の二字を訝《いぶか》るのか知らないが、対雲においてはまさに事実である。二階の室から妙高《みょうこう》、戸隠《とがくし》、飯綱《いいづな》、斑尾《まだらお》、黒姫《くろひめ》の五峰が遠望せられ、早暁《そうぎょう》以外はとかく雲がかかりがちで、まさに以て対雲である。また私は斑尾山近くに生まれた壮時から斑山《はんざん》と号したのはこの山名を取ったのである」

温泉芸者の三味線の音が聞こえ、しかも少年時代に眺めた山脈が望める。山荘は二重に辰之を満足させた。二年後、還暦を迎え、東京音楽学校教授の職を定年で辞した。娘夫婦と孫は、夏になると山荘に遊びにきた。

しかし、山荘での滞在はあくまでも一時的なものでしかなかった。音楽学校の仕事から解放されても、自由にはなりきれない。国学院や大正大学での講義はつづけていたし、とりわけ文部省からの校歌作詞の要請は、これまでの経緯もあるので断わりにくかった。全国の旧制中学校、高等女学校、商業学校、農学校などの求めに応じて校歌の作詞をしてきた。要請は減ることはなく、ふえつづけるばかりだった。辰之の手になる校歌は総計百余りに達する。

日本の校歌には独特の調子がある。大正時代末期から太平洋戦争中にかけて大量生産されたために、おのずと均一化していった。辰之には文部省唱歌をつくった当時の情熱は消えていた。

そんなある日、代々木の自宅前を歌を口ずさみながら行く小学生の声が聞こえた。

「表を通る無心な小学児童が〝春が来た、春が来た、どこに来た〟と謡《うた》って行く。あれは三十七、八年も前に、私が文部省で国定小学読本を編纂している時に作ったものだ。まだあれを謡っているのかと思うと、苦笑せざるを得ない。花はよく見えて美しいが、空き地を通して見るのでは苦笑せざるを得ない。吹き来る風は薄ら寒い。燗《かん》を命じて八、九升と洒落《しゃれ》る所だが、私にはそんな酒量がない」（『芸淵耽溺』）

昭和十五年一月の末、辰之は文部省で雑務に追われていた。朝からの厳しい冷え込みもようやく緩んできた昼近く、書類を取ろうとして立ち上がったところ、軽く右脚がしびれた。気に留めず夕方までに仕事を終え、地下鉄の階段を降りかけたとたん、右脚が動かない。危うく階段から転がり落ちるところを、居合わせた同僚が支えてくれた。肩を借りてやっとのことで自宅に戻り、かかりつけの医者を頼んだ。「寒さのために坐骨神経が麻痺したのでしょう」と診断され、以来、鍼《はり》治療やマッサージにかかる日々がふえた。

昭和十六年十二月八日、太平洋戦争勃発。日本軍の快進撃のニュースが新聞紙面を賑わせているころ、辰之には脳出血の症状が顕著に出はじめていた。右脚の麻痺が進行し歩行が困難となり、右手もしびれて字が乱れがちだった。開戦から三週間後、彼の眼は朝刊の片隅に釘付けとなった。

訃報欄である。

「東京音楽学校講師岡野貞一氏は急性肺炎のため二十九日午前七時三十五分日本大学附属病院で死去した。享年六十四」とあり、葬儀の日時が記されている。

辰之は定年を迎えて東京音楽学校を去ったが、貞一は講師として残っていた。文部省唱歌の編纂にともに携わってから、すでに四半世紀。交流もほとんど途絶えていた。もともと意気投合してコンビを組んだのではない。文部省唱歌編纂という作業が彼らを引き寄せた。性格が正反対の二人は、そういう機会でもなければ出会うことがなかったであろう。

貞一は音楽学校の仕事のかたわら、毎日曜の教会での礼拝を欠かさなかった。彼が弾くオルガンに乗せて讃美歌が流れた。四十三年間、同じ教会で黙々と弾きつづけた。急性肺炎で臥《ふ》せる日まで。

「故郷《ふるさと》」も「朧月夜《おぼろづきよ》」も「紅葉《もみじ》」も、そして「春が来た」や「春の小川」が、忘れ去られた数多くの文部省唱歌とは別の長い生命を得たのは、辰之と貞一の組み合わせが絶妙であったからだ。

気の合う仲間同士で意気投合するよりは、他人のほうがよい場合が稀にあるのではないのか。仲間同士なら、心情を吐露し合い終わってしまうが、二人は自分を抑制した部分で表現に専心した。

辰之は新体詩人にはならず、貞一は声楽家にはならなかった。それぞれ地位は得たけれど、通底《つうてい》する想いは重なり合っていた。

誰もが若い日にさまざまな夢を抱く。だが実際に生きてみると、夢はあくまでも夢にすぎないことがわかってくる。妥協とか挫折、という意味ではない。夢はしゃぼん玉のように手で触れると消えてしまうものなのだ。消えた夢についての想いが募るとき、人は酒に酔い歌を口ずさむ。

「夢は今もめぐりて／忘れがたき故郷……」

故郷とは、自分の若い日の夢が行き先を失い封印されている場所のことだ。

7

若い辰之を触発した島崎藤村は、夢を生きつづけた。夢を生きつづけるとは、鬼神に身を委ねることでもある。

藤村が大作『夜明け前』を上梓《じょうし》したのは昭和七年だった。幕末から明治への激動期に生きた木曽・馬籠宿の庄屋青山半蔵の生涯を描いたこの作品に全力を投入する。主人公半蔵のモデルは、藤村の実父正樹である。「御一新《ごいっしん》」に夢のすべてを託した主人公を、最後に狂死させた。藤村が描こうとしたのは明治維新に心を燃やした青年が現実と理想の落差に失望して挫折するだけの物語ではなかった。夢を持ち、夢のなかに自分のすべてを投影させた人間の悲劇が主題だった。

藤村にとって、小説家でありつづけることは「御一新」という変革に命を賭けるのと同様に、大きな代償を払わざるを得ないものなのだ。妻だけでなく、つぎつぎと幼い子を失った。姪とのスキャンダルも世間に知れ渡った。満身創痍《そうい》のまま、思わぬ長生きをするのである。

六十九歳の藤村は、昭和十六年二月、もの騒がしい東京を去り大磯へ移った。福沢諭吉、北村透谷《とうこく》、国木田独歩《くにきだどっぽ》、田山花袋《かたい》ら先輩、知己が登場する明治中期を舞台とした『東方の門』の構想を固めるためである。

藤村が東京を去る一ヵ月前、陸軍省は、「生きて虜囚《りょしゅう》の辱《はずかし》めを受けず、死して罪禍《ざいか》の汚名を残すことなかれ」で有名な戦陣訓を発表している。

中国大陸での戦争が長引き、戦地へ送り込まれる兵士たちの士気は低下するばかりだった。上官暴行、戦場離脱、強姦、放火、略奪の横行をひた隠しにしていた軍部も、しだいに危機感を深め、対応策に苦慮する。戦意を高揚させるために、兵士たちにわかりやすい徳目を並べた戦陣訓を押しつける必要に迫られた。スタッフを集め下案を作成させた。出来映えは上層部を満足させたが、どこかごつごつしており格調に欠ける。推敲《すいこう》を懇願された藤村が、流麗な新体詩のリズムを吹き込むと、戦陣訓は妖しく輝いた。

戦争末期、日本軍の兵士は遠い戦地のあちらこちらで、捕虜となる途を選ばず、玉砕する。藤村は戦陣訓の罪過を知らずに逝く。執筆中の『東方の門』の草稿を、二度目の妻静子に読ませ、耳でたしかめている途中、「ひどい頭痛だ」と呟いた。立ち上がって茶棚から薬瓶を取り出し蓋を開けた瞬間、棒のように倒れた。四肢が麻痺したまま、妻の腕のなかで静かに庭へ視線を移し、「涼しい風だね」と呟いたきり意識は戻らなかった。昭和十八年八月二十二日のことである。

昭和十六年五月、上海から帰国したばかりの光瑞は、軀の不調を感じて深川のあそか病院に入院した。翌月退院し、神戸で静養に努めるのだが落ち着かない。十月には台湾総督府経済会議に出席するため台北へ行く。十一月にいったん帰国、開戦を東京で迎えると、あわただしく再び台湾へ向かった。十七年三月まで滞在して帰国。六月に東大病院へ入院。病名は膀胱乳嘴腫《ぼうこうにゅうししゅ》、癌である。二回に分けて手術を受ければ、本人にもかなりの大病だとわかるはずだが、十月には釜山、満州、北京を経て十一月、上海に入った。

以後、十九年十二月に小磯国昭《こいそくにあき》首相から内閣顧問を要請されて応ずるまで、ずっと向こうで過ごしている。東京へ戻ってはみたものの大陸の動向が気懸かりで仕方ない。敗色濃厚な二十年四月、内閣顧問を辞し、「自分は支那に骨を埋める」と周囲の反対を押し切り朝鮮半島経由で奉天へ向かった。彼の脳裏にはある壮大な計画が描かれていた。

日本の青年十万人をインド北部のカシミールへ送り込み、現地の娘たちと結婚させ子供をつくる。大和民族の種を保存し、そしてアジアを発展させる……。

東京が大空襲で壊滅しかけているとき、光瑞はひたすら夢を追いつづけるのだった。

昭和二十二年春、大連から出航する引き揚げ船の混み合った列のなかに痩せ衰えた背の高い老人の姿があった。言葉を忘れたかのようにいっさい口を利かない老人に、かつての光瑞の面影はない。翌二十三年十月五日、別府の湯治場で七十二年の生涯を閉じた。

辰之も敗戦を見届けてから死ぬ。代々木の自宅は東京大空襲で焼け落ちた。野沢温泉の別荘で動けずにいたため無事だったが脳溢血の症状は悪化するばかりだった。昭和二十二年の正月が過ぎ、娘夫婦と孫がいよいよ山荘を発つという日の未明、意識が混濁。数日後わずかに意識が戻ると手真似で、掛け軸を出せと指図した。「俺が死ぬときは、この画をかけろ」と言っていた天台大師入滅《にゅうめつ》の図である。大師の傍らで弟子たちが泣いている。その画に手を触れ泣き出した。雪のふりしきる一月二十五日、静かに息をひきとった。七十歳だった。

辰之と貞一は、大多数の人びとがそうであるように、平凡だがかけがえのない日々を暮らし、静かに老いた。

光瑞はアジアという夢、ほとんど狂気と言ってよい夢に取り憑かれ、生涯をそのなかで過ごした。藤村もまた夢を、非日常性を生きようとした点で、光瑞の側に立つ。彼らには故郷は要らない。

武子は、夢と現実を往還し、喜びと哀しみの深い味わいを知った。

戦争の終わった晩、青酸カリが配られました。夫から自刃の仕方も教わりました。短刀の刃を外向きにし、喉《のど》に当てたまま前に倒れると頸動脈が切れる——。生きて虜囚の辱めを受けず、です。一夜、夫と二人で越し方を振り返りました。そして思いました。戦争に負けたのは猊下であって、わたしたちじゃない……。

翌朝、わたしは生きようと決意していました。引き揚げ船に乗るまでの一年間、ひもじくても我慢しました。醜い人間の裏面もたくさん見ました。でも生きようと決めたら耐えられました。

貨物船の船倉は寿司詰めです。わたしたちはまるで荷物のようだった。頭上の甲板に開いた出入り口から差し込む光は筋状に、舞い上がる埃を反射させていました。食糧の配給をめぐって大声で怒鳴り合いが始まった、とうとう。張り詰めた気持ちが、もう毀《こわ》れそう。すると片隅から歌が聞こえてきました。女学生たちの歌声――。

菜の花畠に　入日薄れ
見わたす山の端　霞ふかし
春風そよふく……

争いは止みました。夫がそっとわたしの肩を抱きました。

〔了〕

【初版　あとがき】

都心の仕事場の近くを散歩していると小学校の校舎から「秋の夕日に……」の懐かしい歌声が聞こえてきた。ああ、まだあの曲を歌っている。僕の記憶は一気に昭和三十年代の音楽教室へ戻っていった。学校は好きではなかったが染みついたメロディーを引き剝がすことはできないものだ。

少年時代を長野市で過ごした僕は、「故郷」の作詞者が近郊の農村の出身だとは露ほども教えられなかった。先生も同級生も、誰もその事実に気づかずにいた。文部省唱歌の作者の名は地元ですら長い間不明のままだった。

本文中でも示したように高野辰之、岡野貞一のコンビが生まれたのは偶然である。二人の業績はほとんど知られておらず調査は難航したが、さいわいご遺族はじめ多くの協力者のおかげで書きつづけることができた。島崎藤村の『破戒』には「蓮華寺」として登場する真宗寺の皆さんにはたいへんお世話になった。とりわけ語り部になっていただいた原田（旧姓井上）武子さんとの対話は、愉しい想い出である。

本書は日本放送出版協会図書編集部長熊谷健二郎氏のご尽力で、『月刊Ｗｅｅｋｓ』で連載の機会を得た。無事連載を終えることができたのは、副編集長加藤昌一氏をはじめ

『Ｗｅｅｋｓ』編集部の皆さんの周到な配慮のおかげである。装丁・レイアウトは山崎信成氏、素敵な挿画は大橋歩さんの手になる。西沢教夫氏、梶田明宏氏、守田梢路さんには取材でお世話になった。ありがとう。

一九九〇年五月

猪瀬直樹

単行本　１９９０年６月日本放送出版協会刊

【解説　再録】

ものを語る猪瀬直樹

船曳建夫

　この『ふるさとを創った男』は、まとまりとバランスのよい一編です。猪瀬さんにしては短くとも、ふつうには中編としての十分な長さがあるのですから、そう呼ぶのはおかしいのですが、「珠玉の」と、つい言ってみたくなります。内容としては、日本近代における、文部省唱歌という新しき「伝統の発明」、もしくは「近代の整備」を行った経緯を描いて、あますところがありません。しかし、天皇制の執拗さや日本「土地」資本主義の奇怪な勃興を描いた分析、また、日本「文壇」の大いなる幻影をうち破った論争の書、などと比べると、軽量級のおもむきがあります。しかし、この作品には、他には見られない叙情と、手法としての熟成があります。そして、その二つが深いところで結びついて、猪瀬直樹の神髄を明かすものとなっている、という点で、作家の個的な内実をもっとも濃く蔵している作品かも知れません。

　私にとって猪瀬さんの書いたものを読むのはいつも楽しいのです。そこには、書き手としての猪瀬さんへの二重の信頼があります。一つは、書いているものがたしかな手続きと深部を目指す丹念な努力に裏打ちされている、という、彼の作家としての堅固さに対するもの。二つに、無数の意外な事実が次々と明かされて行くミステリー性と、人物が巨大に、等身大に、また卑小に、伸び縮みするように描かれるドラマ性、そして人間の犯す愚かさや傲慢さ、そして陋劣《ろうれつ》さに厳しく対峙しながら、赦しは与えなくとも正しく理解することで「死者」へのはなむけとする彼の態度の揺るぎなさ、それら全てがあいまって確実に上質な読書の楽しみを与えてくれることへの信頼、です。

　とはいえ、私にとってそのレベルの、気に入った作家は他にもいないことはないのです。外国旅行に出かけるときに持って行く文庫本の中には、猪瀬さんと並んで、そうした書き手たちの作品が入っています。しかし、私の猪瀬・読書体験には、それらの作家のものを読むのとは違った感じがあります。私が猪瀬直樹という人の作品に没入しているときには、前に述べた「信頼」よりは深い、「通じ合い」といったものがあるのです。それが何か、この解説は、ほとんど自分自身に対してそれをはっきりさせるために書いています。

　その説明しがたいものを考える糸口は、猪瀬さんの作品の中の、ものを語る「僕」です。「僕」は取材をするためにあちこち動きます。日本の中を、地球の上を。そして、私の好きな作品である『欲望のメディア』の冒頭では、「僕はもう少し歴史を遡ろうとしている」とあるように、時間の中を自由に動きます。この「僕」は、「僕」とあるからには一人称です。しかし、猪瀬さんの書くものはもちろん私小説ではないし、「僕」の放浪記でもない。作品にはたくさんの登場人物がいて、彼らが、作品の中では主人公、また副主人公として「一人称」で語る権利があり、そう語るのです。では「僕」という一人称が、やはり「一人称」である登場人物に対して持つ関係は何なのでしょう。

いま引いた文章は「冒頭」にある、と書きましたが、実はその文章の前に「プロローグ」があって、そこでは、一九八九年という時点で、「イノセ・ナオキ」なる日本人作家が訪ねてくるのを待つ元プロレスラー、ベン・シャープ（シャープ兄弟の一人）が、一人称で「俺」として昔の思い出を語っています。そのモノローグ混じりの文章が終わったあと第一章で、「僕」はそれより「もう少し」、半世紀ほど前の一九三六年に遡って、話を始めようとしているのです。この、話の始め方、プロローグで物語の登場人物が——それが主人公であれ脇役であれ——一人称として現れ、次いで、「僕」が意外な場所で語り出す、というのは、猪瀬さんの発明した型、手法です。たとえば三島由紀夫を描いた『ペルソナ』では、プロローグで、ある一人の官僚（長岡實）が一人称で出てきて、それへの「僕」のインタビューが終わったあと、第一章は「僕」が飛行機でサハリン（樺太）に飛ぶ話で始まります。『ミカドの肖像』ではポップバンド、MIKADOが登場し、著者とのダイアローグのあと、「僕」は皇居前から話を始めます。

この登場人物と「僕」の、二つの「一人称」のものの語り方は同じ水準にあるのではありません。登場人物たちの一人称語りは彼らの視点からの、主観的で時に独善的な、その時代の制約に縛られたものの語りです。そして、それは基本的に自分で自分を語る独白です。しかし、「僕」の一人称語りは、現在という時点から全体を見渡せる立場でとらえられる、客観的で総合的なものの語りです。そして「僕」は、多くのすでに亡くなっている人たちが作りだした歴史とドラマを読み解き、それを私たち読者に語りかけます。いわば読者との対話になっています。

この読者に語りかけ、読者とともに考えていこうとする、「Let's」という姿勢と意識の若々しさが猪瀬直樹の魅力で神髄です。「僕」が前面に出てくる初々しさと言ってもよいでしょう。物語の主人公たちの人生の動線と交錯するように、猪瀬直樹が縦横に動き回り、私たち読者にともに進むことをうながし、時には強引に拉致します。

『ふるさとを創った男』は、その手法と傾向がもっとも強く現れた作品です。そうなった大きな理由の一つは、この作品の主たる舞台が、猪瀬さんが生まれ育った長野だということです。帰省中の探偵がふと事件に遭遇して物語が始まるかのように、この作品の中の「僕」は、郷里の長野でいつもよりはっきりした姿で前面に現れてきます。そのことは、この作品の主題自体が「ふるさと」であることで助長されます。ふるさとの長野を出て東京で「故郷《ふるさと》」を作詞した高野辰之と、長野出身の東京で活躍する猪瀬直樹とは、動線が交わるというより、なぞるように重なるのです。その時「僕」は、登場人物の一人称の群に入りかねないのですが、猪瀬さんはそれによって感傷に流れてしまうことを拒み、踏みとどまります。そして主人公の一人、武子に、この作品の中では別の字体で特別のスペースを割き、純粋に一人称の独白を行わせることで、作者自身のふるさとについての述懐が流れ出ることへの抑えとします。ここの構成は見事です。

こうした一人称としての「僕」は、『ふるさとを創った男』で、もっとも顕著になるのですが、その後の作品、『ペルソナ』ではしだいに後方に退き、『マガジン青春譜』、『ピカレスク 太宰治伝』では、姿を消します。それでも、私たち読者は、見えない「僕」が空間と時間、そして資料の中を動き回り、私たちに語りかけてくるのを感じます。

源氏物語をはじめとする物語の研究者である藤井貞和さんは、物語の裏に存在する語り手に「ゼロ人称」という語を与えていますが、猪瀬さんの書く物語にそれをあてはめてもよいと思います。これによって猪瀬さんの作品の中の「僕」は登場人物の「一人称」に対して、彼らの一人称の物語の中に、ある時はその前面に出て一人称の「僕」として読者に語りかけともに考えることをうながし、ある時は物語の後背からゼロ人称として、登場人物の押しだし方と語らせ方の中に「僕」の声を響かせている、と分かります。

しかし、そうなると、私たちは、その「僕」とは何なのか、その内側をちょっと知りたくなるではありませんか。たとえば『ふるさとを創った男』の武子に対する「僕」には、「感情」が匂います。先に、東京に出ていった高野辰之に猪瀬直樹は重なると書きましたが、真宗寺（蓮華寺）を訪れる猪瀬直樹は、やはりこの寺を訪れた島崎藤村に重なります。

この寺を訪れ、この寺の女性にいろいろなかたちで触れた者が持ったそれぞれの感情、それが彼らの生の軌跡のベクトルをいくぶんか形作ったと書かれているのですから、それが猪瀬直樹の場合は……、と考えてみたくなります。

しかし、物語の外に出れば、「猪瀬直樹」は案外見えやすいのかも知れません。ふるさとの出身校である信州大学教育学部附属長野中学を訪ねて後輩たちに講演する彼は、自在で闊達で、少し感傷的でもあり、立派に故郷に錦を飾っています（「国際化時代と日本人の生き方（P281〜）」参照）。また物語の外の世の中で「猪瀬直樹」が「活躍」しているのは私たちの知るところです。そうした物語の中の「僕」ではない、「猪瀬直樹」の物語は、いま作られつつあります。見えやすいものだけでなく、見えにくいものも明らかにされることで、その「猪瀬直樹」の物語は、もとより猪瀬さんの仕事ではなく、五十年後、百年後の「猪瀬直樹」によって書かれることとでしょう。しかし、同時代に生きるものとして、私はそのことに、さほど強く興味を引かれません。私が猪瀬さんという作家に感じている深い信頼感に似たものは、彼が何者であるか、には関わらないのです。

藤井貞和さんは、じつはゼロ人称のもう一つ背後に、「無（虚）人称」としての「作者」を考えています。考えてみれば「登場人物」も「僕」も、そうした作者なしにはあり得ないのです。それを「無」「虚」と呼ぶのは、それが、物語の内側では遡り追求することのできない地点にいる存在としてあることを指しているのでしょう。

猪瀬直樹著の物語の向こうにあり、しかしながら将来書かれるであろう猪瀬直樹についての物語の中の「猪瀬直樹」とは違う、「虚人称」の猪瀬直樹、それが、私が彼の本を読むときに「通じ合って」いると感じている存在です。

それは「無」であり、「虚」であるのですからかたちが無いようなものなのですが、私にとっては、一度訪ねたことのある猪瀬さんの事務所の中の、ある部屋にいる彼の姿として現れます。そこは、そうですね、封鎖中の学生寮の中の一室と言ってよいような場所で、その床に置かれた机の前に（なぜか私の想像の中ではどてら姿で）座って、「しこしこ」と原稿を書いている猪瀬直樹が見えます。物語の中を動き回る「僕」が、軽快な行動派の作家であるのに、そこでの彼は、すべてに不満足である、というあの唇をして、呻吟しています。彼自身にか、世界にか、書いているものの出来にか、その不満足は、決して満たされることなく、彼は「もの語り」の中に囚《とら》われたように座り続けます。

猪瀬さんを「源氏物語」の紫式部になぞらえれば、さっそく、その「違和感」につっこみが来そうですが、ものを語り続ける世界には性別も年齢も時代もないのです。その著作集を前にして、いまだ人生の途上にある作家として、それら作品群の異常なまでの濃さと幅を思えば、これは紫式部と同じくもの語りの囚われ人でなければ、到底為しえない所業だと、誰の目にも明らかではありませんか。

東京大学名誉教授　『日本の近代　猪瀬直樹著作集9』より改稿、再録

【著者講演　再録】

国際化時代と日本人の生き方

こんにちは。

諸君の先輩ですが、僕が信州大学教育学部附属長野中学校に入学したのは昭和三十四年です。一九五九年ということになります。もうだいぶ昔になりますけれども、先ほど、附属中学校五十年史を編纂した先生で、昔の副校長先生でした中村一雄先生がご紹介されました。ちょうど僕が中学一年生の時に副校長先生だったのが中村先生です。それからさっき、太田美明先生という、おもしろい先生がご挨拶されましたけれども、あの先生は、中村一雄先生よりさらに前の先生になります。それで中学に入ったときに、先ほどからいろいろとお話がありましたけれども、入学式は講堂がなくて、教育学部の中の建物でやりました。それから僕は附属の小学校にも通っていましたが、当時の小学校のグラウンドがあった所に中学校が建てられまして、先輩たちはその校舎に移ったわけです。そのくらい、先ほど太田美明先生からお話があったように、学校が貧乏でした。体育の時は教育学部の体育館を使わせてもらうということで、ちょうど小学校の西側に中学校がありましたから、小学校を横切って、そして教育学部のグラウンドを横切って、ようやく体育館に行くというような環境でした。更に体育館の東側に大きな、大きなというかそれほど大きくないんですが、講堂のようなものがありました。そこで入学式をやったわけです。

それで、その入学式の時に中村一雄先生がこう言われたんです。「君達はこれから毎日二時間から四時間は勉強しなければいけない」と。これが入学式の訓辞であります。大変なところにきてしまったなあと思いました。もっとも中村先生の立場であれば、君達はこれから毎日遊びなさいと言うわけにはいきませんから、そういうことも言われたんでしょうけれども、毎日二時間から四時間勉強しなさいということで、毎日一時間も勉強したこともない、そういう小学校にいて、突然こうですので、まあ中学校というところはたいへんなところだなあと思いました。

みなさんは毎日毎日、とりあえず高校へ行かなければいけないということで受験勉強をしたりとか、あるいは本を読んだりとか、いろんなことがあると思うんですが、中学というのはじつは一番難しいところなんです。難しいというのは、小学校の時というのはわりと自由ですよね。自由でのんびりしていられる。高校になるとまた適当に学校をサボったりとかということもわりとできます。中学というのはそのちょうど途中のトンネルのようなところなんです。ですから、自分を表現するにもどういう言葉を使って表現したらよいかわかりにくいし、友達の関係も小学校の時のようにつき合っていいのかわからないし、あるいは高校のようにもちょっとつき合いにくいというか、友達の作り方も非常に難しくなります。自分で自分をつかみにくいときが中学生なんです。

ただ、そういう一つのプロセスというふうに考えて、先ほどもいろんな先生方のお話の中にもありましたように、ずっと長い先があるわけです。その中で今、自分がどういう時間の枠の中にいるのかということをまず位置づけることが必要です。それでとりあえず、自分は中学生であるというふうなことになりますが、自分たちが将来、自分はこれから何をしたいか、どんなことを、どんなものに、どんな人間に、どんな仕事をやりたいか、あるいはどんな学校に行きたいか、こういうことの基礎が中学校の時にまず気分として培われるんです。

僕の中学校の時の同級生には、一人こういう人がいました。将来何になりたいか手を挙げろと先生が言いました。するとサッと手を挙げた人がいました。そして「僕はプロ野球の選手になりたい」と言いました。すごいなあと思いました。そのように、将来の自分を中学の時に決めているということに、とっても驚きました。でもふつうの人は、ふつうの中学生はなかなかそこまで自分をイメージできませんね。でも何者かになりたい、何かになりたい、あるいはこういう仕事をしたい、ああいう仕事をしたい、あるいはこういう好きなことを選んでやっていたいと、いろんなことを考えると思います。プロ野球の選手になりたいと言った人は、結局、なれなかったんですけど、不可能かもしれないけれどそういう夢を持つことが一番大事なんです。なぜそういうふうな何かになりたいとか、何をやってみたいとか思うかというと、人生には締め切りがあるからです。締め切りというのは百歳とか二百歳とか三百歳まで生きられたら、もしそういうことができたら何になりたいとは考えません。やはり限りがあるから、命はいつまでという限りがあるんです。区切りがあるんです。だから考えるんです。

僕は三十代の時に、オートバイに乗っていて、交通事故にあいました。右折車が来ました。僕はオートバイです。信号の所だったら気をつけますが、信号じゃない所で右折車が来たので僕は吹っ飛んでしまいました。一瞬何が起こったかわかりませんでした。三メートルほど吹っ飛んで、ちょうどガードレールとガードレールが切れているところに落ちたんです。運がよかったんですね。額のへんがちょっと血だらけになったんですが、全身打撲で、結局は命に別状なかったんです。その時ほとんど気絶しかかったというか、身体がどこかバラバラになったような感じがしました。アスファルトの地面に倒れたんです。すっ飛んで倒れたんです。人が集まってきます。僕は道に倒れていますから、人が上から見下ろしているんです。「生きてる。生きてる」とか言いながら（爆笑）。少し動いていたんでしょう。それから救急車に乗せてもらいましたが、一週間ぐらい病院で安静にして何とか治りました。しかし何が起こるかわからないものです。

二十五歳くらいのとき、東京でアパートに住んでいたんですが、ちょっとボヤを出してしまい、消防自動車が来ました。いろいろな自動車があるんですね。救急車や消防自動車。

学生時代はちょうど全共闘という学生運動が盛んなときでした。ですから無理矢理パトカーに乗せてもらったり（爆笑）、いろいろなものに乗せてもらいました。機動隊のバスとか。いろんな種類に乗りました。霊柩車だけはまだなんです（爆笑）。

だからまだその霊柩車にだけは乗りたくないんだけれども、最後はそういうとこに乗らなければいけない。それまでに何ができるか、何をやりたいか決めなければいけない。あるいはやりたいことが沢山あっても、百ぐらいやりたいことがあっても、そのうち十ぐらいできるかもしれない。あるいは三つだけかもしれない。人から命令されるんじゃないんです。自分でこういうものをやるということを探さなくてはならない。でも探すということが大変なんです。自分にいったい何ができるんだろうと。先ほど挨拶した生徒会長は、勉強もできそうだし、言っていることも立派だし、そういう人はたぶんある程度自分のやりたいことができるかもしれない。でも僕はあの生徒会長のように立派じゃなかったです。そうすると何ができるんだろうと考えます。みなさんもいろいろ考える。それでだいたい数え上げると、ダメなことの方が多いんです。

自分が例えば野球の選手になっても、ピッチャーとか四番とかにはなかなかなれません。僕は野球はあまり得意ではなかったですけれど、町内会くらいの野球ではせいぜいセカンドくらいでした。でも、ショートを守るやつとか、バッターで四番を打つやつとか、ピッチャーになるやつがいるわけです。とてもかなわないんです。水泳をやっても必ずもっと沢山泳げる人がいます。運動会のかけっこでは、僕はわりと速い方だったんですが、リレーの選手にはなれませんでした。数え上げると、なかなかこれというものがないんです。みなさんの中には、リレーの選手になって一番になった人がいるかもしれません。だけれども数えてみると短所の方が多いものです。短所の方が多い、あるいはできてもあまりたいしたことがない、というふうなことが多いのです。

よく考えてみると、そういう短所みたいなものというのは自分なんです。よく見つめてみると、自分の長所短所というのはなんだろうと思うと、人と比べているからなんです。短所というのは悪いところだと思われがちだけれども、そうじゃなくて、自分の特徴なんです。自分の特徴を持っている。自分は個性があるんだよということなのです。すると、短所をたくさん数えるとたくさん個性があるじゃないか、というふうに考え直してみる、特徴があるかないか、個性があるかないか、個性をどうするかということが、たぶんこれからの皆さんの一番の課題になってくるでしょう。

僕は、長所を数えたけれどあまりなくて、短所はと思ったら、だいたい朝寝坊だったんです。朝寝坊ということは短所ですが、長所でもあるということで、夜には目が冴えているんです。ということは夜の仕事なんだなーということです。夜の仕事はいっぱいあります。銀座の夜の仕事とか、ドロボーとか他にもいろんな夜の仕事がありますす（爆笑）。僕は、夜、原稿を書くという仕事に最終的になったんですが、学校というのは朝早くおきて、朝から始まります。午後から始まる学校があっても本当はいいんです。いろいろな学校があっていいんです。それで、試験というのはだいたい朝早くやるから、僕なんか頭がボヤーッとしていて、試験が終わったころにやっと目が冴えてくるんです。そういう人っているでしょう。本当は実力があるんだけれど、なかなか実力が発揮できないという人が。だいたい試験というのは、中学、高校、大学と全部午前中です。夜の試験があってもいいんです。でも夜の試験というのはないわけで、朝しかないからこれはまずいなということになります。

それで、小原庄助《おはらしょうすけ》さんは、朝寝、朝酒、朝湯が大好きで、それで身上つぶしたというのです。小原庄助さんて知っているかな。そういう話を聞いたことありますね。前列の、君、わかりますか、小原庄助さんを。知りませんか。昔、朝寝坊ばかりしていた人がいるんです。朝寝、朝酒、朝湯なんです。でも、血圧の低い人はそのほうがいいんです。だんだん元気になってくるんです。だから一人一人がみんな体質が違うわけです。みんなそれぞれなんです。だいたい朝早くおきて、ラジオ体操をしているような人って、わりと戦争が好きなんです。だからいろんな持ち味があっていいわけです。そういう意味で、早起きは三文の徳といいますが、たった三文にしかならないんです。でも、どうしても朝早くおきてしまう人はそれでいいんですが、そういうふうに考え方をちょっと変えたり、ずらしたりすると、いろんなことが見えてくるんです。

だから、中学というのは、ここでも途中でトイレに行きたくても我慢している人がいると思うけれど、あるどうしても制度的な一種の規律とか、そういうものが厳しいところです。ところが、小学校の場合はおシッコに行きたいということになるから、しょうがないだろうということになります。中学生だとみっともないということになるから。そこは大人のなりかけだから。よく朝礼で「楽な姿勢を取りたまえ」「休め」「気をつけ」とあります。僕は小学校一年生のとき「休め」といわれたときちょっと疲れていたので座っちゃったんです。そしたら怒られました。当たり前ですね。それは、「休め」というのはただこうやって体をちょっと楽にするだけですが、「休めといったから休んだんだ」と僕は言いました。そしたら、それは屁理屈だと言われました。それで、屁理屈という言葉を覚えました。確かに屁理屈ですから、それは反省しています。でも、ピシッとしなければいけない時はピシッと当然すればいいわけです。ただ、ピシッとしていても何も覚えていない人がいますが、それはダメです。でも、僕はわりと自分にとって体が楽な姿勢で、いつもこうやって頰杖をついて聞いていたんです。ところがそんな姿勢でもわりと覚えているんです。だから、姿勢だけで判断しちゃいけません。集中しているかどうかなどと。自分が一番集中しやすいスタイルというか形を自分で考えることです。

この間、東京の日本ペンクラブで、宮崎緑さんと井沢元彦という作家とパネルディスカッションをやりました。そして終わったあと、会場からある方が近づいてきまして、「覚えていますか」と言われました。「英語の小林先生でしょう」と言い当てました。僕は覚えていました。小林和夫先生でした。終わったあと、突然ご挨拶されてビックリしました。とても英語の発音が上手な先生で、ガールとかボーイのガールを〔ギャオル〕と発音するんです。おかげで発音を少し注意するようになりました。小林先生は努力なさって、その後ハワイ大学に留学されました。僕の担任の先生は水出《みずいで》先生だったんですが、この先生がまたなかなか変わった先生で、師範学校を出た後、海軍に行って帰ってきたんです。軍隊というのはすぐにパチーンと頬を叩くんです。水出先生はとてもいい先生なんだけど、手が早かったですね。ぼんやりしているとバーンとやられますから。水出先生は今日はご病気で来られなくて残念ですが、最もお会いしたかった人です。

当時の中学校の校舎は、さっきも言いましたが、附属小学校の西側にあったわけです。中学に入ったばかりには、ぶかぶかの学生服を着ていました。学生服、詰め襟は初めて着たんです。皆さんも着ていますね。そういえばまだ着ているんですねえ。もう少し違うのにしたほうがいいかもしれませんよねえ。それはともかく、学校には職員室がありますね。当時それは教官室と書いてありました。「教官」は「教える」に官僚の「官」。「教官室」といかめしく書いてありました。水出先生は、恐い先生だったので、何となく僕は水出先生だけは「水出教官」と呼ぶようにしたわけです。最後は水出がとれて「教官」ということで、「教官が来た」というとあわててみんなサーッと座ったくらいです。教官という名前だけで通ったんですが、なかなかおもしろい先生で、いろんな意味で恐い先生でした。数学の先生でした。

こういうことがありました。修学旅行なんかに行くと、皆さんは枕投げとかやりますね。ああいうふうな騒ぎを早く止めればいいんですが、ずーっとやっている友達がいたんです。中には、寝る時間を過ぎているのに、ワーワーやっていたんです。僕はちょっと疲れていたからその時は横になってたんです。もうみんな静かに寝静まる時間なので、本を読んでいたんです。それでも三分の一ぐらいは最後まで騒いでいました。そしたら教官が入ってきたんです。そして「何やってんだ。並べ」ということで、昔の軍隊のように、往復ビンタで一人一人殴られました。「お前はそこでやっていただろう」。「はい」。パチン。「はい」。パチン。僕はやっていなかったので「やっていません」と言ったんです。そしたら僕だけはずれました。そしてまた次の友達が叩かれました。僕以外の男子生徒全員が殴られました。

これは非常に難しい問題です。考えました。やっていないのにやったと言うことはないだろうと。しかしあとで僕も考えたんです。全員正座して、いわゆるお説教ということで、長々と叱られていましたが、僕はやってなかったのでやってないと言って殴られなかったことを。全員殴られたのに一人だけ殴られないというのもまた変なので考えました。「そうか、僕はそういう時どっちを言うべきだったのか……」と。つまり答えは〇と×ではないんです。しかし、ただ「はい」と言う訳にもいかなかったのです。つまり、僕もいけなかったんだとその後思いました。思いましたが、○と×で答えがでない。やってないのにやったと言うのは嫌だ。嫌だと言うだけでは話がそれ以上進まないなと反省しました。つまり僕は、騒いでいるのを止めなかった責任があったのでした。止めなかった責任が自分にあるということについて、はっきり言えばよかったのですが、その時には○か×かといったら違うので、その時の僕は判断できなかった。そういうことを今も気になって覚えています。

つまり簡単ではないんです。単純なことはいっぱいあるんですが、答えは常に一つではないんです。「はい」と言って殴られたほうが楽なんです。けれどそれはできない。やっていないことをやったとは言えない。しかし、やってないと言うだけでは何か足りない。たった一人だけが言うこともまた勇気がいるのです。もちろん殴られることも勇気がいるんですが。このように、いろんなことがあるから、だから答えは一つではないのです。いつも答えはいっぱいあるんです。しかし、その答えというものは、一つ選んだ次に初めて次の答えが見える時があるのです。漫然と付和雷同して殴られていればいいというものでもないのです。なぜ殴られたか。あるいはなぜ殴られなかったのか。そういうことについて考える次のステップがあるのです。

このように現実には答えはひとつではないのに、どうしても学校の試験というのは、答えは○か×しかないようになっています。そうじゃないことを考えてほしいんです。

ところが、今の制度だとどうしても高校受験だとか大学受験だとか、あるいは就職試験だとか急がされます。会社に入ってすぐどこどこの何とか課に行け、次に何々課長になれ、次は何々部長になれというふうになるのです。だからいつも忙しいのです。君達は、毎日毎日何となく忙しいかもしれないけれど、ずーっと人生はいつも忙しいんです。しかし、どこかで常に「アッ。違うのかな」「そうかな」と考えるべきなんです。

先ほど生徒会長が、「固定観念にとらわれないようにしよう」と言いました。それが一番大事なんです。でも一番難しいんです。自分の考えというものは、そう簡単にはこれが正しいのか、あれが正しいのかわかりません。ただ毎日やっぱり考えるのです。本当にこれでいいのか、あれでいいのかと。そしてもちろん本を読むんです。いろいろな人の本を読むのです。それで考えるんですね。答えは一つではないということが一番大事なんです。

それから、ちょっとしたきっかけです。固定観念にとらわれないといっても、そう簡単にはいかないものです。例えば、毎日皆さんはニュースを見ているでしょう。夏、水不足だと言っていました。東京都の場合は、利根川の水があんなに枯れているじゃないかと報じられていました。これだって、夏は水不足にきまっているわけですよ。梅雨に雨が降って、夏はカンカン照りで、秋に台風がきて水が溜まるわけです。そうすると、例えばテレビのニュースを見ていても「ああ、そうか」と簡単に思っちゃいけないんです。これは、建設省がダムをつくりたいから、八月一日から一週間、水の週間というものを勝手につくり、記者クラブで、こういうダムがこんなに水が足りないです、と発表する。そうすると新聞記事となり、テレビのニュースに出るわけです。だから、夏に水が足りないと大騒ぎするけれど、そんなのは江戸時代から足りなかったわけです。でもニュースになったら何となくダムが足りないように思ってしまうわけです。もともと、夏は水が足りないのは当たり前なんです。このところ雨ばかり降っているでしょう。九月になれば台風が来て、雨ばっかり降っているのは決まっているから、六月に降った雨が何とか秋までつなげば、またなんとかなるわけです。お百姓さんも。

そういうことで、ニュースというものも作られているんです。ダムの水は減っていることは事実だけれども、しかしそれをマスメディア、マスコミである、テレビとか新聞で流されると、何となくそう思わされてしまう。というふうに、ものを考える場合、いろんな情報があってものを考えるんです。それから、学校の先生も言う、あるいは家に帰ればお父さんお母さんが言う、それから自分で本を読んだりする。それぞれいろんな情報が入ってきます。そうすると、自分の考えというものを維持すること、あるいは自分の考えを作っていくことはたいへん難しいんです。情報洪水と言われています。いろんな情報があって、テレビで毎日毎日なんとなく同じラーメンのコマーシャルを見ていると、ついそのラーメンを買ってしまうんです。動機づけができてしまうのです。そういうことで、いつも自分を維持することはたいへん難しいことなんです。

だから、話はもどりますが、皆さんは今中学生で、たまたま長い人生の始まりの辺《あた》りだとする。でも、来週交通事故で死ぬかもわからないから、よく考えていなくてはいけないんだけれど、とりあえずは平均寿命ぐらいまで生きるとして、それまでにどういう計画を立てたらいいのか考えなければいけません。でも、計画はなかなか立てられません。僕がよい例なんですけれど。副校長先生がこの間お話ししてくださったそうですけれど、僕は二十代で十回ぐらい仕事をかわりました。別に自慢できることではありません。三十歳になって、さてどうしようかなと思いました。それでうちの母親にどうしようかと聞きましたら、「そうだねえ……」と困惑した返事が返ってきました。当たり前ですね。答えが出るわけではないですから。ですから、この会場にいらっしゃるお母さん方、あまり追いつめないほうがいいです。うちの母親はあまり追いつめなかったので、僕は助かりました。三十歳まではモラトリアムですね。そこでいろんなこと、つまり学校で学んでいることだけでない、いろんなことがあります。

そんな話をしていると尽きないんですが、何度も言いますが、答えが一つしかないということが間違いであるということと、中学校の段階で考えることというのはどうしても限られてしまいやすいものです。仕事のイメージ、例えばプロ野球の選手とか、あるいは僕みたいな仕事だとか、あるいは銀行に勤めるとか、あるいはお役所に勤めるとか、いろんなことがあるんですが、そういうイメージがまだつかみにくいと思います。ただ、先ほど言いましたように、短所が長所なんです。短所が個性なのです。それともう一つは、歴史というものがあります。

つまり、単に自分が、今回も五十周年といってますが、五十年といえば、先ほどお話をしていただきました太田先生のように、明治時代に生まれた人達がいます。僕は戦争が終わってから生まれました。明治時代というのは日露戦争があったわけです。日露戦争が終わって生まれた人達です。そういう時代があるわけです。そうすると自分はどこにいるのかという、自分が居る場所、つまり少し難しい言い方になりますが、時間と空間ですね。そのどこにいるのか。われわれは時間の中に生きています。地球という世界があり、そしてさらに日本というものがあり、そして長野県があり、長野市があって、そして附属中学にいるんだよという空間があります。そして時間があります。明治時代があって、大正時代があって、昭和時代があって、平成時代がある。あるいは明治時代の前には江戸時代がある。どういう時間の中に自分がいるのか。つまり、社会科の歴史の時間に年表を見せられますが、その年表をただ覚えても、自分が何か、また自分がどこにいるのか実感がありません。そこで時間というものをわかりやすく説明したいと思いますが、つまり皆さんがいる時間というものは、僕とも共有されており、だいたい同じような考え方をしているところがあるんです。あるいは、九十歳近くの太田先生も、皆さんとひとつの時代のなかにいて同じような考えをしているところがあるんです。その共通性は何かというと、それは国際社会なんです。

国際社会と簡単にいいますが、国際社会というものはどういうものかというと、この壇上に日の丸がありますね、日本国という国が、その中の一つであるという認識です。それが国際社会です。それはいつから始まったかというと、我々にとってはたった百五十年前なんです。百五十年前に国際社会になったんです。なぜかというと黒船が来たんです。このあいだ僕の出演している、幕末をテーマにしたNHKの『堂々日本史』というのを、副校長先生から観るようにといわれたかもしれませんが、黒船が来たんです。黒船が来るということはどういうことかというと、現代でいえば、核兵器を持って攻めてくるようなものなんです。とてもかなわないんです。NHKの大河ドラマで『秀吉』というのをやっていますが、あれでそのあと徳川家康になって、江戸時代がずーっと続くわけです。それは国際社会じゃない。いちおう中国ですね、清国とかあるいは朝鮮とちょっとはおつき合いはしていますが、あとオランダが長崎の出島に来ていますが、基本的には外の世界はないんですね。

我々は、普段お城につとめたり、農地を耕したり、あるいはものを売ったり、そういうことをごく平穏にやっていられたんです。そして突然、黒船が来たんです。ビックリしたんです。核兵器の核弾頭を突きつけられたようなものですから。それで国際社会というものがあるということが身に沁みてわかったんです。

それまでの日本は、ある意味では、江戸時代というのは連邦国家だと思えばいいです。各藩がそれぞれ小さな国だったんです。江戸は国連みたいなものです。もちろん徳川将軍家が支配していますが、国連みたいなものです。参勤交代も、江戸屋敷があって、大使が行くようなものです。そういう状態だったんです。日本自体が小さな国際社会だと思っていたんです。

ところが、黒船が来てみると、世界というものが、皆さんが地球儀で見るようにいろいろな国があって、そしてそこでいろいろな争いがあって、そして、ぼやぼやしているとやられてしまう。こういうことを知ったんです。

そこから日本国というものが、こういう日の丸の旗はそのあとできるんですが、つまりそれまでは日本人は日本人だと思っていない。何となく日本というところにいるなと思っているだけ。つまり日本自体が世界ですから、例えば信濃の国とか越後の国とか、そういうふうに思っていたんです。自分のところを日本だとは思っていないんです。はじめて日本人だと、自分が属するのは日本という国なんだなと思い始めるのは黒船がきっかけなんです。

黒船が来て、そしてとにかく恐れたんです。滅ぼされてしまいますから。アジアの国々はみんな植民地になってしまいました。ならなかったのはタイだけです。当時シャムといいました。それと日本だけです。あとはみんな欧米列強の植民地になってしまったんです。

そこで、何とか日本も近代化しなければいけない。つまり、欧米の圧倒的な軍事力、技術力、経済力、こういったものをとにかく学んで、吸収してそして新しい衣装に脱ぎ替えようと、とにかくものすごく慌てたんです。

みなさん、学生服を着てますが、これだって欧米人の服をモデルに作っているんです。我々は服装から歩き方まで全部変えたんです。昔は右手右足、左手左足で歩いていたんです。本当に。奴《やっこ》さんみたいに歩いていたんです。大名行列でもそうやって歩いていたんです。右手右足、左手左足というように。あの飛脚というのを知ってますか。郵便配達ですね。飛脚はエッホ、エッホなんてやって腕を前に突き出すように走っていたんですけど、それではオリンピックに出られませんね。日本は山道しかないし、広い道はないので腕でバランスをとっていたんですね。弥次喜多道中の東海道五十三次がありますね。道の幅なんかうんと狭いんです。馬の背中に荷物を載せたり、千曲川のような川で船で荷物を運ぶ。そのように流通があったんです。それから日本人はわりと大きな声を出さなかったんです。演説のように、大勢の人に向かって一人でしゃべるということはなかったんです。皆さんは本を読むときに黙って読みますね。国語の時間は別ですが。家で一人で声を張り上げて読んでいたらちょっと変ですね。だから黙って読みますね。明治時代の中ぐらいまでは声を上げて読んでいたんです。「論語」なんか声を出して読んでいたんです。黙ってやるのは、初めて一人で個人でものを考えるときなんです。黙読というんです。それは当たり前に思っているかもしれないけれども、そういうのは明治時代になってからなんです。

それから、皆さんにこの僕の著書『唱歌誕生——ふるさとを創った男』をプレゼントしました。さっき歌った「故郷《ふるさと》」という歌についての物語ですね。高野辰之が作った歌は、「春の小川」「朧月夜《おぼろづきよ》」「紅葉《もみじ》」そして「故郷《ふるさと》」ですが、これらもできたのが明治の終わり頃から大正の初めにかけてです。それまでは日本人は、そういう歌い方はできなかったんです。五音音階といって、ドレミファソラシドのファとシが日本にはなかったんですね。発音がないということですから、そういう歌を歌えなかったんです。そこで、文部省はなんとか西洋の音楽を、日本人に歌えるようにしたいということで作ったんです。それが文部省唱歌です。だからはじめの「春が来た」とか「春の小川」はファとシが入っていません。だんだん低学年から高学年になるにしたがって、七音音階ができるように、ファとシが入るようにしたんです。ただ五音音階といって、ファとシがなかったけれども、日本人はこぶしといって音をゆすったので、ある意味では無限に音階ができるんです。逆に和音ができなかったんです。つまり音楽さえヨーロッパのものを取り入れなければだめだったんです。

この前の『堂々日本史』でも、幕末の話になりましたけれども、あの時、官軍と幕府軍の、例えば鳥羽伏見の戦いなんてありますが、官軍のほうが人数が少ないのに、幕府軍のほうが簡単に負けてしまったんです。どうしてか分かりますか。鉄砲の数は同じなんです。

鉄砲、すなわちハードですね。皆さん、ハードウェアとソフトウェアというのを知ってますか。テレビならテレビの受像機がハードウェアです。そして、テレビの番組などがソフトウェアです。つまり中身です。コンピュータではソフトウェアと言いますが、テレビの場合はコンテンツとも言います。ソフトウェアは物体ではないもので、それに対してハードウェアというのは機械です。だから鉄砲はハードウェアです。鉄砲の数は同じで、むしろ人数は幕府軍のほうが多いぐらいだったんです。ハードウェア対ハードウェアが対等です。でも官軍が簡単に勝ってしまったんです。これはどうしてかというと、ソフトウェアが違うからです。それは、官軍は皆さんのような洋服を着ていたんです。そしてズボンをはいていたんです。江戸時代の人達はどういう服を着ていたか知っているでしょう。着物を着てましたよね。袴をはいたりしていました。それから、白虎隊などでありましたが、袖がひらひらしていたのでたすきで縛りました。袴などはいていると、走るときなど足が絡まったりしてだめです。また、大河ドラマの『秀吉』などみていると、ボーっとほらがいをならします。突進していくときは、バラバラといきます。官軍はどうだったかというと、笛を吹いて小太鼓を叩いて、二拍子のマーチ、つまり行進曲で整列行進していたんです。整列して服を着ていたので、動きやすかったんです。ボーっとやってバラバラといくのと、どっちが強いか。鉄砲の数が同じでも、やり方が違うんです。それをソフトウェアの差というわけです。つまり、そういう欧米式のソフトウェアを取り入れました。

外国では戦争に音楽が当たり前ですね。行進曲があって、ナポレオンなんかの映画によく出てきますでしょ。小太鼓をたたいていきますね。つまり音楽、それに軍服というファッションでしょ。そういうものがつまり鉄砲以上の力なんです。鉄砲を作るというのは技術です。ハードウェアです。そういうものだけでは戦いの帰趨《きすう》はきまらないわけで、あるいは方はファッションなどとるに足らないように思うかもしれませんが、服装とか、あるいはアイディアを含めたソフトウェア、考え方とかあるいは音楽だとか、そういったものが違ってくるだけで、世の中がひっくり返っていくんです。ですから、日本はホンダの車とかソニーの八ミリビデオとか、工業用品、電気製品など立派なものを作ります。しかし、文化では皆さんが楽しんで観た『ジュラシック・パーク』でも、アメリカのハリウッドが作っています。つまりアメリカで作られたものなんです。中身は高く売れるわけです。機械も高く売れるかもしれないけれども、文化も高く売れるわけです。日本ではゴジラですね。僕は東宝の撮影所へ行ったことがありますが、プラスティックのゴジラのぬいぐるみが置いてありました。僕の背丈くらいのものですね。ポカンと叩けばパカンと音がします。でもこんな変なものを作っていては負けてしまいますね。やはり『ジュラシック・パーク』はCGでちゃんとできています。そういうふうな、同じ恐竜を作るにも全然違うんです。だから、日本人はハードウェア、つまり機械を作るのは上手かもしれないけれども、ソフトウェア、つまりそういう何か文化的なもの、あるいは個性的なもの、ちょっと違ったもので何か新しいものを作ることが軽視されているんです。しかし、明治時代以来、外国のものを取り入れながら、とにかく自分たちで独自なものを作ろうと努力してきたんです。

五十周年というのは、古いものを守ると同時にスクラップアンドビルドでありまして、新しいものを作っていくことでもあります。

この間のNHKテレビの歴史番組で「横議横行」という言葉を紹介しました。横に議論し横に行くというのが「横議横行」なんですね。「横行」ということばは、後で悪く使うようになりましたが、つまり金権政治の横行とかね、そういうふうに使われるようになったんですが、本来は各藩があって江戸時代にはそれぞれの藩の壁を破って横に動いて討論しなくてはいけないんだということだったんですね。つまり、坂本龍馬に代表される人々が縦社会、タコ壺型の社会に対して「横議横行」することで、横にネットワークを作っていく新しい考え方つまり、金属疲労でいつかパンッと破裂してしまいそうな体制を新しく切り換えていくということだったんです。そういう意味で「横議横行」という新しいネットワークづくりが始まって、そして江戸幕府が終わって明治維新になったわけですね。

そうやってとにかく日本は、小さな島国だと思っていた日本が、一生懸命に努力をして、なんとか今のようになったんです。でもちょっとまずい戦争をやってしまいました。あれで負けて、その後また一生懸命努力してきた。ではその努力の過程でうまくいったものは何か、まだうまくいってないものは何か、を考えるんです。そういう中に君達がいるんです。だから、古代史の邪馬台国がどこかなんてどうでもいいから、とりあえずはこの百五十年くらいの歴史を一つの同時代として、実際にここに明治生まれの人もいますし、大正時代の人もいますが、その同時代として自分たちが、現在、どこに立っているのかということを考える必要があるんです。「そんなでっかいこと考えてられないよ」と思うかもしれないけれども、とりあえずは自分がそういう時間の中の一点なんだということです。そして、中学というのは、個人では小学校と高校の間のトンネルですね。このトンネルをとにかく何らかの形で通り抜けることです。抜けるというのは何かというと、無理矢理我慢しているみたいだけれど、そういう言い方ではなくて、「そう簡単に自分というものをつかめないよ。でもそれでもいいんだよ」と言っているわけです。

副校長先生に僕についてお話ししていただいたそうですね。卒業文集に一行ずつみんなが書き残すということがあって、僕のところは、ただ「………」とあっただけだ、と。優等生のようなことを言うとウソになってしまいそうで、だから「………」と書いたんです。分からなかったというよりも、まったく分からなかったわけではないんです。○×的に言うのがいやだったし、とにかくこの〝小原庄助さん状態〟をなんとかプラスに転ずることができないかと思っていたわけです。当時は低血圧という言葉はなかったんですが、単なる怠け者じゃないんだということを考えていました。皆さんは、これからたぶんいろいろな壁に当然ぶつかるでしょう。それはあるのが当然なんです。

それからもう一つだけ言いたいのは、たった一言みたいなものが、結構大事だということです。でもそれを感じなければしょうがないんです。僕もここまでずっとしゃべってきましたが、それぞれが聞いていて覚えていることって違うと思います。だから僕は、例えば、当時授業そのものは聞いていなかったんですが、学校の先生が合間合間に自分のことを話したんです。さっきあの水出教官というおっかない先生。いい先生なんですよ、本当に。その先生がおもしろいことを言っていました。運動会で棒倒しってあるでしょう。もうやらないんでしょうか。昔はあったんですが。最近はやらないんですね。騎馬戦とか棒倒しとかやったんです。昔の方が乱暴だったんですね。それでその先生は、棒倒しに絶対負けない方法というのを説明してくれたりしましたが、そういうのは全部覚えているんです。数学の方程式とかは忘れてしまいますが。棒倒しというのは、棒を倒すんですよ。紅と白に分かれてね。それで一生懸命倒されないように棒をみんなで押さえるわけですよ。ところが簡単に倒れてしまうんです。だけど、棒の所にちょっと広く輪を作って、少し空間を空けるんです。そして中で押さえているんです。そうすると攻めてきた人が、その間に落っこちてしまうので倒れないんです。単純な話なんだけれど、なるほどなあって思いました。数学の時間に突然そういう話になったりするから、そっちのほうが、よっぽどおもしろかったんです。

あとで僕が中学を卒業してから遊びに行ったとき、「何であの棒倒しの話を突然したんですか」と聞きましたら、「自分は軍隊にいって戦争に負けた」と言われました。戦争に負けたといっても、その先生は末端将校ですから、その先生の責任ではないのですが、やはり、戦争に負けて帰ってきた時、また帰ろうと思った時、もう自決しようと思ったそうです。それで自殺しようと思って、上官に「もう死にます」と言ったら、「君達こそ、日本をこれから作ってくれ。もう一回作りなおしてくれ」と言われたそうです。棒倒しの話とあまり直接関係ないですが、そういうことで話してくださったんです。

つまり、こころざしがあるということですね。今、体罰禁止ですが、体罰はいい悪いの問題じゃなくあまりやらないほうがいいんですが、殴ったのは、やはり愛の鞭ですね。つまりそれは嫌いだから殴ったわけではなく、何とかしたいから殴ったんですね。つまりそういう情熱です。つまり僕が言いたいのは、さっき夢を持てと言いましたが、初めは個人の夢なんです。でも単に個人であるなら、それは利己主義です。エゴイズムです。しかし、利己主義に対して利他主義という言い方があります。つまりその個人の夢が、何かに、だれか他の人に戻っていけるような回路があるといいですね。もちろんそんなことを考えて始めるわけではないけれど、何か単なるエゴイズムではない夢を。つまり、その教官は、戦争に負けてもう死のうと思ったんです。でも上官から、これからの子供達のために、もうこんなふうにならない国にしてくれと言われたんです。

そういうことで、こころざしというか、何かあるわけです。それを自分がただ先生になって生徒に教えるだけでなく、何かそこに違うものを、思いを込めて伝えたいという、そういう情熱があったんでしょう。もちろん僕は、作家という仕事をしているけれども、単にお金が儲かるからしているわけでもないし、朝寝坊だからしているわけでもないんです。いろんなことがあって、やはり何か意味があることをしたい。だからやっているんです。

そこで、〝志〟というと、よくあの有名な言葉を思い出します。"Boys, Be Ambitious!"という言葉です。「少年よ、大志をいだけ！」というのを聞いたことありますね。だからその時の"Boys, Be Ambitious!"という中の「大志」は、単なるエゴイズムの夢ではありません。「ビー、アンビシャス」を「野心的」ではなく「大志」と訳した明治の人びとに感心するのです。野茂《のも》（英雄《ひでお》）選手みたいに大リーグで成功することもあるんです。でもその夢は、野茂選手だけの夢ではなくて、僕らの夢でもあるんです。そういうふうに、何か自分がやることが、どこかで何かになっていく、あるいは、目立たないかもしれないけれども、小さな目立たない夢かもしれないけれど、またかっこよくないかもしれないけれども、何か小さなことでも、何かになっているかもしれません。そういうことが「大志」という言葉の中に含まれているんです。要するに自分だけのエゴイズムでせこいことばかり考えるなよ、ということです。

だから、「もうちょっと大きくなれ」とか言いますね。大きい人間になれといっても、ただ漫然と言われてもわかりません。それで、あの有名な、明治時代の文豪の夏目漱石が、

「則天去私」と言いました。「則天去私」というのは、「天に則り私を去る」ということです。つまり、皆たどり着くところは、個人的な、何かエゴイズムとか、ケチ臭い夢を追っていくと、実際にはそれは結局やりきれなくなるということです。何か徹夜してでも頑張るとかいうのは、もう一つ広がりがあるからなんです。

皆さんが、この中学三年間でやれることというのは限られています。それで、最初に言いましたが、短所が個性だから、その個性というのは、結局は短所でありながら、自分と切り離せないものだから、そこを逆に伸ばすことが大切です。早起きがダメなら、逆に夜は頭がいいんだよと考えればいいんです。つまり短所は長所ですね。

また、中学の三年間では結論は出ません。何かここで、ちょっとしたことが実現できるということはないけれど、ただ足がかりはつかめます。

それと、今日の学校の授業のやり方が、一方通行になっているところがあるとしても、質問をすることとです。質問というのは、教室でやらなくてもいいんです。手を挙げてもいいんですが、あとで休み時間とか、終わったあとに聞きにいってもいいから質問することです。自分で質問したことは覚えているからです。

それから当然ながら、本を読むことです。ただ、本ばかり読んでいるやつがいましたが、それもダメです。でも、本ばかり読んでいるのはダメだけれど、全然読まないのよりはいいです。とにかく本は読まないと。僕も中学の時は、先生はみんな「本読め。本読め」と言いました。「また言ってるー」とか思うでしょう。そうじゃないんです。これは筋肉と同じなんです。筋肉というのは体操をやったり、スポーツをやるとつきます。そういう今、君達は中学生で、体が大きくなるときだけれども、その筋肉がついていくときなんです。骨が太くなっていきます。胸が広くなっていきます。そういうとき、やはり野球でもサッカーでもバレーボールでもやったら、骨格がよくなっていきます。それと同じように今、本をきちんと読むと、全部筋肉とか骨格になります。これは間違いありません。僕は毎日毎日、夜、原稿を書いていますが、取材もしてます。いろんな仕事をしていますが、中学・高校・大学、あるいは二十代の前半くらいまでに読んだ本が、索引になって頭の中にあります。だからこれは、僕のような仕事でなくても、ビジネスマンになるにしても、アイディアを出さなければいけないんです。とにかくビジネスマンになったら、企画会議というのがあって、企画書を出さなくてはいけないんです。つまりどれだけあなたは物を考えていますかということです。さっき言いましたが、ハードウェアだけでなくソフトウェアが大事なんです。そのためにも今できるだけ多くの本を読んでおいてください。

五十周年ということで、本当に懐かしい先生方のお話を聞いたりして、アッという間に時間がたってしまいました。今「ふるさと」という言葉がありましたが、たまたま僕の知り合いで、新潟県出身の新井満という作家がいますが、彼の娘さんがロンドンに留学したら、自分で一人で夜中に「故郷《ふるさと》」を歌ったというのです。これから皆さんも東京に行ったり、あるいは外国に行くかもしれませんが、この歌が大きな支えとなると思います。それはなぜかというと、「いつの日にか帰らん」ということもそうですが、「夢は今もめぐりて」も大切です。その「夢」というのは何か。「ふるさと」というのは何か。それは場所ではないんです。長野はふるさとなんだけれども、結局ふるさとというのは、自分のふるさとというのは、中学生くらいのころのことなんです。小学校から中学、高校くらい。特に中学くらい。つまりそのころ考えた夢のありか、それがふるさとなんです。だから空間だけではないんです。空間もそうなんだけれど、時間の中にふるさとはあるんです。

これからあと、十年、二十年、三十年と歳をとっていきます。その時どんなことを考えたか、どんな夢を抱いたかということです。その場所に必ず戻っていきますから、そういう意味でこの歌をもう一度思い出してみてください。たぶん高校に入ったらあまり歌わなくなると思いますが、いずれ外国に行ったり、遠くに行ったりしたときに、中学生の時にいったい何を考えていたんだろうなあという時に歌うといいと思います。

『僕の青春放浪』（文春文庫）収録

「信州大学教育学部附属長野中学校五十周年記念講演」（1996年10月12日）より再録

【小学館文庫版　あとがき】

夢は〈現代《いま》〉もめぐりて

猪瀬直樹

ＹＯＡＳＯＢＩ（ヨアソビ）という音楽ユニット（29歳のAyaseと23歳のikura）の「アイドル」が、二〇二三年六月、米国ビルボードのGlobal Excl. USチャートの1位を通算3週獲得、日本の楽曲史上初めてと話題になりました。

年配の方なら一九八五年の日本航空機墜落事故で亡くなった歌手坂本九が歌う「上を向いて歩こう」を記憶していると思います。いまでも歌われます。一九六一年にリリースされたこの曲は一九六三年に「ＳＵＫＩＹＡＫＩ」と題して突然、ビルボード・ホット１００のトップに躍り出て3週連続1位になっています。しかし、タイトルがスキヤキというエスニックな料理の名称で受け狙いの面もあり、日本人としてはどこか釈然としないところがありました。極東のローカルな歌がただめずらしかっただけではないのかと。

だからＹＯＡＳＯＢＩのヒットチャート入りは素直に快挙と呼べます。いまはインターネットの時代で、ＳＮＳがラジオやテレビに取って代わりましたから、日本発の楽曲が世界に羽ばたいても不思議ではない環境にあるのは事実なのだから。

ただ時代も曲想もまったく異なる二つの楽曲に共通点があると指摘したのは、音楽プロデューサー本間《ほんま》昭光《あきみつ》でした。NHKスペシャル（「世界に響く歌　日韓POPS新時代」2024年1月7日放映）のなかで本間プロデューサーは、二つの曲がともにドレミファソラシドの「ファ」と「シ」を全然使っていない「四七《ヨナ》抜き」（本文111ページ参照）の七音音階でなく五音音階で曲がつくられている点に気づいたのです。

「古いと思われているヨナ抜き音階でも洗練された響きをもたらすことができるのですね」と驚いています。

※

本書はいまも変わらず歌い継がれている文部省唱歌「故郷」が、どんな歴史的な背景のもとで誕生したのか、主人公である作詞者・高野辰之と作曲者・岡野貞一についての謎に満ちた生涯をひもとき、そうだったのかと共感できるところに辿り着けるよう心がけた物語です。

二百五十年以上も続いた平和な江戸時代は、あえてガラパゴスという言葉を使えば、まったく地球儀上では絶海の孤島のごとく他の世界から孤立して独自の文化を育んでいた。だが突然、黒船ショックに見舞われます。黒船はいわばグローバル化の象徴でした。

明治維新によって身も心も西洋のものの真似をすると急いで決めた。「ザンギリ頭（チョンマゲを切り落とした髪型）をたたいてみれば文明開化の音がする」と都々逸《どどいつ》が流行りました。

その切り換えぶりは、たとえば鹿鳴館の洋式の舞踏会に見られたようにまずは見せかけでした。真似るという語弊がある、表面上は真似るのですが、学ぶです。必死で学んで、追いつけ追い越せ、です。そうしないと他のアジアの国々のように欧米列強の植民地にされてしまうからです。

とにかく学ぶほかはない。軍隊の行進から編成まで欧米の軍事顧問を付け、大学には「お雇い外国人」を招聘《しょうへい》する。有名な渋沢栄一は商いのやり方に欧米式の株式会社を取り入れた。義務教育制度をつくれば教科書も用意しなければいけない。こうして日本は急ごしらえの国づくりに邁進したのです。

有為の人材は東京を目指した。「立身出世」とは単に自分のエゴではなく、世のため人のために役立つ意味合いのある言葉です。「こころざしをはたして／いつの日にか帰らん」とはあの時代の少年たち（そして少女たちも）の心情をしっかりとつかむものであり、三拍子の七音音階は単なる欧米のもの真似ではない、近代日本の楽曲として見事につくりあげられたものです。

近代化・欧米化によって日本人は二つの層の心理を抱え込みます。音楽に即してなら、新しい表層に七音音階を、古い下層に五音音階を。あたかも都市に住む自分と、幻影としての「夢は今もめぐりて」の懐かしい故郷と、その二つがともにあるかのように。

※

北陸新幹線は長野駅を過ぎるとつぎに飯山駅に停車します。木造だった昔の飯山駅の面影はもうありません。しかし、島崎藤村が「雪国の小京都」と名付けた寺社の町に懐しさが消えたわけではない。駅から数分も歩けば高野辰之が少年時代に下宿した真宗寺があるのです。この物語に登場する六角堂（経堂）は、できるなら雪に埋もれた姿を眺めればその風情をよくとらえられます。明治時代に日本列島に押し寄せたグローバリズムの大波、その飛沫の一片がたしかにこの古刹《こさつ》に滴《したた》り落ちたのです。やがてそこから紆余曲折を経て唱歌「故郷」が誕生します。

長野オリンピックの閉会式でも歌われ、また世界的に有名なオペラ歌手プラシド・ドミンゴが東日本大震災の直後の日本公演の際にアンコールで歌うと観客席が総立ちになりました。「故郷」には歌詞とメロディーに、古いものと新しいものが交じり合い、国境を越えるゆるがない叙情があるからなのでしょう。

小学館文庫版の刊行にあたり、さまざまな配慮の労を惜しまずに動いてくれた出版局デジタル企画室編集長の片江佳葉子さん、素敵な表紙装画を描いていただいたふすいさんにあらためて感謝の意を表します。

二〇二四年二月　西麻布の寓居にて

（いのせ　なおき／作家・参議院議員）

参考文献

○膨大な資料から本書に用いたものを中心にピックアップした。
○引用の際、短歌、詩および歌詞を除いて新かなづかいに改めた。
○新聞記事は、文中に出典を明記したので本欄では省いた。

高野辰之「心の苦」、『文学界』（文学界雑誌社）明治29・7
高野辰之「秋山紀行」、『信濃教育会雑誌』（信濃教育会）明治30・1
高野辰之編『国文学史教科書』上原書店、明治35
『高野辰之日記』手稿、明治41～42
高野辰之「破戒後日譚」、『趣味』（易風社）明治42・4
東京音楽学校編『近世邦楽年表』六合館、明治45～昭和2（復刻版、鳳出版、昭和49）
高野辰之編『実業国文読本　全10巻』光風館書店、大正14
田辺尚雄・高野辰之『日本音楽講話　家庭科学大系82』文化生活研究会、昭和2
高野辰之『民謡・童謡論』春秋社、昭和4
高野辰之『古文学踏査』大岡山書店、昭和9
高野辰之『芸淵耽溺』東京堂、昭和11
高野辰之『芸林逍遥』東京堂、昭和13
高野辰之『新訂増補　日本歌謡史』春秋社、昭和13
高野辰之『芸海游弋』東京堂、昭和15
高野辰之『野人集』手稿
巽軒会『青桐集』大倉広文堂、昭和8
高野辰之「噫　上田萬年先生」、『国語と国文学』（至文堂）昭和12・12
平山信「上田君の思い出」、『国漢』（冨山房）昭和13・3
「高野辰之の人と業績」、『信濃教育』（信濃教育会）昭和58・11
斑山文庫収集委員会編『高野辰之博士の生涯』野沢温泉村教育委員会、昭和63
斑山文庫収集委員会編『ふるさと草子　高野辰之と野沢温泉』銀河書房、平成1
円地文子『夢うつつの記』文藝春秋、昭和62
外山正一・矢田部良吉・井上哲次郎『新体詩抄』丸家善七、明治15
外山正一・中村秋香・上田萬年・坂正臣『新体詩歌集』大日本図書、明治28
芳賀檀編『芳賀矢一文集』冨山房、昭和12
『明治文学全集44　落合直文、上田萬年、芳賀矢一、藤岡作太郎集』筑摩書房、昭和43
島地大等編『藤井宣正遺稿・愛楳全集』森江書店、明治39
藤井宣正『仏教辞林』明治書院、大正1
藤井宣正『修補仏教小史』森江書店、大正10
藤井宣正『印度霊穴探見日記』真宗寺、昭和52
井上瑞枝編『心の露』目黒十郎支店、明治24
藤井瑞枝『乱れ雲』丙午出版社、明治45
藤井瑞枝編『花の下みち』実業之日本社、大正8
藤井瑞枝『藤井瑞枝遺稿』井上弘円、大正14
相馬黒光『黙移』女性時代社、昭和11
高橋勝介『跡見花蹊女史伝』東京出版社、昭和7
『跡見開学百年』跡見学園、昭和50
森本貞子『女の海溝――トネ・ミルンの青春』文藝春秋、昭和56
教育史編纂会『明治以降教育制度発達史』龍吟社、昭和13
唐澤富太郎『教科書の歴史』創文社、昭和31
海後宗臣編『日本教科書大系　近代編　第25巻　唱歌』講談社、昭和40
海後宗臣編『日本教科書大系　近代編　第6巻　国語』講談社、昭和39
海後宗臣編『日本教科書大系　近代編　第7巻　国語』講談社、昭和38
高木市之助述『尋常小学国語読本』（中公新書）中央公論社、昭和51

海後宗臣・仲新『教科書でみる近代日本の教育』東京書籍、昭和54
田中克彦『ことばと国家』（岩波新書）岩波書店、昭和56
真田信治『標準語の成立事情』ＰＨＰ研究所、昭和62
鳥取県学務部学務課『鳥取県郷土史』鳥取県庁、昭和7
『鳥取県史近代　全5巻』鳥取県、昭和42・44
日本基督教団鳥取教会『鳥取教会七十年史』同教会、昭和37
日本基督教団鳥取教会『鳥取教会九十年』同教会（非売品）、昭和55
岡野寿美『子供手鞠数歌』手稿
岡野貞一『唱歌手控へ』手稿
岡山教会九十年誌編集委員会『岡山教会九十年誌』日本基督教団岡山教会、昭和45
日本基督教団岡山教会編『岡山教会百年史　上・下』同教会、昭和60
山下虎之助編『薇陽』山下虎之助（非売品）、明治27
小野田鉄弥編『岡山孤児院写真画』岡山孤児院、明治32
坂本義夫『岡山孤児院』岡山孤児院、明治40
正宗白鳥『地獄』文潮社、昭和22（『正宗白鳥全集』第1巻所収、新潮社、昭和41）
青江舜二郎『竹久夢二』東京美術、昭和46（中公文庫版、昭和60）
『中央会堂五十年史』中央会堂、昭和15
武藤健編『本郷中央教会七十年の歩み』本郷中央教会、昭和35
植村正久ほか『新撰讃美歌』警醒社、明治21
日本基督教団讃美歌委員会編『讃美歌・讃美歌第二編』日本基督教団出版局、昭和49
由木康『讃美歌委員会史』日本基督教団讃美歌委員会（非売品）、昭和40
由木康『讃美の詩と音楽』教文館、昭和50
工藤英一『日本キリスト教社会経済史研究』新教出版社、昭和55
原恵『賛美歌――その歴史と背景』日本基督教団出版局、昭和55
尾崎安『近代日本キリスト教文学全集　15』教文館、昭和57
伊沢修二君還暦祝賀会『楽石自伝・教界周遊前記』同会（非売品）、明治45
伊沢修二『洋楽事始――音楽取調掛成績申報書――』（東洋文庫）平凡社、昭和46
上沼八郎『伊沢修二』吉川弘文館、昭和37
『東京音楽学校一覧』東京音楽学校、明治33〜昭和13
東京音楽学校『音楽演奏曲目梗概　第八』明治41・11・29
東京音楽学校編『東京音楽学校創立五十年記念』東京音楽学校（非売品）、昭和4
『創立六十年』東京文理科大学（非売品）、昭和6
日本教育音楽協会『本邦音楽教育史』音楽教育書出版協会、昭和9
「ユンケル氏を囲んで」、『教育音楽』（日本教育音楽協会）昭和10・4
「岡野理事長の逝去」、『同声会報』（同声会）昭和17・5
井上武士『音楽教育精義』教育科学社、昭和24
園部三郎『音楽五十年』時事通信社、昭和25
小松耕輔『音楽の花ひらく頃』音楽之友社、昭和27
永井幸次『来し方八十年』大阪音楽短期大学楽友会出版部（非売品）、昭和29
山田耕筰『はるかなり青春のしらべ』長嶋書房、昭和32（『日本人の自伝』第19巻所収、平凡社、昭和57）
小松耕輔『わが思い出の楽壇』音楽之友社、昭和36
志田延義編『続日本歌謡集成巻五』東京堂出版、昭和37
田辺尚雄『明治音楽物語』青蛙房、昭和40
堀内敬三『音楽明治百年史』音楽之友社、昭和43
景山朋『蓄音機に憑かれて50年』日本オーディオ協会、昭和45
館山漸之進『平家音楽史』藝林舎、昭和49
東京芸術大学音楽取調掛研究班編『音楽教育成立への軌跡』音楽之友社、昭和51
岩井正浩『資料　日本音楽教育小史』青葉図書、昭和53
浅香淳『音楽教育の歴史』音楽之友社、昭和58

東京芸術大学奏楽堂記録委員会編『レクイエムを聴け　奏楽堂物語』同会、昭和58
東京新聞出版局編『上野奏楽堂物語』同局、昭和62
夏目漱石『野分』春陽堂、昭和7（筑摩文庫版、昭和62）
東京芸術大学百年史刊行委員会編『東京芸術大学百年史東京音楽学校編第1巻』音楽之友社、昭和62
北原白秋『新興童謡と児童自由詩』岩波書店、昭和7（『白秋全集』第20巻所収、岩波書店、昭和61）
中村洪介『西洋の音、日本の耳』春秋社、昭和62
平川祐弘『和魂洋才の系譜』河出書房新社、昭和62
『日本近代思想大系18　芸能』岩波書店、昭和63
坪田譲治編『赤い鳥傑作集』（新潮文庫）新潮社、昭和30
堀内敬三・井上武士編『日本唱歌集』（岩波文庫）岩波書店、昭和33
町田嘉章・浅野建二編『わらべうた』（岩波文庫）岩波書店、昭和37
金田一春彦・安西愛子編『日本の唱歌　全3巻』（講談社文庫）、講談社、昭和52・54・57
小島美子・河内紀『日本童謡集』音楽之友社、昭和55
小島美子『日本の音楽を考える』音楽之友社、昭和51
藤田圭雄『日本童謡史　全2巻』あかね書房、昭和59
小泉文夫『呼吸する民族音楽』青土社、昭和58
小泉文夫『歌謡曲の構造』冬樹社、昭和59
山折哲雄『演歌と日本人』PHP研究所、昭和59
藤田圭雄『東京童謡散歩』東京新聞出版局、昭和63
『大審院判決録・刑事編』明治36～37
鈴木武二郎編『教科書事件実記』文友堂、明治36
蝴蝶仙史『教科書事件夢物語』東洋社、明治36
我妻栄編『日本政治裁判史録　明治・後』第一法規出版、昭和44
木村毅『忘れられた明治史』明治文献、昭和51
平田宗史『教育汚職　その歴史と実態』溪水社、昭和56
『小学唱歌教科書編纂日誌』明治42・6～44・8
山田源一郎『尋常小学読本唱歌　上・下』啓文館、明治37、国立教育研究所蔵
内田粂太郎・楠美恩三郎・岡野貞一『尋常小学読本唱歌集　上・中・下』元々堂書房、明治37、国立教育研究所蔵
吉田信太『国定尋常小学読本唱歌　上・下』郁文舎・明治38、国立教育研究所蔵
文部省『尋常小学読本唱歌』国定教科書共同販売所、明治43、国立教育研究所蔵
田村虎蔵『尋常小学唱歌教授書、第一学年』明治出版協会、大正2
岡野貞一『中等教育唱歌新教材』共益商社書店、大正14
昭和女子大学近代文学研究室『近代文学研究叢書　42巻』昭和女子大学近代文化研究所、昭和50
昭和女子大学近代文学研究室『近代文学研究叢書　51巻』昭和女子大学近代文化研究所、昭和55
島崎藤村『落梅集』春陽堂、明治34（『藤村全集』第1巻所収、筑摩書房、昭和41）
島崎藤村『藤村詩集』春陽堂、明治37（新潮文庫版、昭和43）
島崎藤村『破戒』自費出版、明治39（新潮文庫版、昭和29）
島崎藤村「水彩画家」、『緑葉集』春陽堂、明治40（『島崎藤村全集』第3巻所収、筑摩書房、昭和31）
島崎藤村「椰子の葉蔭」、『緑葉集』春陽堂、明治40（『島崎藤村全集』第3巻所収、筑摩書房、昭和31）
島崎藤村「新片町より」、『文章世界』（博文館）明治42・4
島崎藤村『食後』博文館、明治45（『島崎藤村全集』第10巻所収、新潮社、昭和27）
島崎藤村『桜の実の熟する時』春陽堂、大正8（新潮文庫版、昭和30）
島崎藤村『千曲川のスケッチ』左久良書房、大正1（岩波文庫版、昭和18）

島崎藤村「山陰土産」、『藤村紀行文集』改造社、昭和4（『現代紀行文学全集』西日本篇所収、修道社、昭和33）
島崎藤村『東方の門』中央公論社、昭和18（『島崎藤村全集』第17巻所収、新潮社、昭和27）
『日本の詩歌1　島崎藤村』中央公論社、昭和42
丸山晩霞「島崎藤村君著『水彩画家』主人公に就て」、『中央公論』（中央公論社）明治40・10
山浦瑞洲「信濃時代の藤村氏」、『新潮』（新潮社）大正7・5
村上辰雄「名懸町の三浦屋」、『東北文学』（河北新報社）昭和21・2
島崎楠雄・神津得一郎編『「破戒」をめぐる藤村の手紙』羽田書店、昭和23
島崎静子『藤村の思い出』中央公論社、昭和25
西丸四方『島崎藤村の秘密』有信堂、昭和41
神津得一郎編『後凋』神津得一郎（非売品）、昭和42
伊東一夫『島崎藤村研究――近代文学研究方法の諸問題――』明治書院、昭和44
日本文学研究資料刊行会編『島崎藤村　全2巻』有精堂出版、昭和46・58
江刺昭子「島崎藤村と佐藤輔子の恋」、『創』（創出版）昭和51・6
藤一也『島崎藤村の仙台時代（若菜集をめぐって）』萬葉堂出版、昭和52
田中富次郎『島崎藤村　全3巻』桜楓社、昭和52・53
東栄蔵編『藤村文学への新しい視座』信州白樺、昭和54
瀬沼茂樹『評伝　島崎藤村』筑摩書房、昭和56
森本貞子『冬の家　島崎藤村夫人・冬子』文藝春秋、昭和62
柳田国男『海上の道』筑摩書房、昭和36（岩波文庫版、昭和53）
田山花袋「雪の信濃」、『太陽』（博文館）明治37・11（『田山花袋全集』第16巻所収、文泉堂書店、昭和49）
田山花袋「蒲団」、『新小説』（春陽堂）明治40・9（岩波文庫版、昭和5）
田山花袋『東京の三十年』博文館、大正6（岩波文庫版、昭和56）
田山花袋『近代の小説』近代文明社、大正12（『田山花袋全集』新輯別巻所収、文泉堂書店、昭和49）
小林一郎『田山花袋研究　巻数不明』桜楓社、昭和59
本願寺史料研究所『本願寺史　第3巻』浄土真宗本願寺派宗務所、昭和44
本願寺史料研究所『本願寺年表』浄土真宗本願寺派、昭和56
千葉乗隆編『新修　築地別院史』本願寺築地別院、昭和60
橘瑞超『中亜探検』東京博文館、大正1
大谷光瑞『放浪漫記』民友社、大正5
長沢和俊訳注『法顕伝・宋雲行紀』（東洋文庫）平凡社、昭和46
大谷光瑞「満州国の将来」、『大谷光瑞全集』第10巻所収、大乗社、昭和10
飛天夜叉「大谷光瑞」、『日本及日本人』（政教社）大正3・6・1
上原芳太郎『光顔院殿二十五回忌法要記念』興教書院、昭和10
原田武子「時を惜しむ」、『大乗』（大乗刊行会）昭和29・10
大谷光瑞猊下記念会『大谷光瑞師の生涯』同会、昭和31
岡西為人編『大谷光瑞師著作総覧』瑞門会、昭和39
杉森久英『大谷光瑞』中央公論社、昭和50
倉田整治編『大谷光瑞上人生誕百年記念文集』瑞門会、昭和53
高野静子『蘇峰とその時代』中央公論社、昭和63
籠谷真智子『九条武子――その生涯とあしあと――』同朋社出版、昭和63
殿木圭一『上海』（岩波新書）岩波書店、昭和17
藤原恵洋『上海――疾走する近代都市』（講談社新書）講談社、昭和63
中山久四郎『戦陣訓本義』広文堂書店、昭和16
白根孝之「『戦陣訓』はこうして作られた」、『文藝春秋』（文藝春秋）昭和46・4、臨時増刊号
大谷敬二郎『捕虜』図書出版社、昭和53
大原康男『帝国陸海軍の光と影』日本教文社、昭和57
吹浦忠正『聞き書　日本人捕虜』図書出版社、昭和62
武田英子『青い目をしたお人形は』太平出版社、昭和56
松原岩五郎『最暗黒の東京』民友社、明治26（岩波文庫版、昭和63）

単行本『ふるさとを創った男』　一九九〇年六月　日本放送協会刊
文庫『唱歌誕生』　一九九四年五月　文春文庫
単行本『日本の近代　猪瀬直樹著作集9
　唱歌誕生　ふるさとを創った男』　二〇〇二年八月　小学館刊
文庫『唱歌誕生　ふるさとを創った男』　二〇一三年五月　中央公論新社

――本書のプロフィール――

本書は、二〇一八年十月に電子書籍として配信された『日本の近代　猪瀬直樹著作集9　唱歌誕生　ふるさとを創った男』に加筆・文庫化したものです。

小学館文庫

ふるさとを創《つく》った男《おとこ》
唱歌誕生《しょうかたんじょう》

著者 猪瀬直樹《いのせなおき》

二〇二四年五月七日　初版第一刷発行

発行人　五十嵐佳世
発行所　株式会社　小学館
〒一〇一-八〇〇一
東京都千代田区一ツ橋二-三-一
電話　編集〇三-三二三〇-五八二七
　　　販売〇三-五二八一-三五五五
印刷所――――大日本印刷株式会社

この文庫の詳しい内容はインターネットで24時間ご覧になれます。
小学館公式ホームページ　https://www.shogakukan.co.jp

ISBN978-4-09-408520-4